ullstein

Das Buch

Merit, die schöne Tochter des Wesirs, führt im alten Ägypten ein sorgenfreies und wohlbehütetes Leben. Damit ist es jäh vorbei, als das Land von den Assyrern erobert wird. Merit versucht, mit ihren Angehörigen zu fliehen, doch ihr Schiff wird von feindlichen Kriegern überfallen. Während Merit und ihre Dienerin mit knapper Not entkommen können, gerät ihr Bruder Nefertem in Gefangenschaft. Merit verschlägt es in das Haus einer Schankwirtin, wo sie auf den verletzten Assyrer Schanherib trifft. Sie pflegt ihn gesund, und obwohl er der Feind ist, spürt sie große Zuneigung zu ihm, und auch Schanherib fühlt sich zu ihr hingezogen. Lange können sie der erotischen Anziehungskraft nicht widerstehen, und so geben sie sich bald ihren Gefühlen hin. Doch während Merit von ihrem assyrischen Krieger in die Kunst der Liebe eingeführt wird, muss ihr Bruder Nefertem der Gemahlin des assyrischen Königs als Lustsklave dienen. Und Merit ahnt nicht, dass es ihr Geliebter Schanherib war, der ihren Bruder in die Gewalt der feindlichen Herrscher brachte …

Die Autorin

Laura Simon lebt als Malerin und Schriftstellerin in Bad Kreuznach. Sie hat bereits mehrere historische Romane und Fantasy veröffentlicht.

Laura Simon

GLÜHENDE LUST

Erotischer Roman

Ullstein

Besuchen Sie uns im Internet:
www.ullstein-taschenbuch.de

Mix
Produktgruppe aus vorbildlich bewirtschafteten Wäldern und anderen kontrollierten Herkünften
FSC
www.fsc.org Zert.-Nr. GFA-COC-001278
© 1996 Forest Stewardship Council

Dieses Taschenbuch wurde auf FSC-zertifiziertem Papier gedruckt. FSC (Forest Stewardship Council) ist eine nichtstaatliche, gemeinnützige Organisation, die sich für eine ökologische und sozialverantwortliche Nutzung der Wälder unserer Erde einsetzt.

Originalausgabe im Ullstein Taschenbuch
1. Auflage Juni 2010

Umschlaggestaltung: HildenDesign, München
Titelabbildung: © Günter Hagedorn,
www.hagedorn-photography.com
Satz: Pinkuin Satz und Datentechnik, Berlin
Gesetzt aus der Sabon
Papier: Pamo Super von Arctic Paper Mochenwangen GmbH
Druck und Bindearbeiten: CPI – Ebner & Spiegel, Ulm
Printed in Germany
ISBN 978-3-548-28202-2

1. Kapitel

Assyrische Männer lassen ihre Haare und Bärte wachsen, bis sie ihnen bis zur Leibesmitte reichen. Anschließend legen sie die Strähnen mit glühenden Eisen in Locken. Tiere hausen in den Mähnen, und schütteln die Männer ihre Köpfe, fallen Eidechsen, Käfer und anderes Getier heraus. Auch lassen sie ihre gesunden Zähne ziehen und durch solche aus Silber ersetzen, um den Feind in der Schlacht zu erschrecken.

»Merit! Merit-Sobek! Hast du etwa wieder die Nase in irgendwelche dummen Schriftrollen gesteckt? Es ist Zeit für deine Übungen. Ich lasse den Stock auf deinem Rücken tanzen, wenn du dich nicht beeilst!«

Merit-Sobek rollte mit den Augen, ohne von ihrem Papyrus aufzublicken. Es war viel zu warm; allein der Gedanke an Leibesübungen in der sommerlichen Nachmittagshitze trieb ihr den Schweiß aus den Poren. Sie zog ihr schattiges Zimmer vor, wo eine Sklavin mit dem Bastfächer eine sanfte Brise erzeugte. »Gleich, gleich«, murmelte sie, auch wenn sie genau wusste, dass die alte Dienerin sie draußen nicht hören konnte.

Nachdenklich klopfte sie mit dem elfenbeinernen Griff ihres Fliegenwedels gegen ihr Kinn. Der Bericht über die assyrischen Krieger war beängstigend. Barbaren mit Tieren in den Haaren! Konnten solche Menschen den Zwei Ländern am Nil gefährlich werden? Sie trachteten danach, ihre schmutzigen Finger gen Ägypten auszustrecken, hieß es auf den Straßen von Memphis. Aber der Pharao, der Lebende Gott Taharqa, würde sie unter seinem Fuß zerquetschen. Gut, er war ein Nubier, schwarz vom Schädel bis zu den Zehen – nichtsdestotrotz der Gott! Niemand durfte den Gott herausfordern. Niemand.

Der Pharao war in zwei Schlachten unbesiegt geblieben. Aber die Feinde hatten zu einer dritten gerüstet.

Merit betrachtete die hieratischen Schriftzeichen, den Bericht eines Reisenden aus der Zeit des assyrischen Königs Sargon, der Babylon bezwungen hatte. *Ihr Gott Assur ist blutrünstig. Man opfert ihm die Frauen der Kriegsgegner, nie erlöschen die Feuer zu seinen Füßen. Frauen gelten nichts. Man hält sie wie Vieh und nutzt sie wie Vieh.*

Trotz der Hitze fröstelte Merit.

»Merit!« Schnaufend steckte die alte Sitankh den Kopf in das Gemach. »Dein Bruder hat längst angefangen, und du sitzt hier über unnützen Papyri. Geh endlich!«

»Ja doch, ja!« Merit ließ den Bogen fallen, der sich knirschend zusammenrollte, sprang auf und wollte nach draußen laufen, doch die Dienerin hielt sie zurück.

»So geht die Tochter des Tajti Mentuhotep nicht an den Leuten vorbei«, sagte Sitankh streng. »Halt still.« Sie kämmte Merits knapp kinnlanges Haar, so schwarz wie der Nil bei Nacht, richtete das Stirnband mit der goldenen Lotosblüte und löste das rote Band unterhalb der Brüste. Dann ordnete sie das weiße Leinenkleid neu, so dass eine Brust frei blieb, legte das Band wieder um Merits Oberkörper und verknotete es. »Gestern erst wurde das Leinen gewaschen und plissiert, und heute ist es schon völlig verknittert.«

»Weil es so heiß ist. Wäre der Sommer nur schon vorbei.«

»Unsinn. Es ist Achet, die Zeit der Überschwemmung. Die Götter schicken den Nilschlamm über die Zwei Länder und machen sie fruchtbar. Eine Zeit des Segens, über die man nicht klagen darf.«

Wie immer tat die alte Dienerin so, als gäbe es keine Bedrohung. In ihrer Zuversicht auf den richtigen Gang der Welt war sie ganz und gar ägyptisch.

»So, jetzt kannst du wenigstens an den Leuten vorbeilaufen, ohne dass dein Vater sich schämen muss.« Sitankh kniff mit zwei ihrer knochigen Finger in Merits Brustwarze, um sie zu röten.

»Au!« Merit schlug die Hand beiseite, fuhr herum und eilte die Treppe hinunter. Tatsächlich standen in der Halle mehrere Männer beisammen, darunter ihr Vater Mentuhotep, der Tajti, der Bewahrer der Geheimnisse des Herrn allen Lebens, der zweitmächtigste Mann Ägyptens. Er fiel unter den schlanken Männern mit seiner kleinen, wohlbeleibten Gestalt auf. Unterhalb der Achseln hatte er ein bodenlanges Leinengewand geschlungen, um seinen glattrasierten Kopf lag der Goldreif mit der Feder der Maat, der Göttin der Gerechtigkeit und Weltordnung. Flüchtig lächelte er Merit an. Die anderen verneigten sich, schienen aber sonst nicht sehr interessiert, in welchem Zustand die Tochter des Hauses sich blicken ließ. Die Männer schauten ernst drein. Ob es wegen der assyrischen Gefahr war? Aber der Vater hatte stets versichert, dass man sich derzeit noch keine Sorgen machen müsse.

Die Sommerhitze schlug ihr wie ein Schwall heißen Wassers entgegen. Schwarzhäutige Nubier standen am Tor und bewachten unruhige, vor Streitwagen gespannte Rappen. Die Männer waren also nicht mit Sänften gekommen, sondern in schnellen Wagen. Beunruhigt lief Merit an der Mauer des Hauses entlang in den hinteren Garten, vorbei an Hennabüschen, Maulbeerfeigen und unter den schattenspendenden Kronen der Akazien entlang. Aus einem kleinen Nebengelass holte sie ihren Bogen.

Es war kein richtiger Kampfbogen, natürlich nicht. Dieser war leichter zu spannen. Sie warf sich den Köcher über die Schulter und ging weiter. Zwischen den Büschen sah sie die grüne Fläche des Gartens, unterbrochen von einem künstlich angelegten Schwimmteich, Laufsteinen im Rasen, Lilienbeeten. Dahinter schimmerte die weißgetünchte Umfassungsmauer des Anwesens. Dort stand auch das aus Stroh gefertigte Ziel. Pfeile steckten darin.

Aber wo war ihr Bruder? Nefertem übte täglich drei Stunden. Er war ein Mann geworden, mit starken Schultern und schlanken Schenkeln. Er pflegte seine Pfeile mit einer solchen Verbissenheit abzuschießen, dass Merit überzeugt war, er sähe als Ziel keinen Strohballen, sondern einen mit dickem, dunklem Stoff umhüllten, langhaarigen Assyrer.

Ihre Zehen stießen gegen ein Bein, das aus einem Gebüsch ragte. Merit ging in die Knie und rüttelte an der strammen Wade.

»Tani! Was machst du denn da?«

»Pssst!« Eine Hand glitt aus dem Geäst und hob es an. Wahrhaftig, Tani, ihre Leibdienerin, lag bäuchlings unter dem Strauch. »Komm, Herrin, und sieh dir das an. Aber sei leise!«

Kopfschüttelnd ließ Merit Bogen und Köcher von der Schulter gleiten und kroch an Tanis Seite unter die Ästchen. »Aber da ist ja Nefertem«, flüsterte sie. »Warum übt er denn nicht?«

Sein Bogen lag im Gras. Er hatte sich ebenfalls hinter ein Gebüsch verkrochen, dennoch konnte man ihn noch erkennen. Ein Mädchen hockte auf seinem Schoß und fuhr ihm durch das Haar, das er wie jeder vornehme Ägypter sehr kurz trug. War das nicht eine der Küchensklavinnen, eine junge Syrerin? Die Träger ihres Kittels waren heruntergeschoben. Nefertems Hand lag auf einer ihrer kleinen Brüste und liebkoste sie, während seine Lippen über ihren Mund fuhren. Beider Zungen spitzten hervor und trafen sich.

Merit schluckte. Sie hatte ihren Bruder noch nie bei so etwas beobachtet. Seit langer Zeit war ihm die Tochter eines hochrangigen Schreibers aus dem Per-Ao, dem Haus des Pharao, versprochen. So wie auch Merit dem ältesten Sohn des Ptah-Oberpriesters versprochen war, den sie noch nie zu Gesicht bekommen hatte. *Wenn die assyrische Bedrohung von unseren Schultern genommen ist und wir wieder fröhlich durchatmen können, werdet ihr heiraten*, hatte der Vater gesagt. Merit ersehnte diesen Moment, jedoch nur wegen der furchtbaren Assyrer. Einem fremden Mann zu gehören, danach sehnte sie sich ganz und gar nicht.

Nefertem neigte sich vor und nahm die dunkle Brustspitze zwischen die Lippen. Die Sklavin warf den Kopf in den Nacken. Unter dem sanften Rauschen der Blätter war ihr Aufstöhnen zu hören. Sie legte eine Hand unter ihre Brust und hob sie an. Nefertem saugte kräftig, wie ein Kind am Leib der Amme. Merit wollte sich zurückziehen; seltsam kam es ihr vor, den beiden zuzusehen. Nefertem würde ihr die Haare herausreißen, wenn er das herausfand!

Sie war trotz allem nicht imstande, den Blick abzuwenden. Mit einem Mal spürte sie den Boden unter sich, all die Ästchen und Unebenheiten, die sich in ihre Haut drückten. Als sei jede Faser ihres Körpers erwartungsvoll angespannt. Ihr Ka, die innere Quelle der Lebenskraft, vibrierte.

Die Syrerin knüpfte Nefertems Schurz auf und enthüllte ein hoch aufgerichtetes Glied. Ihre Finger glitten darüber, ertasteten jeden Winkel, vom prallen Sack bis zur geröteten Spitze. Nefertem war starr, seine Lider sanken, als lausche er in sich hinein. Merit schämte sich, ihn in diesem innigen Moment nicht aus den Augen lassen zu können, doch sie war wie gefesselt. Geschickt massierte die Sklavin sein Geschlecht, und dann neigte sie sich vor, um es mit den Lippen zu umschließen. Nefertem erbebte wie unter dem heftigen Rütteln einer wilden Streitwagenfahrt. Er richtete sich auf und schob das Becken dem gierig geöffneten Mund entgegen. Wie er zuvor an ihr, so saugte sie jetzt an ihm und liebkoste ihn gleichzeitig mit der Hand.

Wie mochte es sich anfühlen, einen Mann derart zu berühren? Seine Männlichkeit zu lecken, als sei sie eine Süßigkeit? Bisher erschöpften sich Merits Erfahrungen darin, verstohlen den Bediensteten und Wachleuten zuzuschauen, wie sie sich in den Winkeln des Hauses einen Augenblick der Freude gönnten. Dann zwang sie sich immer zum raschen Weiterlaufen, und das sollte sie auch diesmal tun. Entschlossen stemmte sie die Hände auf den Boden.

Da spürte sie Tanis Hand unter ihrem Kleid, und ihr Wille brach. Derart von Tani berührt zu werden, war ihr nicht fremd. Oft schon hatte sie es der Dienerin gestattet. Auch jetzt öffnete sie die Schenkel und ersehnte den Augenblick, da Tanis Finger ihrem innersten Winkel näher und näher kamen. Ihre kleinen Brüste fühlten sich plötzlich hart und schwer an.

Merit keuchte erschrocken auf, als sie sah, wie Nefertem die Schultern der Sklavin packte und sie niederdrückte. Er schob sich über sie, umfasste seine Männlichkeit und suchte Einlass zwischen ihren geöffneten Schenkeln. Nicht schnell genug konnte es ihm plötzlich gehen. Er grub sich in sie, bis ihre Becken sich trafen. Genussvoll wand sich die Frau unter ihm und schlang die Beine um seine Hüften. Er sank auf sie. Sein blankes Gesäß hob und senkte sich in raschen Stößen, während er ihr Gesicht mit Küssen bedeckte. Ihre Körper rieben und schlugen wild aneinander. Angespannt nagte Merit an der kleinen Emaillefigur ihres Schutzgottes Sobek, die sie stets um den Hals trug. Ihre Hüften hoben sich Tanis tastenden Fingern entgegen. Oh, war sie wirklich so feucht? Lass nicht nach, flehte sie Tani in Gedanken an. Wie würde es sein, wenn ein Männerglied dereinst den Platz von Tanis Fingern einnahm? Wie mochte es sich anfühlen, richtig ausgefüllt zu werden? Wie, wenn das dünne Häutchen, das jetzt nur ein, zwei Frauenfingern Durchlass gewährte, unter dem Druck pochender Männlichkeit riss?

Nefertem und die Sklavin ergaben sich ihrer Lust. Ihre Leiber bäumten sich auf und klammerten sich aneinander, um das Zittern im Zaum zu halten. Die Anspannung wich aus ihnen, erschöpft kamen sie nebeneinander zu liegen. Merit rieb sich an Tanis Hand, bis auch sie ein warmes Gefühl durchfloss. Zunächst kribbelte es nur zwischen ihren Beinen, um sich dann als wohliger Strom in ihrem gesamten Körper zu verbreiten. Merit schloss die Augen, gab sich ganz der Wollust hin, bis sie ermattet in sich zusammensank.

Einige Augenblicke später richtete sie sich wieder auf. Tani kroch an ihre Seite. Die Hände der Dienerin – beide Hände – waren feucht. Sie zupfte den Kittel über ihrem ein wenig zu üppigen Körper zurecht.

»Tani, welchen …«, Merit musste sich räuspern, so rau klang ihre Stimme. »Welchen Mann ersehnst du dir?«

»Ich weiß nicht genau«, erwiderte die Dienerin leise. »Mutig soll er sein. Aber mir ist's nicht eilig damit, auch wenn ich schon sechzehn Sommer alt bin. Und du?«

Merit zuckte mit den Achseln. Sie war sogar noch ein Jahr älter. In diesem Alter hatten andere Frauen längst Kinder geboren. Aber nach wem sehnte sie sich? Ganz gewiss nicht nach dem Sohn des Hohen Priesters. »Mutig, ja. Stolz soll er sein. Er soll einer sein, der mich ganz und gar kennenlernen will. Einer, der mir in einem kleinen Haus die Welt zeigen könnte.«

»Der, den du bekommst, wird aber ein großes Anwesen haben«, entgegnete Tani ernst.

Merit lachte. Sie umfasste das Handgelenk der Dienerin und wollte sich erheben, als die Blätter hinter ihr raschelten.

»Schwester!«, rief Nefertem. »Mir war so, als hörte ich dich, und siehe da, du neugieriges Biest hast mich beobachtet. Was fällt dir ein?«

Merit sprang auf die Füße und hastete an der Mauer entlang. Er blieb hinter ihr. Mit dem Bogen schlug er ihren Hintern. »Au, Nefer, au, nicht! Ich tu's nie wieder, ich schwöre es. Beim gefährlichen Seth schwöre ich's. Nie wieder!«

»Das will ich hoffen! Der Mann, der dich bekommt, wird es schwer mit dir haben. Geh und mach deine Übungen gefälligst, wie du es längst hättest tun sollen.«

Was fiel ihm ein, ihr zu befehlen? Rasch hob sie ihren Bogen auf, fischte einen Pfeil aus dem Köcher und legte ihn an. Rückwärts gehend schritt sie durch die Büsche auf die Rasenfläche und spannte den Bogen leicht. Natürlich vermied sie es, den Pfeil auf den Bruder zu richten.

»Bleib stehen.« Sie versuchte, so ernsthaft wie möglich zu klingen.

Er kam herangeschlendert, den eigenen Bogen locker über die Schulter gelegt. Goldene Reife glänzten an seinen Oberarmen, auf der Brust ruhte sein Ankh-Amulett, das Zeichen des Lebens. Noch zwei, drei Jahre, dachte Merit, und er wäre so stattlich, dass sich jede Frau nach ihm verzehren würde. Aus den sorgfältig mit schwarzem Kohel umrahmten Augen blickte er sie selbstgefällig an. »Pass auf, du schießt dir selbst in den Fuß«, spottete er. »Du hältst den Bogen viel zu niedrig.«

»Als ob ich das nicht wüsste!« Merit streckte ihm die Zunge heraus. Da rannte er auf sie zu. Sie wirbelte herum. Fast wäre sie gegen die Sklavin gestoßen, die sich hatte fortstehlen wollen. Nefertem schlang die Arme um Merit. Er ließ eine Hand auf ihre Pobacke klatschen und entwand ihr den Bogen.

»Du Scheusal!« Sie wand sich in seinem Griff herum. »Sitankh wird dich hoffentlich so tüchtig ausschimpfen wie mich.«

»Oho, die alte Sitankh, du machst mir wirklich Angst.« Er ließ sie los. Unvermittelt wurde sein Blick ernst. »Ich wünschte wirklich, du könntest richtig Bogenschießen.«

»Warum?«

Er machte eine unbestimmte Handbewegung. »Ach, ich will dich nicht ängstigen, wir sind hier ja sicher. Niemand wird den Guten Gott Taharqa besiegen.«

Doch sehr überzeugt schien er von seinen eigenen Worten nicht zu sein. Merit zögerte. »In den alten Schriften steht, dass Fremde vor tausend Jahren Ägypten eroberten. Sie kamen aus dem Nordosten, wie die Assyrer. Mehr als hundert Jahre soll ihre Herrschaft gedauert haben, bis Osiris Seqenenrê-Taa und seine Söhne sie vertrieben.«

Nefertem krauste die Stirn. »Es hat schon seinen Grund, dass Vater es nicht mag, wenn du solche Schriften liest. Die ängstigen dich nur.«

»Nein«, widersprach sie, obschon sie ihm recht geben musste. »Sie sagen mir, dass Ägypten immer siegreich bleiben wird. Deshalb lese ich sie. Und weil sie spannend sind. Und dies hier«, sie ergriff ihren kleinen Bogen und strich über das geschmeidige Holz. »Ich könnte nie so gut wie du damit umgehen. Eine Frau ist immer darauf angewiesen, dass ihr Mann sie schützt. Selbst eine Edelfrau, die den Bogen nur zu nutzen lernt, damit ihr Busen eine schöne Form behält.«

»Und deshalb mach endlich deine Übungen.« Er deutete auf ihre entblößte Brust. »Die ist schlaffer geworden in letzter Zeit.«

»Was?« Merit starrte an sich hinab. Ihre Brüste waren klein und rund und mit aufgerichteten Spitzen geziert. Gern hätte sie ein wenig vollere Brüste gehabt, aber wenn sie Sitankh glauben durfte, würde das noch kommen. »Das ist … du lügst ja!«

Lachend begann er wieder seinen Bogen auf ihr tanzen zu lassen. Mit einem entrüsteten Aufschrei stieß sie ihn weg und rannte. Aber er blieb ihr auf den Fersen. Merit lief um Tani herum, stolperte über den Saum ihres Kleides und tänzelte am steinernen Rand des Gartenteiches entlang. Im Gras döste die dicke Kawit, die schnappte sie sich und warf sie dem Bruder entgegen. Die verdutzte Katze fuhr die Krallen aus. Fluchend löste Nefertem ihre Pfoten von seiner nackten Haut.

»Dafür werfe ich dich in den Teich!«

»Du meinst Kawit? Das arme Ding.« Merit kicherte. Sie wollte weiterlaufen. Er packte ihren Arm – und hielt inne.

Ihr Vater stand am Rand des Gartens. Die Männer, die ihn aufgesucht hatten, waren bei ihm. Er blickte Merit und Nefertem ernst an. Mit einem Tuch wischte er sich über den glänzenden Schädel.

»Meine Kinder. Ihr werdet nach Theben gehen. Schickt schnell eure Leibdiener, ein paar Sachen zu packen. Ihr müsst sofort abreisen.«

»Nach Theben? So weit!«, platzte Merit heraus.

»Schweig, Merit-Sobek.«

Sie schluckte. So nannte er sie nur, wenn er streng klingen wollte. Nie sah er streng aus, das konnte er gar nicht, mit seinem vorgewölbten Kugelbauch, der das Gewand spannte. Die goldenen Reife saßen fest im Fleisch seiner Arme. Die Fältchen in den Winkeln seiner mit Kohel umrahmten Augen bewiesen, wie gern er lachte. Sie kannte keinen Menschen, der mehr Würde ausstrahlte. Merit traten die Tränen in die Augen, weil er so niedergeschlagen aussah.

»Der Pharao ist mit seiner Familie und fast dem gesamten Hofstaat soeben abgereist. Mehr als hundert

Barken hat man innerhalb einer Stunde beladen, sie alle befinden sich schon auf dem Weg nach Theben. Ich habe angeordnet, unsere Barke abfahrbereit zu machen. Zehn Schiffer und zehn Medjai zu eurem Schutz werden euch fortbringen. Es dämmert zwar bald, aber eine gute Wegstrecke werdet ihr noch schaffen, bevor die Nacht euch zum Anlegen zwingt. Ich bleibe. Einer muss ja bleiben.« Er unterbrach sich, um mehrmals tief einzuatmen. Aber was er zu sagen hatte, hing ja längst deutlich in der Luft.

»Die Astrologen sagten, dass die Mondfinsternis vor wenigen Tagen ein Zeichen zu unseren Gunsten war. Alle wollten wir das glauben, aber sie haben sich geirrt, es war ein gutes Zeichen für den Feind. Es ist geschehen, was niemals hätte geschehen dürfen: Die dritte Schlacht wurde verloren. Die Assyrer werden heute noch die Stadt einnehmen.«

2. Kapitel

Nefertem legte den Arm um Merits Schultern. »Mach dir keine Sorgen, wir sind ein gutes Stück fort. Und in der Nacht können auch mögliche Verfolger nichts tun. Mich kümmert eher, dass ich … fliehen musste.« Er stockte. Es ging gegen seine Ehre, das wusste Merit. Er hatte mit dem Vater noch gestritten, als sie über die Laufplanke an Deck gegangen waren. Aber selbst der Pharao war gen Theben aufgebrochen. Da unten in Theben, sagte Merit sich, würde er ein neues Heer um sich scharen und wieder zurückkehren. Und dann konnte vielleicht auch Nefertem seinen Mut und seine Kühnheit beweisen.

Vor der Kajüte stehend sah sie zu, wie die Schiffer den letzten Rest des Tageslichtes nutzten, die Barke dorthin zu lenken, wo ein Maulbeerbaum aus dem Fluss ragte. An einem dicken Ast banden sie das Schiff fest. So konnte es niemand vom Ufer aus überfallen. Und die zehn Medjai – wer sollte die nubischen Krieger überwinden?

»Geh zu Tani in die Kajüte und versuch zu schlafen.« Nefertem nickte in Richtung des kleinen Aufbaus in der Nähe des Hecks. Offenbar war er entschlossen, ihren Schlaf zu bewachen. Dankbar lächelte sie.

Es war ein anderes Schiff. Ein anderes Bett, kniehoch, mit vergoldeten Pfosten. Die Kajüte war so groß wie die Empfangshalle daheim. Solche riesigen Schiffe gab es nur im Traum. Merit träumte, wie sich das Bett unter ihr mit den Wellen des Nils sanft hob und senkte. Eine bronzene Öllampe, an Ketten aufgehängt, schaukelte über ihr. Es war Nacht. Draußen zirpten Grillen. Ruderblätter teilten das Wasser, nur um wenige Augenblicke später laut plätschernd wieder daraus aufzutauchen. In der anderen, der wirklichen Welt herrschte Krieg. Hier war es friedlich und ruhig.

Wohlig räkelte sie sich auf den zarten Leinenlaken. Ihre Beine hielt sie angewinkelt und weit gespreizt. Ihre Fußgelenke waren mit ledernen Riemen an die Bettpfosten gebunden, doch zunächst kümmerte sie dies nicht. Erst als der Wind durch das geöffnete Fenster blies und ihr über die nackte Scham strich, hob Merit den Kopf und fragte sich, weshalb sie gefesselt war. Und wer es getan hatte.

Noch war sie nicht beunruhigt. Sie genoss die streichelnde Brise. Es war ein wenig, wie im Dunkeln im Garten zu liegen, jenseits des Lichtkreises einer der in den Boden gesteckten Fackeln, und den Geräuschen der Nacht zu lauschen, dem Lautenspiel einer Musikantin, den Gesprächen des Vaters mit Bediensteten und Besuchern, den innigen Augenblicken, die sich ein Wachtposten mit einer Dienerin stahl. Aber war sie denn allein? Sie versuchte in die düsteren Ecken des Raumes zu spähen. Dort glaubte sie eine Truhe auszumachen, in der anderen Ecke einen Korbstuhl. Und – einen Menschen.

Das Korbgeflecht knarrte, als er sich erhob. Merit kniff die Augen zusammen, um den Fremden genauer anzuschauen, doch er wollte nicht aus der Dunkelheit hervortreten. Sie erahnte einen Leinenmantel edelster

Webart, unter dem sich ein hochgewachsener, muskulöser Körper abzeichnete. Sie sah kräftige, von Adern und Sehnen bedeckte Hände, doch Schultern und Kopf blieben ihr verborgen.

Um seinen straffen Bauch lag eine goldene Kette, daran hing der Stab des Gottes Ptah. War dies ihr zukünftiger Gemahl, der Sohn des Hohen Priesters? Hatte er sie auf seine Barke holen lassen, um sie genauer zu begutachten? Gleichwohl, so vor ihm zu liegen, war unwürdig. Sie schützte mit einer Hand ihre Scham und drehte den Kopf zur Seite. Dennoch beobachtete sie ihn weiterhin aus den Augenwinkeln.

Er bewegte sich langsam auf sie zu. Von seiner Schulter rutschte das Leinen und bauschte sich auf seinem Arm. Eigenartig, das Licht schien vor ihm zurückzuweichen, denn alles oberhalb seiner Brust blieb im Dunkeln. Umso deutlicher war alles andere: seine gebräunte Haut. Der schattige Bauchnabel, über dem der kleine goldene Stab pendelte. Die Hand, die den Stoff vor sein Geschlecht hielt.

Die andere Hand streckte sich nach ihrer aus. Eine unmissverständliche Geste: Er wollte, dass sie ihre Hand fortnahm. Und sie gehorchte.

Ein Schaudern überkam sie. Wenn er wenigstens spräche, ein Wort nur! Sein Schweigen beunruhigte sie. Zugleich bemerkte sie, dass sie es genoss, ihm so hilflos ausgeliefert zu sein. Sie ballte die Fäuste. Als Tochter des Tajti sollte sie einen harschen Befehl ausstoßen, dass der Fremde sie losband und sie um Vergebung anflehte. Aber dies war kein Mann, der vor einer Frau niederkniete, sei es eine Sklavin oder eine Adlige. Dies war ein Mann, der sich nahm, was er wollte.

Er würde seine Lust an ihr stillen.

Und sie wollte es. Sobek, dachte sie, steh mir bei.

Sie erzitterte unter dem Windhauch, der sie daran erinnerte, dass sie nackt dalag. Deutlich spürte sie den Tropfen, der aus ihrer feuchten Spalte sickerte und zwischen ihre Gesäßbacken rann. Der Fremde konnte sehen, was sie ersehnte. Und sähe er es nicht, so würde der Duft, der ihr entströmte, sie verraten.

Er neigte sich vor. Sein gestreckter Finger fuhr sacht an ihrer Vulva entlang, als prüfe er die Reife einer Frucht, die sein Sklave auf dem Markt gekauft hatte. Merit krümmte sich und biss sich auf die Unterlippe, um ein Aufstöhnen zu unterdrücken.

Seine aufreizende Langsamkeit machte sie verrückt. Sie schob ihm ihre Hüften entgegen, fast über den Rand des Bettes hinaus. Mehr Bewegungsfreiheit hatte sie nicht, aber ihr Inneres klaffte noch weiter auf. Er gab einen Laut von sich, aus dem Belustigung sprach. Plötzlich stellte er einen Fuß auf die Bettkante. Seine Hand ließ den Stoff los; das Leinen rutschte nach hinten über den Schenkel. Merit keuchte auf. Sein Glied stand hochaufgerichtet vor seinem straffen Leib. Mit einer Hand umfasste er es. Die andere streichelte den Hodensack. Sein Schamhaar war entfernt worden, wie es Brauch unter den Priestern war. Jede Falte, jede Ader bot sich ihr dar; die beschnittene Spitze schimmerte rötlich. Diese Manneskraft besaß Ausmaße, wie Merit sie nie gesehen hatte, und er führte sie voller Eitelkeit vor.

Dann kniete er sich hin. Schwer schmiegte sich sein Geschlecht an ihres.

Merit warf den Kopf zurück und schloss die Augen, erwartete zitternd den Schmerz. Seine Männlichkeit begann von unten her ihre Scham zu teilen. Unwillkürlich hob sie das Becken, um ihm den Zugang zu erleichtern. Doch er glitt über ihre Öffnung hinweg, ihre geschwollene Klitoris streifend.

Der Fremde lachte leise. Er legte die Hände unter ihre Schenkel und packte kräftig zu. Wieder schob sich sein Glied an ihr entlang, ohne in sie zu stoßen. Merit wimmerte verzweifelt. Nichts ersehnte sie mehr als sein Eindringen. Sie wollte wissen, wie es war, so allumfassend ausgefüllt zu werden. Er stieß seine Hüfte vor und zurück, wieder und wieder rieb er sich an ihr, bis sie überzeugt war, es nicht länger ertragen zu können. Sie hob das Becken soweit es ging und wollte ihn so zwingen, endlich in sie zu stoßen. Doch er entschlüpfte geschickt ihren Zugriffsversuchen. Er war Herr der Lage, er allein. Merit warf den Kopf hin und her, keuchte und weinte. Wer immer du bist, schrie sie ihn in Gedanken an, ich hasse dich dafür! Sobek soll dir die Kehle aufreißen!

Plötzlich hielt er inne. »Jetzt«, sagte er, und sie erschrak, weil sie nicht mehr damit gerechnet hatte, dass er das Wort an sie richtete. Qualvolle Augenblicke verstrichen. Dann setzte er das gewaltige Glied an ihre Öffnung und begann, sie zu weiten. Sie hielt still, voller Lust und Angst. Längst war sie nur noch ein zittriges Bündel unter seinen Händen, und sie musste die Zähne zusammenbeißen, damit sie nicht aufeinanderschlugen.

Er neigte sich vor und ergriff ihre Arme oberhalb der Ellbogen, als wolle er sich bereit machen, mit aller Kraft zuzustoßen. Endlich enthüllte ihn das Licht.

Schwarze, gelockte Haare umwallten sein Haupt und seine Schultern. Ein Bart wucherte fast bis zu seinen Brustwarzen. Von seinem Gesicht waren nichts als die Augen und die Nase zu sehen. Merit krächzte entsetzt. Aus den Haaren fielen riesenhafte Insekten. Eine Schlange schob sich aus einem Lockenstrang und züngelte ihrem Bauch entgegen. »Merit«, stieß er mit dumpfer Stimme hervor, aber sie sah in all dem Bewuchs keinen Mund, keine Lippen. »Merit, Merit …«

Sie presste die Augen fest zusammen und schrie.

Hände umfassten ihren Kopf. Sie schlug um sich.

»Merit, Merit! Bei Sobek, wach endlich auf!«

»Tani?« Vorsichtig blinzelte sie. Da waren keine Öllampe, kein Mann und kein Ungeheuer. Tani klopfte ihr gegen die Wange und schob ihr die schweißnassen Strähnen aus der Stirn. Merit rieb sich über die Augen. Alles war, wie es sein sollte: die kleine Kajüte, die Unterlage nur ein schmales Bett, und ihren Leib bedeckte ein leinenes Gewand. »O Sobek, was für ein Traum! Hab ich …«

»Sei leise«, zischte Tani. »Die Assyrer sind auf dem Schiff!«

»Was sagst du da?« Schlagartig war Merit hellwach.

»Ja. Sei still!«

Sie lauschte. Weder Geschrei noch Waffengeklirr waren zu hören. Merit sprang auf die Füße, hastete ans Kajütenfenster und spähte durch den Vorhangspalt. Schliefen die Medjai noch? Angestrengt spähte Merit in die Nacht. Im Licht der zahllosen Sterne sah sie die Ruderer über die Riemen gebeugt sitzen. Pfeile ragten aus ihren Nacken. Auf dem Deck lagen zwei Körper, auch sie mit Pfeilen gespickt. Merit schlug sich die Hände vor den Mund.

Drei, nein, vier Männer schritten langsam über die Planken. Ihre bronzenen Kegelhelme mitsamt der Haare, die darunter hervorquollen, waren eindeutige Zeichen. In der Hand eines Kriegers flammte eine Fackel auf; ihr Feuer spiegelte sich in zahllosen Bronzeplättchen auf den Oberkörpern. Aus den roten, mit Fransen besetzten Wickelröcken troff Wasser. Merit erinnerte sich an eine böse Redensart: *Ein Assyrer ist übel, drei sind eine Armee.*

Einer zückte ein Messer und schnitt pralle Lederbalge von ihren Rücken. Dass nur Luft darin war, begriff Merit, als die Beutel fast lautlos zu Boden fielen: Die Männer waren in ihren schweren Rüstungen durch den Nil geschwommen. Merit umklammerte den Anhänger mit dem Emaillekrokodil zwischen ihren Brüsten. Sobek, dachte sie, warum haben deine Geschöpfe sie nicht aufgehalten?

Die Männer waren bis an die Zähne bewaffnet. Zwei hatten Pfeile auf ihre Bogen gelegt. Ein dritter hielt einen Speer in der Hand. Sie alle trugen lange Messer an den Gürteln.

Merit blickte zu Tani hinüber, die zitternd im Raum stand. »Was machen wir jetzt?«, wisperte sie. Ihr Blick irrte über den düsteren Boden. Irgendwo zwischen all den Stoffen, Kissen und Handfächern war ihr Bogen verborgen. Ach, was nützte der ihr? Sie starrte wieder hinaus. Schreien musste sie, ja, schreien, damit die Wachen endlich begriffen, was sich hinter ihren Rücken abspielte. Es konnten doch nicht alle tot sein?

Ein verzweifeltes Gellen drang aus ihrer Kehle: »Nefertem! Nefertem! Wo bist du?«

Die Assyrer hielten inne, rissen die Bogen hoch. Merit warf sich auf die Knie, riss Tani mit sich und wartete, dass die Pfeile auf der anderen Seite der Kajütenwand ins Holz schlugen. Doch das geschah nicht, scheinbar witterten die Männer ihre wertvolle Beute. Merit wollte ihre Knie umschlingen, sich zu einer Kugel einrollen, nichts von dem Schrecken wahrnehmen, der gleich über sie hereinstürzen würde. Sie streckte sich nach Tanis Hand und umschloss sie fest. Draußen begann das Kampfgetöse. Schritte trommelten auf dem Deck und ließen es beben. Geschrei, Geklirr, das Zischen von Pfeilen waren zu hören. Ein Mann ächzte. Und ein anderer schrie röchelnd: »Der Pharao wird ewig leben!«

Merit zwang sich, wieder aufzustehen. Sie spähte hinaus. Weitere Männer – die Medjai – lagen tot auf den Planken. Zwei gab es noch, die sich den Angreifern stellten. Der Assyrer, der an der Spitze stand, hatte seinen Helm verloren. Er warf die feuchten Haare aus der Stirn und lächelte kühl. Seine Zähne waren weiß, nicht silbern. Er hielt seinen Speer mit beiden Fäusten, machte einen Schritt vorwärts und ließ die Waffe gegen den Bauch seines Gegners klatschten. Dann wirbelte er den Speer über dem Kopf, und plötzlich steckte die eiserne Spitze im Hals des anderen. Dies geschah so schnell, dass beide fast zugleich zu Boden sanken. Er stellte einen Fuß auf den Brustkorb des Toten und zog mit einer nachlässigen Bewegung den Speer heraus. Er bewegte sich wie eine jagende Raubkatze, voller Geschmeidigkeit, beinahe Anmut.

Und er war grausam. Aus der Gürtelscheide zog er ein wuchtiges Messer und schnitt dem anderen die Kehle durch. Die Klinge in die Höhe reckend, rief er auf Ägyptisch: »Assur ist Herrscher der Welt!«

Ein Wilder. Ein brutaler Wilder, der seinen blutrünstigen Gott verherrlichte. Er hatte sich des Schiffs bemächtigt. Er und diese drei anderen. Nur vier Männer! Merit ballte die Fäuste. Nur vier! Und sie würden sich jetzt nehmen, was den Siegern zustand.

Merit warf sich herum, suchte nach ihrem Bogen und fand ihn endlich. Aus dem Köcher zerrte sie einen Pfeil und legte die Waffe an. Durch den dünnen Vorhang suchte sie die Brust des Mannes. Aber es gelang ihr nicht, richtig zu zielen. Es war, als hüpfe ihr Ka in ihrem Innern hin und her und ließ ihre Arme zittern.

Eine Hand legte sich auf ihren Mund, ein kräftiger Arm zog sie vom Fenster weg. Nefertem stand vor ihr.

»Bruder, du lebst«, hauchte sie. »Ich hatte schon befürchtet …«

»Schhh.« Er hob einen Finger an die Lippen. »Kommt, rasch.«

Am Arm zog er sie mit sich durch den kleinen Seiteneingang. Der Fackelschein reichte nicht bis hierher, und die Assyrer waren noch damit beschäftigt, zu prüfen, ob die reglosen Männer wirklich tot waren, wie Merit mit einem raschen Blick über die Schulter feststellte. Ihre und Tanis nackte Sohlen verursachten keinen Laut, als sie hinter Nefertem zum Bug des Schiffes huschten.

»Springt und versteckt euch im Schilf«, befahl er.

»Und du?«

»Ich kämpfe.«

»Nefertem, bist du wahnsinnig?« Mehr vermochte Merit nicht zu sagen, denn er verschloss wieder ihren Mund. Er drückte einen Kuss auf ihre Stirn, hob sie hoch und warf sie mit der Kraft seiner jungen Jahre über die Bordwand.

Merit strampelte in der Schwärze des Flusses. Ihre Füße berührten den Sand des Grundes und stießen sich davon ab. Trotz ihres Schreckens war ihr bewusst, dass sie so unauffällig wie möglich auftauchen musste. Nach einigen kräftigen Stößen ließ sie sich hinaufgleiten. Ihr

Kopf gelangte ins Freie. Leise versuchte sie, zu Atem zu kommen. Doch ihr Keuchen erschien ihr so laut wie das Röhren eines aufgescheuchten Nilpferdes.

Am liebsten wäre Merit wieder aufs Schiff geklettert, um ihrem Bruder beizustehen. Wenn er nur nichts Unbedachtes tat! Dann würde er leben. Sie würden den Sohn des Tajti nicht einfangen, nur um ihn zu töten.

Merit entdeckte Tani neben sich. Erleichtert fasste sie ihre Hand, gemeinsam bewegten sie sich vorwärts. Die Strömung war hier nicht stark, auch wenn das Ufer noch ein gutes Stück entfernt war. Im Schatten der Barke waren sie unsichtbar. Das Rot des dämmernden Morgens spiegelte sich in den Kegelhelmen der Assyrer. Es bereitete den vier Männern keine Mühe, das Schiff ans Ufer zu bringen, auch wenn sie dazu einiges an Zeit benötigten.

»Ich muss sehen, was sie tun«, flüsterte Merit. Tani und sie glitten unter dem Papyrusbündelsteven hinweg und verbargen sich lautlos im Schilf. Hier war das Wasser so flach, dass sie sich niederkauern mussten. Merit erschrak, als vor ihr die Fackel ins Wasser fiel und zischend erlöschte. Nacheinander sprangen die Männer von der Barke. Das Wasser spritzte unter ihren Füßen auf. Nefertem war mitten unter ihnen. Seine Hände waren auf den Rücken gefesselt, so dass er nur mühsam sein Gleichgewicht halten konnte. Merit glaubte zu bemerken, wie er sich rasch umschaute, aber er war klug genug, es unauffällig zu tun. Die Männer stapften die Böschung hinauf. Dort warteten Pferde.

Der Große, der einzige ohne Helm – offenbar der Anführer –, richtete das Wort an Nefertem. Merit verstand nicht, was er sagte, und auch nicht ihres Bruders Antwort, die den Wilden nicht zufriedenzustellen schien. Der Assyrer schwang sich auf sein Pferd und ließ es um Nefertem herumschreiten. Seine Gestalt war ein schwarzer Schatten im fahlen Morgengrau. Als er seine Frage wiederholte, war seine Stimme gefährlich laut.

»Wo ist deine Schwester?«

»Sie ist – in Memphis geblieben«, antwortete Nefertem sofort, aber seine stockende Stimme hatte ihn verraten.

Schanherib schüttelte die nassen Haare und strich sie sich aus der Stirn. Sie rochen erdig, wie der Fluss, der an Größe und Gewalt sogar den Tigris übertraf, an dessen Ufern sich die Mauern der Stadt Assur erhoben. Der Nil war tückisch. Die Ägypter hatten es nicht gewagt, in der Nacht zu segeln. Es lag an den Sandbänken, soweit er wusste. Oder an ihren feigen Herzen? An ihrer Überheblichkeit, die sie nicht hatte glauben lassen, dass sie wirklich in Gefahr waren? Dennoch hatten er und seine Männer Glück gehabt, dass alles so glatt verlaufen war. Die Ägypter hätten nur irgendwo weiter draußen ihre Barke festmachen müssen, schon wäre es ungleich schwieriger geworden, Asarhaddons Auftrag auszuführen.

Schanherib lächelte in sich hinein. Er hätte es trotzdem geschafft. Der Großkönig und Beherrscher der vier Weltgegenden, der Hohe Priester des Assur, der heute noch Pharao sein würde, wusste, was er an seinem besten Krieger hatte.

Er legte den Unterarm auf den Schenkel und blickte seinen Gefangenen an. Hardu, sein treuer Schildträger, der ihm viele Male in der Schlacht das Leben gerettet hatte, wenn sein Ungestüm mit ihm durchging und er jede Vorsicht vergaß, stand hinter dem Ägypter und hielt seine Schultern fest. »Gut, noch einmal.« Schanherib bediente sich nun des Akkadischen, seiner eigenen Sprache, die ein gebildeter Ägypter aus adligem Hause verstehen musste. »Wo ist deine Schwester?«

»Zu Hause«, beharrte der junge Ägypter. Der anbrechende Morgen enthüllte die Angst auf seinem Gesicht. Aber er war tapfer und verstand es, seine Furcht wenigstens teilweise zu verbergen.

Aus schmalen Augen blickte Schanherib ihn an. Nefertem hieß der Ägypter, so hatte man ihm mitgeteilt. Den Namen der Schwester kannte er jedoch nicht. Er war sicher, für einen winzigen Augenblick einen wohlgeformten Frauenkörper durch die Dunkelheit huschen gesehen zu haben. Und hatte er nicht gehört, wie fast im gleichen Moment etwas ins Wasser gefallen oder jemand gesprungen war? Aber der Eindruck war so flüchtig gewesen, dass er nicht sofort in sein Bewusstsein gedrungen war – zu spät, um einen der Männer ins Wasser zu schicken.

Er ließ seinen Gilzanu-Hengst weiter um den Gefangenen schreiten. Seine rechte Hand umfasste locker den Schaft des Speers, der wieder in der Halterung seitlich des Sattels steckte. Die andere hing herab. Das Ledergeschirr und die eisernen Ringe darin knirschten und klapperten, das Pferd prustete. Nur mit den Schenkeln lenkte er es, sich wohl bewusst, dass derartiges Getue einen jungen, unerfahrenen Mann beeindruckte. Zumal einen ägyptischen Adligen, der täglich von Wohlgerüchen, Geschmeide, in Honig getunkten Speisen, nackten Sklavinnen und sonst nicht viel mehr umgeben war. Die Ägypter beließen es dabei, ihre mageren Pferde vor ihre Wagen zu spannen. Wie es war, einen solchen Muskelberg mit den Schenkeln zu beherrschen, eins mit dem Tier zu werden, auf seinem Rücken dahinzujagen, davon verstanden sie nichts.

»Du lügst, da war eine Frau«, sagte er schließlich.

»Das war nur eine Dienerin.«

»Vielleicht ist er selbst die Schwester, und wir haben gar nicht den Sohn erwischt«, rief Hardu und grinste breit.

Schanherib ließ nicht ab, den Jungen durch seine Runden nervös zu machen. »Eine Möglichkeit, die nicht von der Hand zu weisen ist«, sagte er sachlich. »Die ägyptischen Männer machen sich den Frauen gleich, indem sie das Zeichen der Männlichkeit aus ihrem Gesicht entfernen und sich sonstwo noch die Haare herauszupfen. So sehen bei uns nur die Eunuchen aus. Und die Ägypter behängen sich mit Schmuck ...«

»Tust du das nicht auch?«, rief Nefertem.

»Du meinst dies hier?« Schanherib berührte den bronzenen Reif an seinem Oberarm, in den ein runder, flacher Achat eingelassen war. »Die geflügelte Sonne, das Zeichen des Reichsgottes Assur. Das willst du damit vergleichen?«

Er beugte sich vor und riss den goldenen Halskragen vom Hals des jungen Mannes. Die ersten Sonnenstrahlen spiegelten sich darin, als er ihn hochhielt.

»Dieses weibische Geklimper ist eines Mannes unwürdig.« Er warf den Schmuck einem seiner Männer zu, der ihn mit einer Hand auffing und in seinen Gürtel stopfte. Wahrscheinlich würde das Gold am nächsten Abend den Hals einer Hure zieren. »Prüft nach, was er ist.«

Hardu ließ sich das nicht zweimal sagen. Er umfasste von hinten Nefertems Hals, so dass dieser erschrocken aufkeuchte, zerrte den Leinenschurz hoch und drehte den Jungen seinen Kameraden zu. »Und?«

»Er hat einen Schwanz«, verkündete Ursu-Gila.

Mardak löste mit einem schnellen Handgriff seinen Dolchgürtel, formte ihn zu einer Schlaufe und hob damit Nefertems Glied an. »Beachtlich kann man den wohl nicht nennen. Für einen Ägypter aber vielleicht schon.«

Nefertem schob das Becken nach hinten. Hardu johlte. »Seht nur, wie er sich mir entgegendrängt! Aber ich mache mir doch gar nichts aus Jungenärschen.«

Die Männer grölten. Verzweifelte Wut zeichnete sich auf Nefertems Gesicht ab. Plötzlich schlug er den Hinterkopf gegen Hardus Kinn und stieß einen Fuß gegen Mardaks Schenkel. Beide Männer fluchten. Der Gürtel hatte sich gelöst. Mardak, der muskelbepackteste von ihnen allen, ließ den Gurt wirbeln und so fest auf die Schulter des Ägypters niederknallen, dass dieser aufstöhnend in die Knie ging. Erneut riss Mardak die Faust mit dem Gürtel hoch.

»Das reicht!«, rief Schanherib.

Die Männer ließen den Jungen los, und Mardak schnallte sich den Gürtel wieder um. Nefertem versuchte auf die Füße zu kommen. Er musste sich von Hardu aufhelfen lassen, der das recht grob tat. Ein dicker Striemen zeichnete sich auf seiner Schulter ab, und er atmete erschöpft.

»Es ist bald hell genug«, bemerkte Ursu-Gila. »Dann könnten wir die Frau finden.«

Nachdenklich zupfte Schanherib an seinem Bart, während er den Blick noch einmal über das Uferschilf und den angeschwollenen Fluss schweifen ließ. Schnatternde Enten zeigten sich als kleine schwarze Flecken auf der stetig heller werdenden Wasseroberfläche. Die Barke trieb führerlos flussabwärts; ihr buntbemalter Hecksteven streifte die Schilfrohre und ließ sie knistern. Er hatte die Fackel, mit der Hardu sie in Brand hatte setzen wollen, über Bord geworfen, weil nicht auszuschließen war, dass sich das Mädchen ganz in der Nähe aufhielt und dann in Gefahr geriet.

Er verzog die Lippen. »Der König nimmt Memphis ein, und wir stapfen hier wie Vogelfänger durchs Schilf, um ein Mädchen zu suchen! Der Tajti ... wie hieß er noch gleich?«

Die Frage galt seinen Männern, nicht dem Ägypter. Eine Beleidigung, die der Junge verstand, denn er starrte finster vor sich hin. Nein, Nefertem war kein Feigling, er hatte nur nie lernen müssen, mutig seinen Mann zu stehen.

»Mentuhotep«, warf Hardu ein.

»Ja, Mentuhotep. Er wird den Verlust einer Tochter leichter verschmerzen. Der Sohn ist viel wichtiger, um ihn zu erpressen. Belassen wir es dabei.«

»Gelten die Töchter bei euch so wenig?«, empörte sich der Ägypter. »Hier ist das nicht so, und er würde um sie trauern, wie er es um mich täte!«

Schanherib musterte ihn geringschätzig. War es die Unerfahrenheit, die den Jungen veranlasste, solche Dinge preiszugeben? Oder doch Dummheit? »Vielleicht muss er das ja«, sagte er langsam. »Vielleicht ist sie ertrunken.«

Er wartete, dass Nefertem voller Stolz herausplatzte, ägyptische Frauen seien hervorragende Schwimmerinnen – irgendeine Bemerkung, die einen Hinweis enthielt, wo man sie suchen könnte. Aber der Junge schwieg.

»Sie *ist* ertrunken«, setzte Schanherib noch einmal an, und als das nicht fruchtete, schlug er mit der Zügelschlaufe auf den Hals des Gilzaners und stieß ihm die Fersen in die Seiten. »Und jetzt zurück in die Stadt. Es wird ein heißer Tag, wir sollten ihn hier nicht vertändeln.«

Er schwitzte jetzt schon unter seiner Rüstung, und das nasse Leinenhemd darunter begann auf seiner Haut zu jucken. Ohne weiter auf die anderen zu achten, trieb er sein Pferd zum Galopp an, um die Stadt so rasch wie möglich zu erreichen. Er hatte seinen Auftrag erfüllt, und wenn er Glück hatte, würden die ägyptischen Krieger ihm in den Straßen der Stadt einen guten Kampf liefern, bevor er siegreich in ein großes Anwesen einzog, wo ihm zarte Frauenhände in einem der künstlich angelegten Badebecken den Schweiß vom Leib wuschen. Brauchte er mehr? Am Morgen das Pferd unter sich, am Abend ein hübsches, williges Weib, und dazwischen ein Kampf zum Ruhm seines Landes und seiner Selbst. Der Wind blies ihm die Haare aus dem Gesicht, und das wilde Auf und Ab des Pferdes ließ seinen Körper vibrieren. »Assur ist Herrscher der Welt!«, schrie er und reckte die Faust.

Das Gebrüll des schrecklichen Mannes klang Merit noch in den Ohren, als er mitsamt seinen Männern längst fort war. Sie hielt Tanis Mitte umschlungen, während Tani sich an ihren Schultern festhielt. So hockten sie aneinandergeklammert im Schilf und bewegten sich nicht, nur haltlos schlottern, das taten sie, obwohl der aufsteigende Sonnengott Rê-Harachte ihre Gesichter wärmte. Merit fühlte sich entsetzlich verlassen. Heute gab es auf dem Fluss keine Binsenboote.

Keine Barken, keine großen Byblosschiffe, die von den Ländern am Großen Grün, dem nördlichen Meer, duftendes Zedernholz, kretischen Wein, Bronze, Gewürze oder edle Türkise brachten.

Nur zwei Wegstunden von hier entfernt ächzte die alte, ruhmreiche Stadt unter dem Ansturm der Feinde. Merit malte sich aus, wie die assyrischen Eroberer durch die Straßen und Gassen stürmten, die Mauern des Königspalastes, der hochherrschaftlichen Anwesen und der Tempel niederrissen, die Götter in ihren allerheiligsten Räumen stürzten und Tische und Stühle zu gewaltigen Holzstößen aufschichteten, in denen sie geschändete Frauen zu Ehren ihres schrecklichen Assur verbrannten.

Und mitten in diesem Schrecken ihr Vater mitsamt all seinen Bediensteten. Und Nefertem!

Merit löste sich von Tani und schlug die Hände vors Gesicht. Verzweiflung überkam sie. Fahrig versuchte sie mit dem Stoff ihres Kleides die Tränenflut zu trocknen. Tanis hilflos streichelnden Händen gelang es kaum, sie zu trösten.

»Was machen wir jetzt?«, wisperte Tani.

Merit schniefte in den Kleidsaum. Er war feucht, schmutzig und aufgerissen. »Wir müssen zurück.«

Ein Zittern ging durch die Dienerin. »Das ist viel zu gefährlich!«

»Eine andere Wahl haben wir nicht. Ich bin die Tochter des Tajti. Man wird uns nichts tun. Nefertem haben sie ja auch nichts getan. Ich meine, nichts wirklich Schlimmes, er lebt immerhin noch.«

»Sie haben ihm die Hände gefesselt und ihn geschlagen! Herrin, das mag ja auszuhalten sein, aber sieh uns doch an. Wer soll uns denn glauben, dass du des Herrn

Mentuhoteps Tochter bist und ich deine Leibdienerin?« Sie strich über Merits Haare, die sicher nicht anders aussahen als der von der Nässe verklebte und zerzauste Schopf der Dienerin. »Du hast deinen Reif und deinen Halskragen verloren. Man wird uns für irgendwelche hergelaufenen Frauen halten. Niemand wird davor zurückschrecken, uns ... uns ...«, ihre Stimme brach.

»Vater hätte uns früher wegschicken müssen«, klagte Merit. »Oder gar nicht mehr. Ich wünschte, wir wären jetzt bei ihm und könnten sehen, wie es ihm geht. Und Nefertem! Was geschieht bloß mit Nefertem? Ich muss es wissen!«

Sie sprang auf, zerrte Tani mit sich und hastete durch den Schilfwald hinauf bis zum Saum des Ackerlandes. Das Schilf und das harte Gras hatten ihre Waden zerkratzt. Der Riemen einer der Sandalen war gelöst und sie musste ihn knoten. Deutlich waren die Hufabdrücke der assyrischen Pferde in der feuchten Erde zu sehen. Merit war nun fest entschlossen.

Sie blickte noch einmal an sich hinunter und verschob das Leinen über dem Brustschal, so dass es beide Brüste bedeckte. Dann richtete sie ein Gebet an Ptah, den Schutzherrn der Stadt, und an ihren eigenen Schutzgott, dessen in Gold eingefasstes Emaillebildchen sie noch um den Hals trug. Sie hob es an die Lippen – Sobek, schütze uns!, flehte sie – und begann, in nördliche Richtung auszuschreiten, den Spuren der Assyrer hinterher.

3. Kapitel

Nefertem war überzeugt, dass keine schlimmeren Qualen auf ihn zukommen konnten. Sein Hintern brannte von dem zweistündigen Ritt, und seine Knochen und Muskeln taten weh, als habe man unablässig auf ihn eingeprügelt. Krämpfe erschütterten seine Schenkel, da er sie beständig anspannen musste, um nicht vom Pferd zu rutschen. Seine Peiniger hatten ihm nicht die Hände losgebunden oder wenigstens vorne gefesselt, damit er sich am Sattel festhalten konnte. Nein, sie hatten einen Gürtel um seine Mitte gelegt und daran ein Lederband, das ihn am Sattel hielt. Er wusste nicht, was er mehr hasste: das Pferd, die verrohten Männer oder ihren Anführer Schanherib, der zwar dafür sorgte, dass man ihn nicht schlug, aber von unerträglichem Stolz war.

In der Nähe der Stadt ritten sie vorsichtiger. Der Hafen war voll von riesigen Schiffen, an deren Masten das assyrische Hoheitszeichen flatterte, die geflügelte Sonne. Memphis, die Waage der Länder Ober- und Unterägypten, die uralte Residenzstadt, berühmt für ihre Tempel, den weißummauerten Palast und die in der Ferne ans Himmelsgewölbe reichenden Pyramiden, war besiegt. Schanherib hatte seinen Speer gezogen und preschte mit durchgedrücktem Rücken in die Straße seitlich des Hathortempels, dass der Staub hinter ihm hochwirbelte. Das Tor des Pylons stand offen.

Nefertem sah im Vorbeireiten, wie Sklaven unter der Aufsicht assyrischer Krieger die Tempelschätze herausschleppten und auf die Rücken von Eseln luden. Eine Priesterin war in die Knie gegangen. Sie reckte sich nach einer goldenen Statue der kuhohrigen Göttin der Liebe, die ein Mann auf seinem Rücken an ihr vorbeitrug. Über das geschminkte Gesicht der Priesterin liefen Tränen. Nefertem hoffte, nicht selbst weinen zu müssen.

Immer tiefer tauchte die Kavalkade in das Gewirr der Straßen, die längst von assyrischen Truppen beherrscht wurden. Aus den Häusern erklangen Wehgeschrei, das tiefe zufriedene Stöhnen siegreicher Männer, das Klatschen von Händen und Gürteln auf die nackte Haut jener, die sich noch wehrten. Überall wurden vollgepackte Truhen und pralle Säcke herausgetragen. Was wertlos war – Körbe, Kleider, Tongeschirr –, zerbrach unter den Tritten der Assyrer und der ihrer riesigen Pferde.

Schanherib und seine Mannen schienen weder nach links noch rechts zu blicken, sie hielten auf den Per-Ao inmitten der Stadt zu, den großen, von einer weißen Mauer umgebenen Königspalast. Auch hier standen die Tore offen. Nefertems letzte Hoffnung, dass die zurückgebliebenen Getreuen Taharqas dem Ansturm standhielten, zerstob. Noch kämpfte ein Rest der königlichen Palastwache: Etwa zwanzig mit Schilden und Speeren bewaffnete Medjai wehrten sich erbittert gegen die assyrische Übermacht, die sich offenbar längst im gesamten Palast verteilt hatte. Der kampfeslustige Schanherib ritt in einem Bogen an den Rand des Geschehens und stieß den Speer über einen Handschild hinweg in die Brust eines riesenhaften Nubiers, der im

Begriff gewesen war, einem Assyrer den Garaus zu machen. Mit einem Ruck riss er den Speer wieder an sich und wirbelte ihn hoch über dem Kopf, auf der Suche nach einem neuen Ziel. Hardu, der als einziger seines Trupps einen Schild mit sich führte, lenkte das Pferd an seines Herrn Seite, um ihn zu decken.

Sie ritten zum Palasteingang.

»Er ist der Sohn des Wesirs Mentuhotep!«, rief Schanherib am Eingangstor den assyrischen Wachtposten zu. »Bringt ihn zum …«, er stutzte und lachte schließlich, »zum Pharao.«

Er riss sein Pferd herum und verschwand mitsamt seinen Männern. Nefertem war froh, dass der Ritt endlich sein Ende gefunden hatte. Jemand schnitt ihn los und zerrte ihn unsanft vom Pferd. Es kostete ihn alle Willenskraft, auf den Füßen zu bleiben und die Knie durchzudrücken. Eine Hand stieß zwischen seine Schulterblätter. Er betrat die angenehme Kühle einer großen Halle. Sie war ihm nicht fremd, einige Male war er in Begleitung seines Vaters hier gewesen. Aber die Korridore und Räume dahinter kannte er nicht. Überall liefen Männer in Rüstungen umher, aber auch Ägypter: Bedienstete, Schreiber und einstmals hohe Beamte, gescheucht von den Siegern. Auf den Armen trugen sie Papyrusrollenbündel, Kästen mit Schriftrollen, Siegeln, Tintensteinen und Binsenstängeln. Es war ein einziges Wirrwarr, durch das Nefertem von seinen neuen Bewachern geführt wurde. Einige der ägyptischen Würdenträger erkannte er wieder, aber er blickte an ihnen vorbei. Zu sehr schämte er sich seiner Fesseln.

Sie gelangten wieder ins Freie, durchquerten ein Stück des Gartens und betraten das Gebäude dahinter.

Auch hier trieben sich Assyrer herum, aber sie hatten nichts zu tun, standen nur müßig im Weg und unterhielten sich. Seine Begleiter mussten sich durchfragen. Sie gelangten an eine von zehn Männern bewachte Flügeltür. Ihr Rahmen war golden, der Türsturz von einer geflügelten Sonne beschirmt – der ägyptischen geflügelten Sonne. Hieroglyphen waren ins Türblatt eingeritzt und mit Gold ausgelegt: Dies war einer der Empfangsräume des Pharao.

Einer der Wächter schob Nefertem durch die halbgeöffnete Tür. Ein riesiges Gemach, fast eine Halle, tat sich vor ihm auf. Mehr als zwanzig Männer hielten sich hier auf. Sie standen um einen ausladenden, mit Blattgold belegten Zedernholztisch. Nur einer saß: der König der Eroberer. Asarhaddon war in einen silberglänzenden Mantel gehüllt, sein Lockenkopf zierte ein Silberreif. Seine beringte Hand ruhte auf einem Schriftstück. Hunderte solcher Papyrusrollen lagen auf dem Tisch verteilt. Doch was Nefertem dort noch sah, jagte einen Stich durch sein Herz. Unbeachtet wie irgendein vergessener Tonkrug stand inmitten all der Papyri der Pschent, die rot-weiße Doppelkrone Ägyptens. Es hieß, die Uräusschlange und der Geierkopf an der Stirnseite der Krone seien fähig, einen boshaften Menschen mit einem Blick zu töten. Warum also lebten diese Männer noch? Die Schlange starrte ins Leere.

Nefertem hielt Ausschau nach seinem Vater. Doch alle Männer, die sich hier aufhielten, waren Assyrer. Sie trugen Topfhüte mit gezackten Mustern, künstlich gelockte Bärte, Ketten aus farbenfrohen Schmucksteinen, alles umhüllende Fransengewänder. Manche hielten Amtsstäbe, die sie als hohe Würdenträger kennzeichneten. Manche trugen Schaffelle um die Hüften;

vielleicht waren es Priester. Andere waren bis an die Zähne bewaffnet. Die Krieger schwiegen, während der Rest durcheinanderredete. Nefertem hörte die Männer von der vergangenen Mondfinsternis sprechen, die in ihren Augen ein günstiges Zeichen gewesen war. Sie priesen den königlichen Astrologen in ihrer Mitte, den Gott Assur und viele andere Götter.

Müde rieb sich der Eroberer die Schläfen. Als ein Diener ihm mit einem feuchten Tuch die Stirn erfrischen wollte, winkte er ab. »Es ist genug«, rief er.

Die Gespräche verebbten.

»Ich brauche Ruhe. Geht, lasst mich allein.« Er deutete auf einige Männer und wies sie an, am Abend wieder zu erscheinen. Alle traten zurück, beugten die Knie und verließen dann rückwärts gehend das Gemach. Auch die Leibwache schickte er hinaus. Nur ein Assyrer blieb zurück, der einzige bartlose. Der Eunuch räusperte sich und wies auf Nefertem.

»Das ist also Schanheribs Fang? Und Schanherib konnte sich nicht dazu aufraffen, ihn mir persönlich zu überbringen?« Der assyrische Großkönig erhob sich. Der glänzende Stoff seines Mantels raschelte. Mit einer Handbewegung winkte er Nefertems Bewacher hinaus. Der Eunuch verschloss die Tür.

Die plötzliche Stille war beinahe unerträglich.

»Falls Schanherib hart mit dir umgesprungen ist, bedauere ich das.«

Nefertem spürte flüchtig eine Hand an seiner Schulter. Da der Assyrer ihn überragte, starrte er geradeaus, um nicht zu ihm aufsehen zu müssen. Hinter einem Pfeilergang erstreckte sich die Rasenfläche des Palastgartens. Das Wasser eines Teichs glitzerte. Eine einsame Ente hatte sich dorthin verirrt, ungeachtet des

Trubels. Sie tauchte, kam wieder hervor, schüttelte den Schwanz.

»Hast du einen Wunsch?«

Hundert Wünsche. Den Vater zu sehen. Zu hören, was alles geschehen und wie es den Daheimgebliebenen ergangen war. Sich einfach hinsetzen und ausruhen. Den Dreck herunterwaschen. Den Staub, den Schanheribs Pferd ihm beständig in die Kehle gewirbelt hatte, mit kühlem Wasser forttrinken. Noch vieles mehr, aber er sagte: »Binde mir die Hände los. Meine Schultern fühlen sich an, als seien sie aus Holz.«

Asarhaddons Brauen waren breit, seine Wangen hager, die Lippen in seinem gelockten Bart voll. Er roch nach fruchtigen Ölen – vielleicht der einzige Mann seines Volkes, der sich solch einen Duft gönnte. »Das ist schwierig. Ich weiß ja noch nicht, ob du mein Feind bist.«

»Natürlich bin ich dein Feind!«

»Und unbesonnen, wie mir scheint.« Er trat hinter ihn. Nefertem spürte seinen tastenden Finger an dem Gürtel. Doch statt ihn abzunehmen, gürtete der König ihn noch fester. Die lose Schnur, die Nefertem mit dem Sattel verbunden hatte, zog er heraus und band damit die gefesselten Hände an den Gürtel. Fassungslos stellte Nefertem fest, dass er seine Arme nun noch weniger bewegen konnte.

»Ich nehme dir die Fesseln ab, sobald du bewiesen hast, dass du folgsam bist – und kein Feind. Ich will dir nichts Böses.«

»Wo ist mein Vater? Kann ich ihn sehen?«

»Es geht ihm gut. Niemandem aus seinem Haushalt ist etwas zuleide getan worden. Aber jetzt denk nicht daran, nimm lieber ein Bad.« Asarhaddon winkte den

Eunuchen herbei, dem Nefertem folgen musste, über Gazellenfelle und syrische Teppiche hinweg, vorbei an einem mit kostbarem Königsleinen bedeckten Ruhebett.

Der Garten war verlassen, auch die Ente hatte sich davongemacht. Nur eine Frau kauerte im Gras.

Der Eunuch nahm ihm den Schurz ab und bat ihn mit einer höflichen Handbewegung, in das Becken zu steigen. Mit zweimaligem Händeklatschen rief er die Frau herbei und wies sie an, Nefertem zu waschen. Nefertem hatte das Erlebnis seiner Gefangennahme als höchst eigenartig empfunden, aber gefesselt in einem Teich zu baden, den zuvor der Pharao genutzt hatte, war wohl das Seltsamste, das er je erlebt hatte. Er fragte sich, ob er nicht vielleicht doch jeden Moment in seinem Bett aufwachen und all das mitsamt dem assyrischen Einmarsch als Traum entlarven würde.

Er lehnte sich mit den Schultern an den Beckenrand. Das Wasser reichte ihm bis zur Brust. Die Frau stand vor ihm, ihr ungegürtetes Leinenkleid trieb auf dem Wasser. Sie goss Öl in ihre Handfläche, verrieb es und fuhr damit durch seine kurzen Haare.

»Wer bist du?«, fragte er.

Mit den Augen wies sie zu dem Eunuchen. Offenbar durfte sie nicht sprechen. Aber dann flüsterte sie: »Ich bin eine Nebenfrau des Einen.«

Eine Gemahlin des Pharao wusch ihn. Nein, das konnte nicht wahr sein. Diese Hände hatten den Guten Gott berührt. Was hier geschah, war falsch, ein Vergehen gegen die heilige Maat, die Ordnung der Welt. Aber die Frau schien seine Bedenken nicht zu teilen, denn sie wusch ihn mit der versonnenen Inbrunst einer Dienerin. Er versuchte sich vorzustellen, es sei jene

Sklavin, mit der er sich am Tag zuvor vergnügt hatte. Das misslang ihm, denn seine Fessel erinnerte ihn beständig daran, dass zwischen dem Gestern und dem Heute seinem Gefühl nach die Zeitspanne eines ganzen Jahres lag. Dennoch entspannte er sich allmählich unter den Berührungen, und seine Schultern fühlten sich weniger steif an.

Sie verrieb das Öl hinter seinen Ohren, an seinem Hals, massierte es in seine Arme und sehr vorsichtig in den geschwollenen Striemen, den Schanheribs Gefolgsmann auf seiner Schulter hinterlassen hatte. Ölige Flecken tanzten auf der unruhigen Wasseroberfläche. Unwillkürlich drückte er der Frau seinen Oberkörper entgegen. Sie war geschickt, ohne jede Scheu – wie hatte der Pharao auf ihre Reize reagiert? Hatte er ebenso die Füße auseinandergestellt, damit sie mühelos zwischen seine Beine fassen konnte? War er ebenso zusammengezuckt, als sie an seine Seite geglitten war, um mit den Fingerspitzen durch seine Gesäßspalte zu fahren? Sie neigte sich vor, bis das Wasser ihren Mund umspülte, und rieb die Innenseiten seiner Schenkel. Sein Glied, das längst pochte, ließ sie aus. Zunächst gab sie ihm mit den Händen zu verstehen, dass er nacheinander seine Beine heben solle. Er tat es, und sie schob ihre Finger zwischen seine Zehen.

Endlich griff sie dorthin, wo er es am meisten ersehnte. Dankbar aufseufzend schloss er die Augen, jedoch reizte sie ihn nur mit wenigen zarten Bewegungen und ließ ihn dann los. Nun stand sein Schwanz prall vor seinem Bauch. Enttäuscht knirschte er mit den Zähnen.

Er hatte nicht vergessen, wo er war. Immer wieder wehten aus den anderen Gebäuden des weitläufigen

Palastes unpassende Geräusche herüber: laute Männerstimmen, sogar noch Kampfgeschrei, Fußgetrappel, zerspringende Gegenstände. Nefertem war es gewohnt, dass der Tag im Hause des Vaters von einem beständigen Geräuschpegel begleitet wurde, daher störte er sich nicht daran. Doch als er die Stimme jenes Mannes vernahm, der ihn gefangen genommen hatte, schreckte er auf.

Schanherib durchquerte den Raum mit ausgreifenden Schritten. Man musste nicht zweimal hinsehen, um ihn wiederzuerkennen, auch wenn er nun gewaschen war, sein Bart geölt und gekämmt und sein Haupthaar mit heißen Eisen in lange Locken gelegt. Der Krieger trug einen knöchellangen Wickelrock; die roten Fransen umwanden seine Beine wie eine Spirale. Auf ihre Weise waren auch sie sehr eitel, wenn sie auf solche Dinge Wert legten, dachte Nefertem. Gehalten wurde der dunkle Stoff von einem breiten Ledergürtel, an dem eine mit Gold beschlagene Messerscheide hing. Bis auf den Bronzearmreif mit der Achatsonne war Schanheribs Oberkörper nackt.

Asarhaddon ließ sich in seinem Korbstuhl nieder und legte die Hände auf die Lehnen. Währenddessen beugte Schanherib ein Knie vor ihm. Ein muskulöses Bein schob die Stofffülle des Rockes auseinander.

»Und, war es noch lohnenswert, dass du dich in die Stadt begeben hast?«, fragte Asarhaddon.

»Ja, im Norden wurde noch gekämpft, die Wächter eines Tempels hatten noch Widerstand geleistet. Aber das ist vorbei, das *Haus der Neith*, wie sie ihn nennen, hat sich ergeben. Memphis ist endgültig besiegt.«

Nefertem ballte vor Enttäuschung die Fäuste im Rücken.

»Ich habe immer bedauert, dass man dich nicht als Heerführer einsetzen kann.« Der Großkönig nahm den Becher und trank. Dann stellte er ihn auf seinem Schenkel ab. Die Finger ruhten auf dem Becherrand. »Weil du es nicht willst. Weil du im Kampf nur an deinen eigenen Schädel und bestenfalls noch an den deiner kleinen Truppe denkst, aber nicht an eine Armee. Kein Leitwolf, sondern ein Löwe, der nur für sich allein wütet. Weil ich das weiß, habe ich dich damit beauftragt, die flüchtige Familie des Tajti einzufangen. Genau genommen nur die zwei Kinder, denn die Mutter, keine geringere als eine Tochter Taharqas, starb laut den Worten Mentuhoteps vor einigen Jahren an einem Sommerfieber. Allzu viel hattest du also nicht zu tun, trotzdem bist du nur mit der Hälfte dessen zurückgekehrt, was du hättest bringen sollen.«

Schanherib erhob sich wieder und blickte in Richtung des Badeteiches. Von diesem Mann in so entwürdigender Lage gesehen zu werden, ließ Nefertems Wangen vor Scham brennen.

»Ich hätte dir wohl deutlicher sagen sollen, dass ich auch die Tochter will«, Asarhaddon stellte den Becher beiseite.

Der Krieger machte ein verkniffenes Gesicht. »Aber ich …«

Asarhaddon schnitt ihm das Wort ab, indem er eine Hand hob. »Habe ich dein kampflustiges Herz wieder einmal unterschätzt, das so schnell wie möglich zurück nach Memphis wollte? Oder war es unter deiner Würde, das Balg einzufangen?«

»Das war nicht der Grund.« Schanherib warf einen finsteren Blick in Nefertems Richtung, als sei es ihm unangenehm, vor den Augen und Ohren seines Opfers zurechtgewiesen zu werden. »Ich hielt es nur für sinnlos, meine Zeit mit einer Frau zu verschwenden. Sie fiel ins Wasser und dürfte ertrunken sein.«

»Nun gut, ich will dir deine Nachlässigkeit verzeihen. Und dich natürlich belohnen, mit einem großzügigen Anwesen. Geh zu meinem Schreiber Sarruhabi, er wird dir erklären, wo es ist. Alle Bewohner, die du dort noch vorfindest, gehören dir. Du kannst dir noch drei Sklaven zuteilen lassen, und was immer du noch brauchst, lass es Sarruhabi wissen. Finde dich morgen Mittag wieder hier im Palast ein. Ich will mit dem Tajti reden; ohne seine Mithilfe kann ich nicht überblicken, wie man die Zügel dieses Landes hält. Wenn er den furchteinflößenden Krieger sieht, der jetzt sein Haus besitzt, wird ihm das deutlich vor Augen führen, wie es aussieht mit seinem Ägypten. Deutlicher als die Straßenkämpfe es konnten. Und er wird sich fügen, hoffe ich.«

Nefertem wandte sich ab. Das Anwesen war seit mehr als hundert Jahren im Besitz seiner Familie. Dort waren sie geboren worden, dort war ihre Mutter gestorben. Zeiten der Trauer, Zeiten der Freude: Blumengebinde und in der Hitze schmelzende Salbkegel auf den Köpfen, wilde Ritte auf dem Hausesel, Balgereien mit Merit und den Sklaven, irgendwann der erste willige Schoß, duftende Haare, kundige Hände – so vieles hatten sie dort erlebt, und nun würde dieser Assyrer die Vergangenheit mit jedem Schritt entweihen.

Schanherib verließ den Raum. Nefertem vernahm andere Schritte, Geflüster, das Geraschel von Stoff. Dann war es still. Schließlich hieß ihn der Eunuch, das Becken zu verlassen. Die Frau tupfte seine Haut trocken und legte ihm den Schurz wieder an.

»Geh hinein«, wies der Eunuch Nefertem leise an. »Jemand wartet dort auf dich. Du hast nichts zu befürchten.«

Was kam nun auf ihn zu? Nefertem kehrte in den Audienzraum zurück, der verlassen schien. Doch als er auf Höhe des Bettes ankam, erstarrte er. Wahrhaftig, eine Frau lag in den Laken. Eine Assyrerin! Die weißen Stoffe quollen zwischen ihren gespreizten Gliedmaßen hervor. Eine üppige schwarze Lockenpracht ergoss sich über Schultern und Brüste, so rund und schwer wie Melonen. Ihre Haut war heller als die der Ägypterinnen, als hielte sie sich nur selten in der Sonne auf. Goldene Reife bedeckten Arme und Beine, doch ansonsten war sie nackt.

»Was schaust du mich so empört an?«, fragte sie freundlich.

»Wer immer du bist – du liegst im Bett des Guten Gottes!«

Fragend hob sie die blau geschminkten Augen zum Baldachin. »Des Gottes? Ah, natürlich, du meinst den Mann, den der König wie einen geprügelten Hund aus der Stadt gejagt hat. Ich bin seine Palastfrau.« Sie spielte mit einer Brustwarze. »Ich habe dich vorhin gesehen, du hast es nur nicht bemerkt. Du gefällst mir, hübscher Ägypter. Sch-sch!«, machte sie in Richtung des Gartens und wedelte mit der Hand. Aus dem Augenwinkel bemerkte er den Eunuch, der sich verneigte und verschwand.

»Sicherlich musst du dich nicht fragen, was wir beide hier und jetzt miteinander zu schaffen haben«, fuhr sie fort.

Nein, das musste er nicht. »Das ist nicht dein Ernst.«

»Doch, gewiss.« Sie lächelte. »Dem Ersten aller Könige fehlt die Zeit, sich um mich zu kümmern, wie du dir sicher denken kannst. Derzeit beschäftigen ihn tausend Dinge, selbst dann noch, wenn er an meiner Seite liegt. Dafür muss eine Frau Verständnis haben, nicht wahr? Aber darben, nein, das muss sie nicht.«

Eine Konkubine Asarhaddons lag im Bett des Guten Gottes und bot sich ihm an? Er konnte nur fassungslos den Kopf schütteln.

»Komm«, sie klopfte neben sich auf die Matratze. »Setz dich her zu mir. Du musst dich nicht fürchten, er hat nichts dagegen.«

Wie benommen gehorchte er. Seit der Flucht hatte er einige seltsame Dinge über sich ergehen lassen müssen, aber er hatte zumindest gewusst, warum sie geschehen waren. Dies jedoch … Hilflos blickte er die Frau an. Alles an ihr war voll und sinnlich, die Wangen, der Mund, die Hüften und die Brüste mit den großen, scharf abgegrenzten Höfen. Sie war nicht schlank, zumindest nicht so, wie es den Ägyptern gefiel, aber ihre prallen Rundungen waren dennoch schön. Er hätte es vorgezogen, diese Assyrerin hässlich zu finden, aber, bei Amun, so war es nicht.

Ihr Bauch schmiegte sich an sein Gesäß. Ihre Hand umfasste ihn und ruhte auf seinem Schenkel. »Bist du gewillt?«, flüsterte sie hinter ihm. Er drehte den Kopf. Sie blickte zu ihm hoch. Es war keine Bitte.

Zögernd nickte er. »Binde mich los.«

Sie zupfte an ihrer Unterlippe. »Und woher weiß ich nun, dass du dich nur fügst, weil du die Fesseln loswerden möchtest? Vielleicht legst du dann deine starken Hände um meinen Hals?«

In der Tat hatte Nefertem diesen Gedanken erwogen. Er sprang auf. »Was soll das alles?«, stieß er hervor. »Lass doch einen eurer Krieger rufen, dass er dich nimmt!«

Er hörte das Bett knarren, die zahllosen Reife der Frau klirren und drehte sich um. Sie hatte sich aufgesetzt, ihre kräftigen Unterschenkel hingen über den Bettrand. »Ich hätte nichts dagegen. Wenn es der Richtige ist.« Eine ihrer lockigen Strähnen hing ihr ins Gesicht, sie schob sie zwischen die Lippen und leckte daran. »Komm schon. Bereite mir Freude, und ich mache dich los.«

Hilflos sah Nefertem sich um. Niemand war hier. Und draußen im Garten – auch dort erblickte er keinen Menschen. Die Frau zog ein Bein an und spielte mit den beringten Zehen, während sie ihn geduldig ansah.

»Ich denke nicht daran, mich vor dir zu erniedrigen«, gab er zurück.

Sie ruckte hoch und schlenderte zu einem Tischchen. Alles an ihr schwang aufreizend, Lüsternheit umhüllte sie vom Kopf bis zu den Zehen. Ganz jung war sie nicht mehr, dreißig Sommer zählte sie vielleicht, und es gab liebreizendere Frauen als sie. Aber alle, die er bisher gesehen hatte, verblassten vor ihr.

Von dem Tisch hob sie eine Karaffe aus blauem Glas. Wasser floss in einen Goldbecher. Den trug sie her und hielt ihn Nefertem an den Mund. Was sollte das? Er drehte den Kopf weg.

»Du musst Durst haben«, sagte sie sanft.

»Binde mich los, damit ich trinken kann.«

»Sei vernünftig. Ich habe dir doch eben erklärt, dass es dafür noch zu früh ist. Überwinde dich.«

Der Rand des Bechers berührte Nefertems Unterlippe, und mit einem Mal spürte er wieder die Staubschicht auf seiner Zunge. Er öffnete den Mund und legte leicht den Kopf zurück. Hastig nahm er einige Schlucke. Den Rest trank sie, während sie ihn über den Becherrand hinweg musterte. Sie ließ den Becher fallen, hockte sich vor ihn auf den Bettrand und hob seinen Schurz.

»Was immer du vorhast – lass es.«

Wieder lächelte sie nur. Zwischen ihren geschickt reibenden Fingern wurde sein Penis rasch hart. Sie neigte sich vor und rieb ihn auf ihren Brüsten, ließ die Zungenspitze über die Eichel kreisen und fuhr mit den Fingerkuppen seine Rille entlang. Während all dem nahm sie nicht den Blick von seinen Augen.

»Hör auf«, sagte er matt. Seine Finger im Rücken verkrampften sich, und er musste sich zwingen, sein Becken stillzuhalten.

»Deine Stimme zittert. Vor Empörung? Vor Furcht?« Sie spreizte die Schenkel. Mit dem Zeigefinger begann sie in ihrem wild wuchernden Schamhaar zu spielen, während sie einen Arm unter den Kopf legte, um ihn weiter ansehen zu können. »Oder weil du es jetzt nicht mehr abwarten kannst, mich zu besteigen?«

Amun und alle Götter, wie sollte ein Mann nicht auf all das reagieren, was sie tat?

»Sieh doch«, wisperte sie. Auch sie zitterte vor Gier, er hörte es an ihren Worten, er sah es am Glanz ihrer Schenkel. »*Ich* erniedrige mich vor dir, schöner stolzer Ägypter. Ich werde vor dir kriechen und dich anflehen, wenn du nicht anfängst.«

Er sackte in die Knie. Der Duft, der ihrer Spalte entstieg, war herb und süß zugleich. Ihre Schamhaare schimmerten feucht. Nun sah er, dass sie in einem kleinen geflochtenen Zopf endeten. Nefertem beugte sich vor. Hätte er die Hände frei, so hätte er ihre Hüften umfasst und ihre Brüste ertastet. So war es seine Zunge, die den fremden Leib erkundete. Er schmeckte das Salz ihrer Haut, fuhr durch ihren Nabel, die Rundungen ihres Bauches entlang und weiter hinab. Er tauchte die Lippen in die Feuchtigkeit. Sofort hob sich ihm ihr Unterleib entgegen. Er spürte die Nägel ihrer Hand an der Wange, als wolle sie ihn noch näher heranziehen. Gierig leckte er an ihren prallen Schamlippen. Der Zopf geriet ihm zwischen die Lippen, und er saugte die betörend schmeckende Nässe heraus. So, genau so duftete und schmeckte die Syrerin, und er gab sich zu gern der Illusion hin, zurück mit ihr im heimischen Garten zu sein. Tief tauchte er die Zunge in den heißen Quell, schob sie in ihre Höhle, so weit es nur möglich war, leckte und saugte an dem harten Knoten darüber. Wie betäubt nahm er kleine Schreie wahr, das Beben des Körpers unter ihm, das leichte Schwingen des Bettes. Hör auf, schrie ihm ein Rest seines Verstandes zu. *Hör auf!* Aber es war unmöglich …

Er schnappte nach Luft, richtete sich auf und drängte ihr den Unterleib entgegen. Sein Schurz war ihm im Weg, und er stöhnte verärgert. Sie hob den Stoff, schon sah er sein gerötetes Glied in ihr verschwinden. Heiß umschloss sie ihn. Er stieß vor und zurück. Die Frau stöhnte vor Wollust, warf den Kopf hin und her, die Augen fest geschlossen. Amun, Amun, er beschlief eine Lustfrau des fremden Königs … Sie hielt sich an seinen Schultern fest. Ihre Fersen drückten in seine Hinterbacken. Wieder und wieder versenkte er sein Glied in ihrer engen Hitze. Der Rausch überwältigte ihn, bis er sich aufbäumte.

Nefertem glitt von ihr herunter, kauerte neben dem Bett und starrte auf sein Gemächt, das nass von ihrer beider Säfte war. Nur einen Augenblick die angenehme Mattigkeit genießen, bevor die Wirklichkeit zurückkehrte … Er blickte zu der Palastfrau hoch. Ihr Gesicht war gerötet. Sie lächelte. »Danke, schöner Ägypter.« Sie wälzte sich herum, schob sich auf dem Bauch ihm näher, bis sich ihre Lippen trafen. Es war ein sanfter Kuss. Plötzlich hielt sie, woher auch immer, einen kleinen Dolch in der Hand. Nefertem wollte aufspringen, doch sie umarmte ihn. Er spürte die Fessel fallen.

Sie rollte sich auf den Rücken, quer auf dem Bett liegend, die Finger genüsslich in der Spalte vergraben. Ihr Atem war schwer und gleichmäßig, ihre Lider sanken.

Nefertem kam auf die zittrigen Füße. Er hatte erwartet, sich schlecht zu fühlen, sobald er wieder bei Sinnen war, aber er spürte nur Müdigkeit. Über das Geschehene nachdenken – dazu war noch viel Zeit. Jetzt jedoch sollte er wohl besser nutzen, dass er nicht mehr gefesselt war. Aus den Falten des Lakens zog er den Dolch. Es war eine lächerlich kleine, mit Edelsteinen besetzte Waffe; vielleicht war es bei assyrischen Frauen üblich, so etwas zu tragen. Jedoch schien diese Frau nicht im Traum daran zu denken, dass er den Dolch gegen sie verwenden könnte. Er hielt die Klinge verborgen, während er hinaus in den Garten trat. Nein, zu flüchten würde ihm nicht gelingen, das wusste er. Aber er wollte sich zu seinem Vater durchschlagen, wenigstens ein paar Worte wechseln … Wo mochte er sein?

Nefertem musste einen Schreiber fragen. So gelassen wie möglich lief er einen gepflasterten Weg entlang, trat durch eine der Seitentüren und suchte den Schreibraum. Wie erwartet hockten hier zwei Dutzend Schreiber auf dem gefliesten Boden und lauschten den Worten des

Oberschreibers, der wiederum von einem assyrischen Schreiber beaufsichtigt wurde. Sie alle bewachte der Schrein des ibisköpfigen Gottes Thot, aus dem brennende Spezereien ihren Duft entließen. Nefertem nickte ihnen zu, als sei es für ihn selbstverständlich, hier aufzutauchen, und ging neben einem der Schreiber in die Hocke.

»Tajti Mentuhotep«, sagte er leise. »Weißt du, wo er ist?«

Der junge Ägypter blickte nicht von seiner Schreibarbeit auf. »Nein, aber warte, bis der Assyrer fort ist, dann frage ich den Oberschreiber.«

Eine kalte Klinge legte sich von hinten an Nefertems Kehle. »Er wird nicht warten«, sagte eine wohlbekannte Stimme. Schanherib gab sich keine Mühe, leise zu sein. »Hat dir jemand erlaubt, den Audienzraum des Königs zu verlassen?«

Nefertem schluckte. Die Schneide drückte gegen seinen Halsapfel. Was hatte der Krieger hier zu suchen? Natürlich, Asarhaddon hatte es ihm befohlen. Der dort vorn war vermutlich jener Sarruhabi, und er, Nefertem, hatte die Möglichkeit nicht erwogen, sein persönlicher Feind könne hier sein. »Die Götter mögen dich verfluchen.«

»Gib mir den Dolch.«

»Ich will zu meinem Vater, assyrischer Hund!«

»Das ist nicht mein Problem. Her mit dem Dolch, oder ich gebe dir meinen noch dazu, allerdings auf eine Weise, die dir nicht bekommen wird.«

Der Oberschreiber war längst verstummt, alle hatten sich nach Nefertem umgedreht. Reflexartig, ohne zu wissen, was er tat, langte Nefertem nach dem Tintenkasten des Schreibers und warf ihn über die Schulter.

Fluchend riss Schanherib die Klinge zurück. Nefertem sprang auf und rannte zwischen den erschrocken zurückweichenden Männern hindurch. Papyrusbögen wirbelten unter seinen nackten Sohlen auf, Tonscherben glitten über den Boden. Er konnte nicht entkommen; er wusste es, noch bevor Schanherib ihn von hinten ansprang und von den Füßen riss. Nefertem zählte zu den kräftigsten jungen Männern des Adels, man bewunderte seine Schützenkunst. Nichts half ihm das, nichts! Bäuchlings lag er auf den Fliesen, der Assyrer hockte auf ihm, schlug auf ihn ein und entwand ihm den Schurz. Nefertem wand und wehrte sich, doch er war zu ermattet. Er konnte nicht verhindern, dass er mit dem in Streifen gerissenen Kleidungsstück erneut die Hände auf den Rücken gefesselt bekam.

Schanherib drehte ihn herum. Auf seiner Brust prangten schwarze Tintenflecke.

»Dieser Dolch …« Er wog die verlorene Waffe in der Hand. »Wie bist du daran gekommen?«

»Er gehört einer Assyrerin. Sie nannte sich eine Palastfrau deines Königs.«

»Nach der du riechst. War's schön?« Anzüglich grinste Schanherib. Nefertem hob den Kopf und spuckte ihn an. Fast im gleichen Augenblick schoss ein Lichtblitz durch seinen Kopf – der Assyrer hatte ihm eine Ohrfeige verpasst, an die er wohl noch in zehn Tagen denken würde. Aufstöhnend versuchte er sich den Schmerz aus den Augen zu blinzeln.

Schanherib wischte sich über den besudelten Bart. »Die Frau – hatte sie einen Zopf zwischen den Beinen?«

»Ich dachte mir schon … dass sie es sich auch von Palastkriegern besorgen lässt«, presste Nefertem zwischen den Zähnen hervor. »Offensichtlich gehörst du auch dazu.«

»Du hast wirklich keine Ahnung, wie?«

»Wovon redest du?«

Schanherib stemmte sich hoch und zog Nefertem mit sich auf die Füße. Gewaltsam bohrte er ihm die Finger in den Arm, um ihn an den ängstlich gaffenden Schreibern vorbei vor sich herzuschieben. »Palastfrau – so wird sie genannt, ja. Es gibt kein assyrisches Wort für *Königin*. Du hast mit der Gemahlin Asarhaddons geschlafen.«

4. Kapitel

»Was macht ihr da?« Eine Hand schlängelte sich um den hüfthohen Tonkrug herum und fasste Merit ins Haar. Merit schrie auf. Doch es war nur eine alte Frau, die sich zwischen den Krügen hindurchschob, um sie und Tani, die an ihrer Seite kauerte, misstrauisch zu mustern. »Euch verstecken, ja?« Kräftig zog die Alte an der dicken Haarsträhne. »Die Götter haben Ägypten verlassen. Der Apis-Stier liegt in seinem Blut! Und da wollt ihr hier noch Schutz suchen? Geht, dient euch den neuen Herren an, das ist das Beste, was ihr tun könnt!«

Merit entwand sich ihr, griff nach Tanis Hand und sprang hinter den Vorratskrügen hervor. Den halben Tag hatten sie hier in einem der Lagerräume des Ptah-Tempels ausgeharrt, denn in den Gassen und Straßen herrschte nur Gedränge, Gehetze, Geschrei, und mehr als einmal waren sie und Tani nur im letzten Augenblick den Kriegern entronnen. Sogar hier im Tempel des Stadtgottes waren die Fremden herumgelaufen und hatten das Unterste zuoberst gekehrt. Irgendeinen guten Gott musste es noch geben, da Merit und Tani unentdeckt geblieben waren.

Metallischer Gestank ließ sie würgen, als sie durch die Halle liefen, welche den heiligen Stier beherbergte. Merit blickte geradeaus, um den Kadaver nicht sehen zu müssen. Draußen war die Sonne im Begriff, von

Nut, dem Leib der Welt, verschluckt zu werden; der Himmel war in Rot getaucht.

Warum blieben die Menschen nicht in den Häusern? Stattdessen hatten sie ihre armselige Habe geschultert und hasteten hin und her, als wüssten sie nicht, wohin mit sich. Immer noch stapften die Feinde durch die Straßen, aber in ihrem Bemühen, die Leute zu drangsalieren, wirkten sie inzwischen erschöpft. Sie grölten nach Huren und Bier, und es gab nicht wenige Frauen, die sich ihnen näherten, um ihre Wünsche zu erfüllen.

Merit und Tani verbargen sich in einer verlassenen Hütte, bis Dunkelheit sich über die Stadt senkte, und liefen weiter. Jetzt war es leicht, das elterliche Anwesen zu erreichen. Bald schlichen sie unterhalb der Umfassungsmauer dahin. Am Tor standen nicht die ägyptischen Wächter, die Merit kannte. Merit hielt sich zusammen mit Tani tief im Schatten der Mauer.

»Hör zu«, wisperte sie. »Wir gehen hin und sagen, dass ich die Tochter des Wesirs und Enkelin des Pharao bin.«

»Ich glaube nicht, dass der Tajti dich nach Süden geschickt hat, damit du das jetzt tust«, murrte Tani.

Merit nagte an der Unterlippe. Was blieb ihnen sonst übrig? »Vielleicht geht ja alles gut und man bringt uns zu meinem Vater.«

»Wir wissen nicht einmal, ob er hier ist. Bestimmt liegt er irgendwo gefesselt im Palast.«

»Hochrangige Gegner behandelt man sicher anständig.«

»Das haben wir ja bei Nefertem gesehen …«

»Sei ruhig!« Merit gab ihr einen Klaps auf die Wange. »Pass auf, wir gehen nicht allzu nah an sie heran, und dann können wir notfalls weglaufen.«

Tani stöhnte leise, beide hatten sie dicke Blasen an den Füßen. Aber sie mussten nicht rennen, denn das Tor war geschlossen. Falls Männer es bewachten, dann auf der anderen Seite. Merit berührte den bronzenen Schutzgott Bes in seinem Ring, doch ihn gegen das Holz zu schlagen, wagte sie nicht.

»Komm«, flüsterte sie Tani zu und nahm sie an der Hand. Sie schlichen zur Rückseite des Anwesens. Hier gab es eine Stelle, an der die Ziegelmauer ein paar winzige Löcher aufwies. Als Kinder waren sie hier oft hinübergeklettert, wenn sie draußen gespielt hatten, denn auf der anderen Seite lockte der Brunnen mit kühlem Wasser. Merit schob die Zehen in das unterste Loch. Hinter sich hörte sie Tani ergeben aufseufzen, dann war sie auch schon oben und sprang auf die Brunneneinfassung. Die weniger flinke Tani keuchte und stöhnte, dass Merit schon glaubte, man könne sie hören. Doch hier, im Brunnenhof, hielt sich niemand auf. Auch das Wohnhaus schien verlassen, keine Lampe erhellte die Fenster. Die widerstrebende Tani hinter sich herziehend, lief Merit ins Haus. Alles wirkte unverändert, soweit sich das in der Düsternis sagen ließ. Aber wo steckten all die Bediensteten, die das Anwesen sonst so lebhaft wie einen Bienenstock machten? Da, Gelächter. Gesang. Flötenspiel. Und der Duft nach gebratener Gans.

Merit eilte die Treppe zu ihrem Gemach hinauf, um unbemerkt aus den Fenstern hinab in den Garten schauen zu können. Im Kreis mehrerer Fackeln hockten drei Männer auf ausgebreiteten Tüchern und stopften Fleischstücke, gegartes Gemüse, Feigen und schwarzes Brot in sich hinein. In ihren wirren Bärten glänzte Fett; es troff auf nackte, muskulöse Brustkörbe. Die Dienerschaft eilte sich, ihren Wünschen nachzukommen. Zwei junge Männer gossen Wein in Kelche, zwei andere trugen eine weitere Gans heran und mühten sich, sie in mundgerechte Stücke zu zerteilen. Sie schauten dabei ängstlich. Die Töne, welche die drei im Gras knienden Musikantinnen den Harfen und Flöten entlockten, waren schief, doch daran schienen sich die Assyrer nicht zu stören. Der Rest der Dienerschaft hatte vermutlich das Weite gesucht. Nein, der Hausherr war gewiss nicht mehr hier und würde vielleicht niemals zurückkehren.

Einer der Assyrer, ein besonders kräftiger, dessen Muskelstränge an den Armen sich wie Schlangen wanden, warf sich auf den Bauch und kroch zu einer der Musikantinnen. Sie wimmerte, als er sich so nah an sie heranschob, dass sein Kopf ihre Schenkel teilte. »Spiel schön weiter!«, befahl er. »Sonst bekommst du meinen Gürtel zu spüren.«

Er lachte. Ihre Finger krallten sich in die Harfensaiten. Seine Hand klatschte auf ihre Hüfte, dann stieß er sie, ohne sich aufzurichten, rücklings ins Gras. Er schob ihr Kleid hoch und schnupperte. Jammernd zog sie die Beine an. Seine wirren Haare bedeckten ihren Unterleib; er schien sich an ihr gütlich zu tun wie an einer süßen Honigwabe. Die Harfe lag vergessen im Gras, und das Flötenspiel der anderen Frau, die sich ängstlich ein Stück entfernt hatte, klang noch erbärmlicher. Die Harfenspielerin verbarg ihr Gesicht in den Armen. Als ein anderer Assyrer sich auf die Flötistin warf und ihr Kleid über die Hüften zerrte, erstarb die Musik endgültig. Der Dritte grölte weinselig, man möge sich eilen, damit auch er zu seinem Recht käme. Dabei stieß er den Becher in den Himmel, dass der Wein spritzte.

Merit wankte vom Fenster fort. »Diese … diese

Männer«, krächzte sie und rüttelte die vor Furcht bleiche Tani an der Schulter. »Ich glaube, die waren es, die unsere Barke überfallen haben. Lass uns verschwinden.«

»Und ob ihr verschwinden werdet!«, kam es zischend vom Eingang her. Merit ging vor Schreck in die Knie. Doch die schmale Gestalt, die sich ins Innere schob, war alles andere als bedrohlich.

»Sitankh!« Sie sprang auf und warf sich der alten Dienerin entgegen. »Wo ist mein Vater?«

»Schhh.« Sitankh drückte die knorrigen Finger auf Merits Mund. »Man hat ihn früh am Morgen geholt. In den Palast, soviel ich weiß. Nefertem ist auch dort; jedenfalls haben diese Kerle damit geprahlt, ihn eingefangen und dorthin gebracht zu haben. Nur wo ihr zwei seid, das wusste niemand! Sobek und allen Göttern sei Dank, dass sie wenigstens dich bewahrt haben. Aber du musst weg, sonst schnappen sie dich doch noch. Ihre Götter sind stark.«

»Vielleicht wäre das ja das Beste, dann würde man mich zu Vater und Nefertem bringen.«

»Nein! Dein Vater wollte, dass seine Kinder fliehen. Erfülle du wenigstens seinen Wunsch, es wäre für ihn erträglicher.«

»Und du?«

Sitankh umfasste Merits Schultern, blickte sie fest an und schlurfte zu einer Kleidertruhe. »Ich bleibe natürlich hier. Mach dir um mich keine Sorgen. Mir können die Assyrer nichts tun, denn zum Beschlafen bin ich zu alt und zum Herumscheuchen zu störrisch.« Sie holte aus der Truhe zwei schlichte, dunkle Umhänge und drückte sie Merit und Tani in die Hände. Dann tastete sie oberhalb ihres Gürtels in ihrem Gewand herum und zog eine schmale, aus goldenen Plättchen gefertigte Halskette hervor. »Aller Schmuck musste den Männern ausgehändigt werden, aber unerklärlicherweise löste sich der Haken meiner einzigen Kette, so dass sie unbemerkt ins Kleid rutschte.« Sie lächelte verschmitzt. »Du hast sie jetzt nötiger.«

Merit nahm den Schmuck entgegen. »Ach, Sitankh ...«

Die alte Dienerin fasste sie an den Ohren und zog sie an sich. »Und jetzt fort mit euch«, flüsterte sie, ließ sie los und schlurfte wieder hinaus. Merit warf sich den Umhang um. Es fühlte sich gut an, nicht mehr so zerzaust umherzulaufen, und sie überlegte, weitere Kleider aus den Truhen zu holen. Ein lautes Plätschern lockte sie ans Fenster zurück.

Ein Assyrer stemmte sich aus dem Teich, sprang auf die Füße und reckte sich. Er warf den Kopf zurück; die nassen Haare klatschten auf seinen Rücken. Er war im Licht der entfernten Fackeln kaum mehr als ein glänzender Schatten. Ein riesiger Schatten. Der Anführer.

Er knurrte ungehalten, und jemand kam zögernd näher. Merit erkannte in der schlanken Gestalt die syrische Sklavin. Die Faust des Mannes schnellte vor, grub sich in ihre Locken und nötigte sie, vor ihm zu knien. Ihr Widerwillen wirkte schwach, sicherlich war sie verzweifelt vor Angst. Ihre Hände legten sich auf seine Flanken. Kurz glaubte Merit ein mächtiges, hoch aufragendes Glied zu sehen, bevor der Lockenkopf der Syrerin und die Hüften des Mannes miteinander verschmolzen. Sein Becken bewegte sich, seine Hand blieb in ihrem Haar verschwunden. Voller Abscheu wischte sich Merit über den Mund. Mit welch dreister Überheblichkeit sich dieser Barbar nahm, was er wollte! Die

Frau dort war nur ein Körper, den er festhielt und benutzte. Und wenn er fertig war, würde er sie zu seinen Freunden hinüberstoßen, die noch einer dritten Frau bedurften, um ihre Lüste zu stillen. Die feuchte Haut über seinen Muskeln glänzte, als er sich bewegte. Einer seiner Männer begann ihn anzufeuern. Seine Antwort war ein kehliges Auflachen.

»Hör nicht auf«, flüsterte er, als die Syrerin innehielt, um Atem zu schöpfen. »Bei Assurs starkem Gemächt, hör nicht auf.« Er zog an ihren Locken, willig neigte sie sich wieder vor. Ihre Zunge glitt unterhalb seines Schaftes entlang, ihre Lippen zupften an der zarten Haut seines Hodens, der wie zum Bersten gefüllt war. Es machte ihn benommen, wie ihre nasse Zunge hinauffuhr, dabei an seinen Härchen zog, die Unterseite seines hoch aufragenden Gliedes entlangglitt und sich dann um die winzige, schon feuchte Öffnung seiner Eichel wand, als wolle sie sich hineinbohren. Schanherib packte die Syrerin an den Schläfen und führte ihren Kopf noch näher heran. Sie keuchte auf, nahm einen tiefen Atemzug und machte sich daran, ihn tief in ihre Kehle aufzunehmen. Ihre Lippen umschlossen ihn wie eine harte Hand, die unbarmherzig zudrückte. Ein Zittern durchfuhr seinen ganzen Leib, und er ließ sie los, da er fürchtete, jede Bewegung könne sie stören. Er war der Sieger, beschenkt mit diesem Anwesen, mitsamt den Bediensteten, mitsamt ihr. Bei Assur, so fühlte es sich ganz und gar nicht an! Liefe sie jetzt fort, würde er vielleicht auf die Knie fallen und sie anflehen, dass sie zurückkehrte und vollendete, was sie begonnen hatte.

Sein Schwanz verschwand fast völlig in ihr, ihre Lippen berührten das Nest seiner Haare. Sie begann an seinem Glied zu saugen, langsam und vorsichtig glitt ihr Kopf vor und zurück. Mit einer Hand liebkoste sie seinen geschwollenen Sack, die andere schlüpfte zwischen seine Beine, die er spreizte, um ihr zu erleichtern, was immer sie vorhatte. Eine Fingerkuppe umkreiste seinen Anus und suchte Einlass. Schanherib zwang sich, keinen Widerstand zu leisten, und als der Finger in ihn drang, schwindelte ihn; er riss die Hände hoch, wünschte sich etwas herbei, an dem er Halt fände. Er schwankte leicht – den Spott Mardaks, dass er wohl zu viel getrunken habe, nahm er kaum wahr. Sein Atem kam heftig, seine Brust hob und senkte sich in wilden Stößen. Sollte er einfach genießen, was dieses sinnliche Weib mit ihm tat? Oder sich ihr entreißen, um sie ins Gras zu drücken und sie und sich selbst bis zur Besinnungslosigkeit zu stoßen? Er ballte die Fäuste; schon baute sich in ihm ein Gefühl auf, das ihn überrennen, ihn in die Knie zwingen wollte, ihn berauschen. Schanherib warf den Kopf von einer Seite zur anderen, da er die Spannung kaum noch ertrug. Er öffnete den Mund zu einem erlösenden Schrei …

Er keuchte auf. Dort oben, an einem der Fenster … Ein flüchtiges Bild blitzte in ihm auf: das Mädchen auf der ägyptischen Barke. Unwillkürlich gab er der Syrerin einen Stoß, so dass sie wimmernd aufs Gesäß fiel. Er wollte auf das Gebäude zulaufen, doch seine wackligen Knie gaben nach. Sein Samen schoss ins Gras. Zornig brüllte er, stemmte sich hoch und rannte. Einen Fuß gegen die Ziegelwand stoßend, sprang er hoch und bekam die Dachkante des Erdgeschosses zu fassen. Seine Finger krallten sich in Lücken, aus denen der Mörtel gebrochen war. Er fühlte sich viel zu schwach für eine solche Anstrengung, aber die Wut machte seinen kräftigen Körper leicht, und dann war er auch schon durch das Fenster ins obere Stockwerk gesprungen.

Dies war das Gemach der Tochter des Hauses. War *sie* wahrhaftig heimlich zurückgekehrt? Irgendwo erklang ein ängstlicher Laut. Er stürzte zum Eingang, warf den Vorhang beiseite und gelangte auf einen düsteren Korridor, an dessen Ende er in einem von der Nacht erhellten Viereck ihre Umrisse erblickte. Sie war im Begriff, hinaus auf den Brunnenhof zu laufen. Dieses Mal würde sie ihm nicht entkommen!

Aus dem Augenwinkel sah er etwas auf sich zuschnellen. Er riss eine Faust hoch. Zu spät. Ein schillernder Schmerz schoss durch seinen Schädel. Er war blind für einen Augenblick – und fand sich auf den Knien wieder. Über ihm stand die alte Ägypterin, dem Dämon Pazuzu gleich, der Fieber, Pest und Kopfschmerzen sandte. In den Händen hielt sie den Rest des Krugs, den sie auf ihm zerschmettert hatte. Gefällt von einer zahnlosen Greisin, und das nur, weil er seine Kraft bei der Syrerin gelassen hatte! Die Alte fluchte und keifte auf ihn hernieder. »Schweig doch«, knurrte er sie an, während er sich den Schmerz aus den Augen kniff. Dieses Weib war die Rache der hiesigen Götter … Im Aufspringen schob er sie beiseite und hastete den Korridor entlang.

Vor ihm lag die Treppe hinunter in den Hof. Er wollte sie nehmen, drei Stufen auf einmal, aber ihm war noch immer schwindlig, so dass er innehalten und sich an der Türöffnung abstützen musste. Hinter sich hörte er die Schritte seiner Männer. Rasch warf er einen Blick über die Schulter: Mardak und Ursu-Gila waren mit gezückten Schwertern ins Haus gestürmt. Aber es war zu spät, das Mädchen befand sich nicht mehr innerhalb der Mauern. Vermutlich war sie schon in den Schutz der nächtlichen Gassen getaucht.

»Dich kriege ich noch in die Finger«, brüllte Schanherib, was die Stimme hergab. Sein Kopf wollte zerspringen. »Und dann hänge ich dich so lange an den Füßen auf, bis du vergessen hast, wie man wegläuft!«

Merit hatte den Umhang fest um sich geschlungen, die Knie angezogen und hielt Kawit an die Brust gedrückt. Sie hockte neben Tani im Eingang eines verlassenen Hauses, immer noch zitternd vor Furcht. Die Erinnerung an das Geschrei des Assyrers wollte nicht verebben. Fast hätte er sie geschnappt! Wie war sie bloß so schnell über die Mauer gekommen, sogar mit der dicken Kawit im Arm, über die sie im Hof beinahe gestolpert war? Die Katze reckte den Kopf und musterte über ihre Arme hinweg misstrauisch die fremde Gegend. Auch für das Tier war es besser, fort von diesen gefährlichen Männern zu sein, dachte Merit – wer mochte denn wissen, auf was für Gedanken sie kamen, nachdem sie es leid waren, Frauen zu drangsalieren und zu vergewaltigen? Kawit das Fell über die Ohren zu ziehen und sie auf einen Bratspieß zu stecken? Sie barg das Gesicht in Kawits Fell und schluchzte auf.

»Ich wusste gar nicht, dass ich so schnell sein kann«, hörte sie Tani voller Angst keuchen. »Das Knie hab ich mir aufgeschürft, und mein Zeh blutet.«

»Ich weiß nicht weiter«, schluchzte Merit. Ihre Schultern bebten. »Vielleicht sollten wir doch in den Palast gehen.«

»Das ist aber nicht das, was Sitankh uns aufgetragen hat«, erwiderte Tani düster. »Und womöglich passiert mit dir das Gleiche wie …« Sie stockte.

»Wie *was*?« Merit blickte auf.

»Na ja.« Tani nagte an einem Fingernagel. »Der assyrische König hat diesem … diesem Mann das Haus geschenkt. Das könnte er mit dir ja auch tun – dich ihm geben, als Sklavin.«

»Allmächtige Götter!« Allein der Gedanke verursachte Merit Übelkeit und fegte sämtliche Überlegungen, sich zu ergeben, hinweg. Sie wischte sich über die nassen Wangen. »Aber was machen wir jetzt bloß?«

»Ich kann mit leerem Magen nicht nachdenken.«

»Du denkst *jetzt* ans Essen?«

»Wir haben zuletzt gestern Abend gegessen«, klagte Tani. »Gestern! Und seitdem nur Nilwasser getrunken!«

Merit lauschte in sich hinein. Es stimmte, ihr Magen fühlte sich an wie ausgewrungen. Aber sie war viel zu erschöpft, um darüber nachzudenken, wie sie an etwas Essbares kämen.

Tani deutete auf ein Haus schräg gegenüber. »Dort ist ein Bierhaus, jedenfalls riecht's nach Bier und Braten.«

»Mit etlichen assyrischen Kriegern darin?«, entsetzte sich Merit.

»Seit wir hier sitzen, sind nur zwei Leute herausgegangen, aber keiner mehr hinein. Lass uns wenigstens nachschauen, durch die Türritzen schimmert noch Licht.« Tani rüttelte an ihrer Schulter. »Bitte!«

Schlimmer konnte es ja nicht mehr kommen. Merit kämpfte sich auf die geschundenen Füße. Unruhig klopfte Kawits Schwanz gegen ihren Bauch, als sie die Gasse überquerte. Wo waren sie hier überhaupt? Nachdem sie über die Mauer geflohen waren, hatten sie nicht nach links und rechts geschaut, nur gelaufen waren sie, fort, nur fort. Diese Gasse, diese Häuser kannte Merit nicht. Selbst in der Nacht war deutlich, dass es sich anscheinend um Memphis' schäbigste Ecke handelte.

Merit atmete tief ein, dann drückte sie die Tür der Schenke auf. Eine Öllampe, an bronzenen Ketten inmitten des großen Raumes hängend, schaukelte und knarrte im Luftzug. Es roch hier tatsächlich nach Gebratenem, doch Stunden schien es her zu sein, dass über dem geziegelten Herd jener Gazellenschenkel gedreht worden war; jetzt steckte am Spieß nur noch der Knochen mitsamt traurig herabhängenden Resten trockenen Fleisches. Auf einer gemauerten Bank, die sich längs der Wand erstreckte, lockte ein Korb mit zerrupften Sesambrotfladen. Merit musste ein Aufstöhnen unterdrücken, so deutlich spürte sie den Hunger nun. Aber sie war nie in einem Bierhaus gewesen, wie äußerte man seinen Wunsch, zu speisen? Und gegenüber wem? Der Raum war leer, nur eine Frau hockte an einem geziegelten Tisch. Ihr Kopf ruhte auf dem Unterarm. Merit räusperte sich.

»Ihr siegreichen wilden Herren«, grunzte die Frau, ohne sich zu rühren oder die Augen zu öffnen. »Lasst mich in Ruhe. Nanacht die Wirtin hat für heute genug getan.«

»Du bist Nanacht?«, fragte Merit.

»Ja. Schenk mir nach«, die Wirtin stieß mit der freien Hand einen Becher aus dunklem Holz über die Tischplatte. Ratlos wechselte Merit mit Tani einen Blick, die nahm einen dicht neben dem Schopf der Frau stehenden Krug. Dunkelrotes, körniges Bier schwappte in den Becher. Die Frau richtete sich auf, quälte sich, die Augen zu öffnen und den Becher an den Mund zu führen. Während sie trank, klärte sich ihr Blick ein wenig. »Zwei junge Frauen und eine fette Katze. Mit solchen Gästen hätte ich heute nicht mehr gerechnet.« Sie wedelte mit der Hand. »Verschwindet. Ihr seht ja, für Huren gibt's hier heute nichts mehr zu verdienen.«

Empört schnappte Merit nach Luft. »Ich bin keine Hure, ich bin …«

»Was sonst?«

Nein, sie durfte nicht sagen, wer sie war. Die Frau würde es ohnehin nicht glauben. »Ich bin hungrig, durstig, müde und überhaupt …« Merit presste die Lippen zusammen, da sie befürchtete, statt weiteren Worten nur noch Tränen der Erschöpfung hervorzubringen. Ehe sie es sich versah, war sie auf einen Hocker gesunken. Misstrauisch sah sie zu, wie die Frau die Ellbogen auf den Tisch stemmte und sich das Gesicht rieb. Es war verquollen und längst nicht mehr jung, aber durchaus ansehnlich. Ihre Lippen waren voll und breit, die Züge scharf. Unter schweren, dick mit schwarzem Kohel umrandeten Lidern musterte die Wirtin ihre unwillkommenen Gäste. Tani zupfte Fleischstücke vom Rest der Gazelle, häufte sie auf den Brotkorb und ließ sich damit neben Merit nieder. Beide begannen hastig zu essen.

»Diese Tage haben euer Leben anscheinend auch durcheinandergewirbelt«, sagte Nanacht mit rauer Stimme, die sie mit weiterem Bier tränkte. »Wer jeden Tag zu mir kam, ist jetzt weg, und dafür kommen Gestalten, die ich nie sah. Nein, ihr seid keine Huren. Aus welchem hochwohlgeborenen Haus kommt ihr?«

Merit hörte auf zu kauen. War ihre Kleidung nicht zerschlissen genug, dass man das jetzt noch erkennen konnte? Nanacht grinste und deutete auf Kawit. »Nur Mädchen, die den ganzen Tag faul im Gras liegen und sich um nichts sorgen müssen, füttern ihre Katzen mit gutem Fleisch.«

Verblüfft erstarrte Merit, und Kawit schnappte ungeduldig nach dem Bröckchen, das sie ihr hinhielt. Schmerzhaft bohrten sich die Zähne in ihren Finger. Merit lutschte ihn und pflückte weitere Stücke für Kawit ab. Die Wirtin stemmte sich hoch und wankte zu dem gemauerten Podest hinter der Sitzbank. Hier reihten sich Krüge aneinander. Einen trug sie an ihrer breiten, sich wiegenden Hüfte gestützt herbei, dazu zwei Becher. Sie füllte sie mit abgestandenem Wasser. »Was gebt ihr mir für das üppige Mahl?«

Merit tastete nach der Halskette in ihrem Kleid. »Dürfen wir hier schlafen? Morgen dann, wenn wir wieder gehen, bezahle ich dich.«

Nanachts Augen wurden schmal. »Meinetwegen.« Ihr gähnender Mund entblößte helle, starke Zähne, von denen einer fehlte. »Nebenan geht's hoch aufs Dach. Aber wenn ich merke, dass ihr euch fortschleicht, prügele ich euch durch und nehme euch die Umhänge und die Katze weg. Die darf dann abarbeiten, was ihr mir schuldet; hier gibt's reichlich Mäuse. Und danach brate ich sie.«

Erschrocken drückte Merit die Katze an sich, Tani noch ein paar Brotfladen, und sie betraten durch einen seitlichen, von einem fadenscheinigen Vorhang verhängten Durchgang einen angrenzenden Raum. Hier herrschte ein Durcheinander, als hätten die Assyrer hier gewütet. Aber all der Staub und Dreck in den Ecken mochte Jahre alt sein; auf hingeworfenen Krügen lag er, auf zerbrochenen Tischchen, löchrigen Hockern aus

Schilfrohr und einem halbhohen geziegelten Regal, das sich längs einer Wand erstreckte. Tatsächlich, Mäuse schien es hier reichlich zu geben, überall hatten sie ihre unangenehmen Spuren hinterlassen. Irgendwo in der Nähe raschelte es. Kawit reckte den Kopf und schlug etwas ratlos mit dem Schwanz aus.

Merit raffte mit einer Hand den Umhang und stieg über eine geziegelte Treppe auf das Dach. Hier sah es nicht viel besser aus, nur dass der Wind all die ausgeblichenen Bastmatten, weitere Vorratskrüge und die Kübel mit knochentrockener Erde, in denen dürre Palmen standen, vom Staub befreit hatte. Tani schichtete einige Matten übereinander, dann legten sie sich nieder. Merit strich über Kawits weiches Fell. Daheim hatte sie in der heißen Jahreszeit oft auf dem Dach geschlafen, und wenn sie nur lange genug den Nachthimmel betrachtete, das Sternbild des Osiris und der Isis über sich, mochte alles wie immer sein. Doch kaum schlossen sich erschöpft ihre Lider, fürchtete sie die Hände des Mannes aus ihrem Traum, der nach ihr griff und sein Ungetier auf sie fallen ließ.

»Nicht weinen«, hörte sie Tani flüstern. Zittrige Finger strichen unbeholfen durch ihr Haar. »Sobek hilft uns.«

Sobek und alle Götter sind ganz weit weg, dachte Merit. Sie warf sich auf die Seite und vergrub das Gesicht in Kawits Bauchfell.

5. Kapitel

»Wer bist denn du?« Jemand rüttelte an Merits Schulter, so dass sie aus dem Schlaf hochfuhr. Dicht über ihr schwebte das ledrige, gebräunte Gesicht eines alten Mannes. Zwischen all den Falten waren die Züge kaum auszumachen, und zwischen den papierdünnen Lippen zeigten sich nur ein paar Elfenbeinstummel. Er grinste. »Na, versteckst du dich vor den Eroberern? Tust gut daran, wie du ausschaust.«

Sie schlug den Finger, der sich nach ihrer Wange streckte, beiseite. »Tani? Tani, wo bist du?«

Tani kam herbeigelaufen. Mit beiden Händen hielt sie einen abgebrochenen Ast, reckte sich über Merit hinweg und stieß das spitze Ende gegen den Alten. »Finger weg von meiner Herrin!«

Der Mann rieb sich die Schulter. »Dumme Weiber«, brummelte er und verschwand in der Dachluke. Merit rieb sich die verquollenen Augen und blickte sich um. Es war früh am Morgen, die Sonnenbarke des Re hatte die Unterwelt noch nicht verlassen, aber ihre Strahlen tauchten den östlichen Himmel in warmes Rot und ließen im Westen, dem Land des Todes, die Spitzen der uralten Pyramiden wie Sterne aufleuchten. Merit vermisste den üblichen morgendlichen Trubel. Nur hier und da vernahm sie leise Morgengrüße, Schritte und das Getrappel von Eseln und Ziegen.

»Kawit ist weggelaufen.« Tani legte den Ast beiseite,

kniete neben ihr und berührte mit der Stirn Merits Unterarm.

Merit zog sie an sich. »Nicht das auch noch«, wisperte sie. »Sie findet sich doch niemals zurecht!« Aufseufzend kämpfte sie sich auf die Füße, die immer noch weh taten. Mit unbeholfenen Fingern verknotete sie einen weiteren gelösten Lederstrang ihrer Sandalen. Daheim würde sie sich jetzt im Badehaus von Tani oder Sitankh waschen und duftendes Öl in ihre Glieder massieren lassen, bevor sie sich in weiches, durchschimmerndes Leinen höchster Güte kleidete. Dann würde sie vor ihrem kleinen Sobekschrein beten und Weihrauch verbrennen. Dann sich vom Vater herzen lassen, vom Bruder necken, mit ihnen speisen – dampfendes Brot, Honigkuchen, Wassermelonen und Traubensaft! Aber dieses Leben war zerstört, und in ihrem neuen wusste sie nicht einmal, wo sie sich jetzt erleichtern konnte. Und dann, wohin? Doch zum Palast?

Ein Stück des gestrigen Brotes kauend, tappte sie hinunter und hob den Vorhang zum Schankraum. Die Wirtin stand am Feuer und rührte in einem Kupferkessel. Es duftete nach Milch. Kawit hockte zu ihren Füßen auf dem Boden; ihr in den Nacken gelegtes Köpfchen folgte jeder ihrer Bewegungen.

Erleichtert kraulte Merit ihre Ohren. »Setzt euch«, sagte Nanacht, ohne aufzuschauen. Sie trug ein enganliegendes Trägerkleid mit verblichenem Rautenmuster. Die handbreiten Träger konnten ihre schwingenden Brüste kaum bändigen, während sie den Kessel beiseitezog, zwei Schalen hineintauchte und auf den Tisch stellte. Merit bröckelte das alte Fladenbrot in den Getreidebrei und aß. Wer mochte wissen, wann sie sich wieder den Magen füllen konnte?

Nanacht blickte aus ihren lidschweren Augen auf sie und Tani herab. Nachdenklich. Erst der ledrige Mann unterbrach ihre Gedanken, als er auf dem Rücken einen Sack hereintrug. Einzelne Linsen rieselten hinter ihm her, als er in den Nebenraum schlurfte. Merit hörte, wie er die Linsen in ein tönernes Vorratsgefäß schüttete. »Zwiebeln bringe ich dir noch«, schnaufte er. »Und einen Sack Gerste fürs Bier. Aber da musst du auch Brot draus machen, nicht nur Bier, denn das Haus des Bäckers ist geplündert.«

»Dann beschaffe mir noch einen Sack. Ich zeige mich auch erkenntlich.«

»Wirklich?« Beglückt griff er nach ihr. Nanacht knurrte, tat aber nichts, seine tastenden Hände abzuwehren. Einer der Träger fiel über ihre Schulter. Der Mann strich über ihre Brust, wog sie und kniff die Brustwarze. Merit blieb der Brei im Halse stecken, da er völlig zu vergessen schien, dass drei Schritte weiter Gäste saßen. Sie räusperte sich. Er fuhr herum und strich sich grinsend über den kahlen Schädel.

»Ja, also … auf dem Markt sagen sie, man solle Datteln besorgen, viele Datteln.« Er wandte sich wieder der Wirtin zu und küsste sie. »Für assyrischen Rauschtrank. Den musst du jetzt machen, wenn du überleben willst.«

Sie schob ihn von sich, schnappte sich einen Lappen und schleuderte ihn in Richtung der Tür. »Gut, ich bewirte fremde Krieger«, fauchte sie. »Mir bleibt wohl keine Wahl. Aber sie sollen fressen und saufen, was ich zu bieten habe. Oder soll ich etwa auch noch auf die Felder laufen und Heuschrecken sammeln?«

»Beruhig dich doch«, flehte er mit erhobenen Händen, dann stakste er zur Tür. Sein Blick streifte Merit und Tani. »Passt auf euch auf. Ein paar Straßen weiter gibt's Krach; ein paar starke Männer wollen das Kämpfen nicht lassen, dabei haben sie nur Stuhlbeine.« Er rollte die Augen: »Aber hier herrscht ja jetzt der barbarische Gott Assur!«

Er war hinaus und zog die Tür hinter sich zu. Merit stellte die halbgeleerte Schale auf den Boden und strich Kawit, die sofort den Kopf darin versenkte, über das Fell.

»Dattelgebräu, Dattelgebräu«, brummte Nanacht, derweil sie mit einem schmutzigen Lumpen über den Tisch fuhr. »Mit meinem roten und hellen Bier war noch jeder zufrieden!« Wieder starrte sie Merit und Tani an, und mit einem Mal zeigte ihr breiter Mund ein Lächeln, das wohl freundlich sein sollte. »Wir müssen wohl mit der neuen Zeit irgendwie zurechtkommen, nicht wahr? Ihr habt euer Zuhause verloren, so ist's doch, oder?«

»Ja«, murmelte Merit.

»Dann bleibt hier und helft mir. Ihr seht ja, es ist so viel Schmutz hier ... Drei Schankmädchen hatte ich, die sind aber weggelaufen, als die Eroberer herkamen. Und allein kriege ich das Haus nicht geputzt.«

Merit und Tani blickten sich an. Hier war es je sauber gewesen? »Sollen wir?«, wisperte Tani.

»Bezahlen kann ich euch aber nicht«, stellte Nanacht sofort klar. »Ihr könnt hier schlafen und essen, damit muss es gut sein. Was ich an Kupferringen besaß, haben die Assyrer mir fortgenommen.«

Merit drehte sich auf dem Hocker herum, als könnte der Raum ihr offenbaren, was sie tun sollte. Hier – arbeiten? *Sie?* Die Tochter des zweithöchsten Mannes ganz Ägyptens, über dem nur der Pharao stand? Aber so schlimm dies war, es enthob sie dem Zwang, sich sofort irgendeine Lösung suchen zu müssen, die es dort draußen in den unruhigen Straßen ohnehin nicht gab. Sie kämpfte die Tränen nieder, wischte sich über die feuchte Nase und nickte.

Schanherib erhob sich von seiner Bastmatte auf dem Dach. Schlafend lagen ihm die Syrerin und eine weitere Dienerin des ägyptischen Hauses zu Füßen. Seltsam, dass er sofort nach dem Aufwachen an jenes Mädchen denken musste, das in der Nacht hier eingedrungen war, und nicht etwa an das Liebesspiel mit diesen beiden Schönheiten. Ihre schweißfeuchten, sinnlichen Körper lockten, den Tag hinauszuzögern, aber der Sonnengott Schamasch stand bereits in voller Pracht über dem Horizont.

War das wirklich passiert und nicht nur ein Traum? Er rieb sich den Hinterkopf, wo ihn Pazuzu in Gestalt der alten Dienerin gebissen hatte, und stapfte die Außentreppe hinunter. Hier gab es im Garten ein Badehaus mit einem steinernen Becken, das mit frischem Wasser gefüllt war. Den Sklaven, der ihn waschen wollte, schickte er fort, denn war er jetzt etwa einer dieser faulen Herren, deren Freude allein darin bestand, sich an den Annehmlichkeiten ihres Besitzes zu ergötzen?

»Mardak«, grüßte er den stämmigen Krieger, der gähnend dabei war, sein Wasser auf dem Rasen abzuschlagen. »Was fange ich mit diesem Haus an?«

Mardak schüttelte seinen Schwanz aus und schlug den Fransenrock herunter. »Genieße die Frauen und den Braten, solange du hier bist, und wenn unser Herrscher nach Ninive zurückkehrt, mach es zu Gold, gib uns und den Göttern unseren Anteil und nimm den Rest mit nach Hause.«

Schanherib schlug ihm auf den Nacken. »Aus deinem Munde klingt es so einfach. Dir ist anscheinend nicht klar, dass man sich so ein Anwesen nicht einfach unter die Achsel klemmt und auf den Markt marschiert. Ich habe jetzt schon das Gefühl, unter Bergen von Tontafeln begraben zu werden.«

»So schlimm wird es nicht werden.« Mardak grinste. »Hier schreibt man auf Papyrus.«

Ein Diener kam herbeigelaufen, verneigte sich und streckte in zittrigen Händen einen Schurz vor. Schanherib schlang ihn sich um die Hüfte. Das dünne weiße Leinen lag angenehm kühl auf der Haut. Obwohl der assyrische Sommer noch heißer als der hiesige war, pflegten seine Landsleute sich in lange, wollene Gewänder zu kleiden. Die Ägypter jedoch scheuten sich nicht, ihre Körper zu zeigen, gleich ob wohlgeformt oder fett. Woran lag das? Waren sie lebenslustig oder nur verschroben? Er sah sie ja nur ängstlich umherhuschen oder aus sicherer Entfernung schimpfen; wie sollte er das wissen?

Er ließ sich einen Korbstuhl ins Gras stellen, aß ein wenig Brot und trank dazu Granatapfelwein, der nicht dazu angetan war, einem in den Kopf zu steigen, und bestellte den Hausverwalter zu sich. Der schlaksige Mann verneigte sich, die geflochtenen Strähnen seiner Perücke schaukelten. Er mühte sich sichtlich, seine Furcht zu verbergen, während er das Vermögen des Wesirs aufzählte. Schanherib fuhr sich durch die schweißfeuchten Haare. Weshalb schnitten die Ägypter ihre Haare daumennagelkurz, nur um dann doch unter Perücken und Kopftüchern zu schwitzen?

»... Weinpflanzungen im Werwer, das ist eine große Oase südwestlich von hier, Rinderherden im Delta; die letzte Zählung ergab dreihundertzwanzig Kühe, acht Zuchtbullen ...«

Das Mädchen, es hatte die Haare nur kinnlang getragen. Nein, noch kürzer. Man schor hier den Kindern die Köpfe kahl, und offenbar ließ man dies sein, sobald sie ins Erwachsenenalter traten. Ein seltsamer Brauch. Aber das ganze Volk war ja seltsam.

»... die Getreidespeicher sind noch zur Hälfte gefüllt, im ersten mit Emmer, im zweiten mit Gerste ...«

Hatte er sie in jener Nacht auf dem Nil leichtfertig fliehen lassen? Aber alles war so schnell gegangen, sein Herz hatte nach Kampf gedürstet, nicht danach, sich mit einem zappelnden Frauenkörper abzuplagen.

»... Gold im Wert von dreißig Schati, Silber im Wert von achtzig Schati ...«

Und in der vorigen Nacht? Wie dreist sie doch gewesen war! Zweimal waren sie sich nun begegnet, und er wusste nicht einmal, wie sie aussah, von jener berückenden Einzelheit abgesehen, dass sich ihre Haarspitzen vorwitzig in Richtung Nase gebogen hatten. »Schati?« Er neigte sich vor. »Wie viel ist das?«

Der Verwalter zuckte zurück. »Das sind in ... assyrischen ... Ta...Talenten ... Ich weiß es nicht.« Er schluckte. »Gib mir Zeit, Herr, es in Erfahrung zu bringen.«

Schanherib erhob sich, da er fand, fürs Erste diesem Thema ausreichend Zeit gewidmet zu haben. Ängstlich stolperte der Verwalter rückwärts, verneigte sich tief und starrte zu ihm hoch. Mit einer Handbewegung entließ ihn Schanherib und lief zu dem Gartenteich. Doch am geziegelten Rand blieb er stehen, denn mehr als vier Schwimmstöße ließen sich darin nicht tun. Ein Spielbecken für müßige Adelskinder. Zwischen den Lotosblüten trieb ein Entenpärchen, das sich gestört fühlte; es hüpfte schnatternd heraus und watschelte davon. Ich hätte das Mädchen greifen können, hätte ich nur nicht gezögert!, dachte er und fragte sich, ob er nur deshalb an sie dachte, um sich nicht mit diesem lästigen Geschenk des Königs abplagen zu müssen. Ganz sicher war es so.

Ursu-Gila kam herangelaufen. »Schon gereizt vom Nichtstun?«, rief er lachend. »Dem lässt sich abhelfen. In der Nähe des Palastes haben sich Aufrührer zusammengerottet.«

»Bei Assur!« Schanherib schlug ihm auf die Schulter und stapfte an ihm vorbei. »In den engen Gassen sind wir schneller als die gesamte assyrische Streitmacht. Erteilen wir den Perückenträgern eine Lektion, die sie endlich begreifen werden!«

Merit betrachtete ihre geröteten und geschwollenen Hände. Dann den Berg von Geschirr, der noch vor ihr lag. Stunde um Stunde hatte sie versucht, dem Dreck Herr zu werden. Das hier war keine Schenke, es war eine Schande! Und sie, die Tochter des Wesirs, mittendrin! Nun, inzwischen hatte sie so viel erlebt, dass ihr dies auch nicht merkwürdiger als alles andere vorkam. Ein paar Tage würde sie es durchstehen. In dieser Zeit würden sich ihre Gedanken klären und sie begreifen, was sie dann tun sollte. Jetzt half ihr die eintönige Tätigkeit, zur Ruhe zu kommen, nicht mehr ständig an den Vater, den Bruder und die ganze Umkehrung der Maat zu denken. Sie kroch zum Brunnen, beugte sich über das gemauerte Wasserloch und kühlte die Hände darin. Dann wollte sie wieder nach einer Handvoll Sand greifen, um sie in eine der verkrusteten Pfannen zu werfen.

»Hör doch endlich auf, Herrin, bitte«, flehte Tani. »Ich finde es unerträglich, mitansehen zu müssen, dass du schuftest.«

»Was ist denn derzeit nicht unerträglich?« Merit hockte sich aufs Gesäß und griff nach dem Becher, den Tani eilig mit Wasser gefüllt hatte und ehrerbietig reichte, als gäbe es hier noch einen Unterschied zwischen ihnen. Dann kroch Tani an ihre Seite, schob die Haare beiseite und streichelte und küsste ihren Nacken.

»Steck doch deine Füße ins Wasser. Und dann mach die Augen zu und stell dir vor, wir säßen daheim am Teich.«

Merit gehorchte. Aber das war ja ganz unmöglich, denn duftete es hier nach Blumen, nach süßem Wein, nach den feinen Ölen, mit denen selbst die Diener ihre Körper einrieben? Das Wasserloch war winzig, sie stieß mit den Zehen gegen die schrundigen Seiten. Die Mauern des Hinterhofes, der an den Schankraum anschloss, standen eng beieinander und hielten die Tageshitze. Tatsächlich gab es einen Gartenstreifen hier, aber das Gras war dürr, die Beete trocken; die Früchte des Feigenbaums, der dieses Eckchen überschattete, hatte niemand geerntet. Tani nahm ihre Hände und kehrte sie nach oben. Ihre Fingerspitzen krochen über die Haut und erzeugten einen angenehmen Schauer. »Ich bemale deine Handflächen mit Henna, ganz wie's eine Edelfrau haben sollte.« Zart glitten die Finger durch ihr Haar, rieben die Kopfhaut. Merit fröstelte. »Ich wasche dein Haar und befestige einen Salbkegel darin. Stell dir vor, wie sich das Öl erwärmt und an dir heruntertropft.« Ihre Hände schlüpften unter das Kleid und strichen über die Schenkel, wanderten den Körper hinauf. »Und jetzt rasiere ich deine Beine.« Danach berührten die Fingerkuppen äußerst sacht ihre geschlossenen Lider. »Und nun schminke ich dich mit feinstem Kohel, das schützt deine Augen vor der Sonne. Dann noch goldener Puder auf die Lider, und jetzt bist du die schönste Frau der Stadt.«

»O Tani«, Merit warf die Arme um sie.. »Du bist so lieb.«

Sie wiegten sich, und jetzt wollte Merit wirklich glauben, dass alles wie früher war. Doch der Augenblick der Täuschung wurde jäh durch den Krach zerbrechenden Geschirrs und Nanachts Fluchen gestört. Kawit schoss aus dem Schankraum, dass der Vorhang sich hinter ihr blähte, und suchte ihr Heil im Geäst des Feigenbaums.

Die Wirtin baute sich im Durchgang auf und stemmte die Hände in die Seiten. »Das Vieh ist nicht nur die faulste Katze, die mir je unterkam, sondern auch die ungeschickteste! Wenn sie schon ihren Kopf in den Milchkrug steckt ... Ach, was rede ich!« Stöhnend warf sie die Hände hoch. »Man sieht ja, dass ihr alle drei aus demselben Haushalt kommt. Mehr habt ihr noch nicht geschafft?«

Merit betrachtete die schmutzigen Schalen, Becher und Krüge und den viel kleineren Stapel daneben, den sie sorgfältig geschrubbt und aufgeschichtet hatte. »Der Dreck muss Monate alt sein, da kannst du nicht verlangen, dass er in wenigen Stunden verschwindet.«

»Monate, Unfug«, schnaubte Nanacht und fuchtelte in der Luft herum. »Mein Bierhaus ist ordentlich, aber in diesen wirren Zeiten gerät schon einmal etwas durcheinander! Was rechtfertige ich mich euch gegenüber eigentlich? Ich hole euch von der Straße und gebe euch Schutz, nur damit ihr frech werdet? Hat man in eurem feinen Hause keine Dankbarkeit gelehrt?«

Das war zu viel! Merit sprang auf die Füße und lief auf Nanacht zu. Die Empörung ließ sie jedoch keine Worte finden, und so konnte sie nur die Fäuste ballen. Hochmütig blickte die Wirtin auf sie herab. Da erschollen plötzlich Stimmen im Schankraum. Nanacht warf einen raschen Blick durch den Vorhangspalt. »Assyrische Krieger«, zischte sie und legte eine Hand auf Merits Schulter. »Und gleich sechs, mögen die Götter geben, dass sie nicht zu viel Tumult machen.«

Merit hörte die Männer umherlaufen und rufen. Bislang waren keine Assyrer erschienen, und auch von den ägyptischen Gästen hatten sich nur wenige blicken lassen. Ein einziges Mal hatte sie einen Becher mit Bier und eine Schale mit Linsensuppe gefüllt und an den Tisch getragen, dafür zwei Kupferringe bekommen und sie in einen großen Tonkrug gesteckt. Dazu hatte der Mann ihr ein Lächeln geschenkt und gesagt, er wolle öfter kommen, wenn sie ihn bewirtete. Nein, die Arbeit einer Schankfrau wollte sie ganz sicher nicht tun. Beklommen blickte sie Nanacht an, ob die es jetzt von ihr fordern würde. Dann würde sie doch fortlaufen, ganz sicher.

»Komm schon, Wirtin, uns brennen die Kehlen!«, rief einer in gebrochenem Ägyptisch. Nanacht schob Merit von sich.

»Geht aufs Dach und bleibt dort. Mit denen werde ich allein fertig.«

Merit brachte ein dankendes Nicken zustande. Gemeinsam mit Tani, die Kawit auf der Schulter trug, eilte sie aufs Dach. Aber wirklich sicher fühlte sie sich hier oben auch nicht – einer der Männer war in den Hof getreten. Er blickte sich um und warf dabei seine überaus langen Haare zurück. Merit erbebte vor Furcht, als sie an das Gebrüll des schrecklichen Mannes dachte, der jetzt in ihrem Heim hauste. Und atmete auf, als der Kerl in den Schankraum zurückkehrte. Tonkrüge klapperten, Hocker wurden gerückt, Worte klangen herauf. Pfiffe, Klatschen, anzügliches Lachen – es hörte sich an, als habe jemand Nanacht aufs Gesäß geschlagen. Sie lachte ebenfalls, wenngleich es verkrampft klang.

So ging es eine ganze Weile. Doch irgendwann wurden die Stimmen leiser, das Geklapper hörte auf. Nanacht stöhnte.

»Sie tun ihr irgendetwas an«, murmelte Merit, der es vor Schreck heiß und kalt wurde.

»Ja, Dinge, die eine Wirtin öfter aushalten muss.« Tani umfasste Merits Arm. »Sie wusste schon, weshalb sie uns wegschickte, und du denkst hoffentlich nicht daran, nachzusehen.«

Merit schüttelte ihre Hand ab und kroch zur Öffnung, die in den Lagerraum hinabführte. »Wenn wir leise sind, bemerken sie uns nicht.«

»Herrin!«

»Vielleicht haben sie ihr ja die Kehle durchgeschnitten!«

»Und *dann* willst du da hinunter?«

Merit biss sich auf den Daumen. Sie raffte ihr zerschlissenes Kleid und schlich die Stufen hinunter. Ihr Herz holperte erleichtert, als sie Nanacht erneut aufstöhnen hörte. Zumindest lebte sie. Merit wollte schnell kehrtmachen, ehe sie noch auf eine Scherbe trat und ihre Anwesenheit verriet.

Sie musste nur die Hand ausstrecken, um den Vorhang zum Schankraum um eine Winzigkeit zu öffnen. Doch das wagte sie nicht. Sie kniete sich hin und schob ihn von unten ein Stück auf. Den Kopf fast am Boden, sah sie Nanacht auf dem Tisch knien. Merits Augen weiteten sich. So etwas hatte sie noch nie gesehen.

Hinter Nanacht kniete einer der Assyrer, hielt sie an den entblößten Hüften gepackt und stieß das Becken vor und zurück. Und vor ihr kniete einer, der tat das Gleiche. Nanachts Hand lag auf der Flanke des Mannes und streichelte sie, suchte sich den Weg unter seinen Fransenrock, schob sich hoch und entblößte das volle Gesäß. Tani stieß Merit an. »Sieht nicht so aus, als sei es ihr zuwider, oder?«

Merit zuckte die Achseln. Was sollte sie auch tun? Einen Tontopf hineinwerfen? Die beiden würden sich nicht stören lassen. Und die anderen? Die hockten auf Hockern und Bänken verteilt, tranken Bier, grinsten, rieben sich das Gemächt und gaben ab und zu mit den Bechern auf den Tischen den Takt dazu. Plötzlich sackte jener, der vor Nanacht kniete, vom Tisch. Er zitterte erschöpft, Schweiß troff von seinem zufriedenen Gesicht. Nanachts Mund stand weit offen. Weißer Saft glitzerte auf ihrer Lippe. Sie leckte ihn ab. Ihre Brüste hingen aus dem aufgerissenen Kleid, schwangen vor und zurück, während der andere sie stieß, bis es auch ihn überkam und er sich stöhnend aufbäumte.

Noch war sie nicht erlöst.

Ein Mann, dessen Bart mit Goldperlen besetzt war, setzte sich auf eine Bank und schob seinen Fransenschurz zurück. Dick wie ein vom Stamm abstehender

Ast ragte sein Glied auf. Er sagte etwas in seiner Sprache, das wie eine Anweisung klang. Seine Stimme war heiser vor Erregung. Zwei der Männer zogen Nanacht an den Armen vom Tisch herunter und zu ihm. Rücklings kam sie auf seinen Schenkeln zu sitzen. Ihre Augen waren halb geschlossen, sie wirkte entkräftet. Feucht und strähnig hingen ihre Haare an den Seiten herab. Goldbart strich beinahe zärtlich über ihre Schulter und küsste ihren Nacken. Er spreizte die Beine, so dass auch ihre Schenkel sich öffneten. Seine Hand stützte ihr Gesäß. Die Finger seiner anderen schoben sich in die Spalte ihrer Hinterbacken.

Was tat er da? Einer der Finger drückte, und Nanacht zuckte zusammen. Er spuckte in die Hand und streichelte wieder die Spalte. Seine Augen verengten sich. Er lächelte. Dann umschloss er das Glied und schob es dorthin, wo er seinen Speichel verteilt hatte.

Ein Beben ging durch Nanachts Schenkel. Sie bäumte sich auf. »Bitte sei vorsichtig«, wisperte sie. Er nickte. Seine Augen wurden schmal, und seiner Kehle entwich ein Keuchen. Seine Wangen blähten sich. Näher und näher zog er Nanacht an ihren Hüften heran. Sie stöhnte. »O Amun«, flüsterte sie. »Es ist … zu viel.« Sie neigte sich vor. Ihre schweren Brüste pendelten vor ihrem Leib. Unerbittlich pfählte er sie.

Ihr Nacken sank auf die Schulter des Goldbärtigen. Eine Träne rann über ihre Wange. Seine Zunge liebkoste ihr Ohr, während zwei seiner Finger in ihrem Mund verschwanden. Nanacht leckte daran, und er lachte leise. Langsam schob sich sein Becken vor und zurück. Die Schankwirtin hatte jeden Widerstand fahren lassen – nein, vielmehr drängte sie sich mit ihrem Hintern an ihn.

Merit versuchte zu begreifen, was sie sah. Nanachts Pforte war offen und leer.

»Ich versteh's nicht«, flüsterte sie Tani zu. »Wo hat er sein Ding?«

Ohne den Blick von dem Geschehen draußen im Schankraum loszureißen, tastete sich Tani über Merits Rückgrat hinunter zwischen ihre Pobacken. Einer ihrer Finger berührte den Anus.

»Hier«, erwiderte sie.

Unwillkürlich spannte sich Merits Schließmuskel. Der Finger bewegte sich jedoch nicht mehr, denn Tanis Blick war selbstvergessen auf Nanachts schweißüberströmten Leib und den kräftigen Schenkeln des Assyrers gerichtet. Von seinem Glied, das, davon war Merit überzeugt, gar nicht in diese kleine Öffnung passen konnte, war nichts zu sehen.

Einer jener Männer, die Nanacht noch nicht gehabt hatten, hob seinen Wickelrock und klemmte ihn sich in den Gürtel. Dann kniete er vor ihr. Der Goldene schlang die Arme um sie und lehnte sich mit ihr ein Stück zurück, so dass sich ihre glänzende Spalte dem anderen verlockend darbot.

»Nein«, presste Nanacht hervor, doch wollte man allein dem Klang des Wortes vertrauen, ersehnte sie sich, was nun geschah: Der Vordere schob sein pralles Glied in sie. Ihr ganzer Körper erbebte, und Goldbart musste sie gut festhalten. Auch der andere gab ihr Halt, indem er unter ihre Knie fasste. Mit jedem Stoß wurde Nanachts Stöhnen lauter, verzweifelter und doch drängender, während die Männer durch die Zähne atmeten, als verrichteten sie harte Arbeit. Nanachts Mund war weit geöffnet, ihre Augen hingegen fest zusammengepresst. Im Takt der Stöße entquollen ihr Töne, die bewiesen, wie sehr sie es genoss, derart genommen zu werden.

Merit glaubte kaum, was sie da sah. Sie rieb sich die Augen. Als sie wieder hinsah, hatte sich nichts verändert, nur dass Nanacht die Nägel in die Hüften des Mannes vor ihr gebohrt hatte, als wolle sie ihn ermutigen, sich noch tiefer in sie zu graben. Über ihre Schulter hinweg blickten die Assyrer sich an und grinsten. Augenscheinlich freuten sie sich, dass Nanacht so willig war. Die drei anderen hockten auf den Bänken und sahen zu. Sie hatten wieder geschwollene Glieder, die sich unter ihren Röcken deutlich abzeichneten. Aber sie wirkten gesättigt und begnügten sich damit, die Hände auf den Schwellungen ruhen zu lassen. Der Sechste hockte in sich zusammengesunken in seiner Ecke, den Weinbecher vor sich auf dem Tisch. Manchmal hob er den Kopf und sah eine Weile zu, aber wirklich wahrzunehmen schien er wenig. Offenbar hatte er zu viel getrunken. Sein Blick war leer und glasig.

Tief aus den bärtigen Kehlen kamen grunzende Laute. Immer heftiger wiegten sich die drei Menschen. Jäh schrie Nanacht auf. Im Griff des Mannes erbebten ihre Schenkel. Er zog sein Glied heraus und bettete es, voller Nässe, an ihren Bauch. Aus der geröteten Spitze schoss ein weißer Strahl. Auch der Goldene war so weit, wild stieß er zu, um im Augenblick des Höhepunkts zu erstarren. Seine Lust gipfelte in einem markerschütternden Schrei.

Merit war in die Knie gegangen und bemerkte nun erst, dass ihre Hand zwischen den Schenkeln steckte. War sie je so feucht gewesen?

Da sah sie den Betrunkenen aufrecht stehen. Er löste sich von seinem Tisch, machte zwei schwankende Schritte. Wirr umrahmten seine dunkelbraunen Strähnen das von umschatteten Augen beherrschte Gesicht. Merit war sich sicher, dass er sie anstarrte – dass er genau sah, wo sie sich anfasste.

Er wankte zwischen den wartenden Männern und den anderen, die sich aneinandergeklammert von ihrem anstrengenden Tun erholten, hindurch, scheinbar ohne Ziel, und doch, er hielt auf den Vorhang zu.

»Merit, pass auf!«, zischte Tani und kroch zur Seite. Merit warf sich herum, als der Vorhang aufgerissen wurde. Der Fremde stapfte in den Raum. Sein Kopf flog hin und her, als suche er Merit. Und tatsächlich, er fand sie und reckte sich nach ihr. Ängstlich schob sie sich von ihm fort, doch er folgte ihr.

»Dich hab ich doch eben geträumt«, brummte er schwerfällig auf Ägyptisch. »Oder bist du echt, meine Schöne?«

Sein Blick trübte sich wieder. Er sackte in die Knie und fiel auf sie. Merit japste vor Schreck. Nicht nur deshalb – er stank nach Schweiß und Wein. Und etwas anderem. Blut? O Sobek, wem gehörte das Blut an seinen Fingern? Schwer lag er auf ihr. Nein!, dachte sie entsetzt. Sich vom Anblick zweier barbarischer Assyrer erregen zu lassen, wie sie gemeinsam eine Frau nahmen, war eines. So einen brutalen Kerl auf sich zu spüren, das war etwas ganz anderes! Sie wollte schreien. Aber das durfte sie nicht, dann kämen sie zu sechst. Sie stemmte sich gegen ihn. Er war schwer wie ein mannshoher Sack voller Weizen.

Mit aller Kraft und Tanis Hilfe, die an seiner lederbesetzten Brustpanzerung zerrte, kroch sie unter ihm hervor.

»Er schläft«, flüsterte Tani. Merit schlang die Arme um sich, um ihren zittrigen Körper zu beruhigen. Draußen im Schankraum kratzten Hocker über den Boden, schwere Schritte stampften den festen Lehm. Dann war ihr, als hörte sie die Assyrer auf der Gasse.

»Die gehen ohne ihn! He, du, deine Leute haben dich vergessen!« Sie rüttelte an seiner Schulter, und als das nichts fruchtete, grub sie die Finger in den Armausschnitt seiner Rüstung. »Tani, hilf mir.«

Gemeinsam wuchteten sie ihn auf den Rücken. Merit sog den Atem ein. Sie erinnerte sich, dass er ständig an seine Brust gefasst hatte. Nun sah sie den Grund. Zwischen den Bronzeplättchen ragte ein Stück Holz heraus: der Rest eines abgebrochenen Pfeilschaftes.

»Sieh nur, er ist im Kampf verwundet worden. Aber wieso haben ihm seine Kameraden nicht geholfen? Stattdessen lassen sie ihn einfach zurück?«

»Wahrscheinlich sind sie zu betrunken zum Denken. Und wenn sie wieder nüchtern sind, wissen sie nicht mehr, in welcher Schenke sie ihn vergessen haben.«

»Jemand muss ihnen nachlaufen. Er stirbt uns hier sonst.« Merit wandte sich ab und wollte sich erheben, da spürte sie einen Griff um ihr Handgelenk. Erschrocken starrte sie auf den Mann hinab. Er lag da wie zuvor, hatte die Augen nicht geöffnet, aber ihre Hand fest umschlossen. Seine Lippen formten fremdartige Worte.

»Du … du musst Ägyptisch reden«, sagte sie überrascht.

»Tu das nicht«, murmelte er fast unhörbar.

»Aber weshalb denn nicht?«

Er bewegte den Kopf hin und her, als kämpfe er darum, endlich aufzuwachen. Seine Finger erschlafften.

»Tu es … nicht …«, wiederholte er, dann lag er still. Sie sprang auf und spähte in den Schankraum, wo Nanacht auf einer Bank lag und die Knie an den Leib gezogen hatte.

»Nanacht!« Merit beugte sich zu ihr hinab und klopfte gegen ihre Wange. »Da ist noch ein Assyrer. Soll ich …«

»Verschließ die Tür«, befahl die Wirtin müde, ohne die Augen zu öffnen.

»Aber …«

»Gehorche.«

Merit huschte zur Tür und warf einen vorsichtigen Blick hinaus. Die Männer waren bereits entschwunden; in welche Richtung, wusste sie nicht zu sagen. Sie würde hinauslaufen müssen. Aber die Worte des Mannes ließen sie zögern. Als sie einen weiteren Trupp sich nähern sah, einen anderen, schlug sie hastig die Tür zu und schob den Riegel vor. Die Männer marschierten heran, allein ihre Schritte verströmten Macht, Gewalt, Unerbittlichkeit.

Die Assyrer liefen vorüber. Merit kehrte in das Nebengelass zurück, wo Tani unschlüssig auf dem Boden kauerte. Der Fremde hatte sich offenbar nicht bewegt.

»Sieh mal«, Merit kniete neben ihm und deutete auf einen zweifingerbreiten Reif an seinem Oberarm. Er war aus Bronze, darin eine geflügelte Sonne eingefügt. Wofür sie stand, wusste sie nicht. Auch die Ägypter verehrten dieses Symbol, jedoch stellten sie es viel feiner und eleganter dar. Hier war die Sonnenscheibe aus einem hellroten Achat gefertigt. »So einen Reif hat auch der Mann getragen, der unser Schiff überfallen hat.«

»Vielleicht ist er es ja selbst.«

»Unsinn.«

»Seine Stimme klang ganz ähnlich.«

Merit versuchte sich auf den anmaßenden Tonfall des Angreifers zu besinnen. Entschieden schüttelte sie den Kopf. »Nein. Der hier sieht ja auch anders aus. Eher wie ein Mensch. Der andere war ein Ungeheuer.« Und der hatte auch einen längeren und wilderen Bart gehabt, dessen war sie sich sicher. Die Strähnen dieses Mannes waren nicht einmal fingerlang. Die Kopfhaare indes wucherten ihm tatsächlich bis weit auf die Schultern.

»Der ist auch eins«, sagte Tani düster. »Wie sie alle. Weshalb sonst verstecken sie ihre Gesichter? Zumindest werden sie äußerst hässlich sein.«

Merit deutete auf eine Wange des Mannes. »Ein verblasster Tintenfleck. Ist das nicht seltsam? Lass uns nachschauen, ob er nicht doch menschlich ist.«

»Wie denn?«

»Nanacht muss doch Rasierzeug haben. Schau in ihrer Kammer nach.«

»O nein, o nein«, wimmerte Tani, gehorchte aber nach einem auffordernden und kräftigen Klaps auf die Hüfte und lief durch den Schankraum. Merit schob sich auf den Knien von dem Assyrer fort, denn es war ihr nicht geheuer, mit ihm allein zu sein. Sie lauschte auf das Herumkramen der Dienerin und atmete erleichtert auf, als sie zurückkehrte, mit einem Krug Wasser, einem Fläschchen Öl und dem Rasiermesser.

Tani kniete hinter seinem Kopf. »Soll ich das wirklich machen?«

Ungeduldig nickte Merit. Sie selbst konnte das nicht, denn sie hatte sich noch nie eigenhändig rasiert. Tani nahm eine Bartsträhne zwischen die Finger und glitt mit der Schneide darüber. Angewidert warf sie die Strähne beiseite. »Gütige Isis, gütige Isis«, wisperte sie, während sie mit zittrigen Fingern fortfuhr, eine Strähne um die andere abzuschneiden. Sie arbeitete rasch, unentwegt ihre Furcht in sich hineinmurmelnd. Dann wischte sie angewidert die Handflächen über ihr Kleid.

»Weiter«, drängte Merit. Bisher hatte sie noch kein Tierchen gesehen. Keinen Käfer, keine Schlange.

Tani schüttelte einige Tropfen Öl auf ihre Hand. Ihre Miene war angeekelt verzogen, als sie die Stoppeln damit einrieb.

»Schneide ihn nicht, sonst wacht er vielleicht auf«, mahnte Merit. Ihre Schultern zitterten, so sehr war sie von Aufregung erfüllt. Dass seine untere Gesichtshälfte normal geformt war, ließ sich bereits erkennen, aber nun wollte sie alles sehen. Die Schneide kratzte über die Stoppeln, schob das Öl beiseite und offenbarte ein menschliches Gesicht. Tani war geschickt. Trotz ihres Widerwillens, dem sie mit grummelnden Lauten Ausdruck verlieh, schnitt sie ihn nicht. Sie wischte ihn mit einem Tuch sauber und kroch zu Merit herum.

»Und?«, flüsterte sie. »Hast du das erwartet?«

Merit schüttelte den Kopf. Da war nichts, was der Mann hätte verbergen müssen – es sei denn, Assyrer hielten männliche Schönheit für verachtenswert. Sein Kinn, die Linie der Wangen, die kräftige Form seiner Lippen, alles fügte sich auf angenehme Weise zusammen. Die Vollkommenheit störten lediglich zwei winzige, hell schimmernde Narben am Kinn und unterhalb eines Auges, als wollten sie gemahnen, dass kein Gott vor ihnen lag.

»Er wird uns umbringen, wenn er das merkt«, riss Tani sie in die Wirklichkeit zurück.

»Falls er überlebt. Wir müssten einen Arzt ... ach, das ist ja unmöglich, jetzt da draußen einen zu finden. Wenigstens verbinden sollten wir ihn. Und dann lassen wir ihn liegen; sollen dann die Götter entscheiden.«

»Können wir ihnen die Entscheidung nicht überlassen, ohne uns weiter um ihn zu kümmern?« Tani klang bissig.

»Aber das ist nicht Maat! Wir dürfen nicht einfach wegsehen, sonst zürnen sie uns. Außerdem könnte es ja sein, dass er sich dankbar zeigt und dafür sorgt, dass wir hier in der Schenke unbehelligt bleiben. Vielleicht ... vielleicht kann er helfen, dass ich meinen Vater sehe.« Nein, sogleich schüttelte sie den Kopf, das war wirklich absurd. Dieser Mann war sicher nicht willens oder imstande, für ihren Vater und Nefertem etwas zu tun, auch wenn sein Reif und seine Rüstung vermuten ließen, dass er kein niedriger Fußkämpfer war. Merit entfernte seinen Schwertgurt und fand an den Seiten der Brustpanzerung Schnüre; daran zog sie, wenngleich sie das Gefühl hatte, neben sich selbst zu kauern, sich zuzuschauen und zu fragen, warum bei allen Göttern sie das tat. Sie musste seinen Kopf hochhalten, damit sie das mit kleinen, aneinandergereihten Bronzeplättchen besetzte Leinenhemd darüber hinweg abstreifen konnte. Darunter trug er ein weiteres, ärmelloses Hemd, das eng an seinem Oberkörper anlag. Der einstmals weiße Stoff war auf der Brust in Blut getränkt. Oberhalb des Herzens ragte der Rest des Pfeilschaftes heraus.

»Wir bräuchten heißes Wasser«, überlegte sie.

»Wie sollen wir denn jetzt so rasch Wasser heiß machen?«, jammerte Tani.

Merit sprang auf und rannte in die Vorratskammer. Sie nahm einen verschlossenen Weinkrug und aus der

Wäschetruhe ein sauberes Laken. Über den Assyrer gebeugt, riss sie es in Streifen. Vielleicht war das falsch, aber sie meinte sich aus den alten Schriften, in denen von Schlachten und verwundeten Kriegern die Rede war, an solche Tätigkeiten zu erinnern.

Sie nahm den Schaft zwischen zwei Finger und zog. Er entglitt ihr. So würde es nicht gelingen. Noch einmal rannte sie in die Kammer, kramte in der Unordnung und fand zwischen verbeulten Löffeln und Schöpfkellen eine Zange.

»Sobek, Sobek, hilf«, murmelte sie, und bevor die Vernunft ihr sagte, schleunigst die Finger davon zu lassen, setzte sie die Zange an, umfasste sie mit beiden Händen und riss sie hoch.

Der Assyrer warf mit einem gurgelnden Aufschrei den Kopf in den Nacken. Doch er erwachte nicht. Merit schluckte, starrte auf die blutige Pfeilspitze und warf sie mitsamt der Zange beiseite. Die Wunde begann zu bluten. Merit zerschnitt das Leinenhemd, erweiterte den Riss, indem sie daran zerrte, entleerte den ganzen Weinkrug auf seine Brust und beeilte sich, die Streifen darum zu wickeln. Dazu musste sie die Hände unter seinen riesigen Leib schieben. Es ängstigte sie, ihm so nahe zu sein. Tani half ihr, indem sie die Knie unter seine Schultern schob und ein Kissen aus zusammengefalteten Streifen auf der Wunde festhielt.

Endlich war es geschafft. Beide rutschten sie von ihm fort und betrachteten ihr Werk.

»Und jetzt lassen wir ihn endlich in Ruhe?«, fragte Tani flehentlich.

»Gleich. Erst dies noch.« Merit kniete neben seinem Kopf, bettete ihn an ihrem Schoß und setzte den Wasserkrug an seine Lippen. Kranke mussten trinken, das wusste sie. Und tatsächlich öffnete er den Mund, sowie das Wasser ihn benetzte. Er schluckte schwer. Seine Hände bewegten sich, der ganze Körper schien sich mit Leben zu füllen. Aber immer noch wachte er nicht auf. Merit wartete, bis er nichts mehr trank, und ließ den Kopf vorsichtig auf den Boden zurückgleiten. Ein Letztes tat sie noch: Sie streifte mit den Fingerspitzen die Tropfen von seinen Lippen. Es erschien ihr richtig.

6. Kapitel

»Warum?« Nefertem wich zurück, als sie sein Gefängnis betrat. »Warum giert die Frau Asarhaddons nach mir? Weshalb lässt er das zu? Und wie lange muss ich hier bleiben?«

Seine fragende Geste galt dem Raum, in den man ihn am gestrigen Tage gebracht hatte. Er hatte ihn nie zuvor gesehen, ja, er wusste nicht einmal, in welcher Ecke des verwinkelten Palastes er sich befand. Die Wände waren mit erlesenen Malereien bedeckt: Papyrusdickichte, in denen sich Enten, Gänse, Katzen und Nilpferde tummelten. Ein Boot mit nackten Frauen – zwei paddelten, die dritte hielt ein Wurfholz. Auf einer Wand erhob sich ein Baum mit dunklen Feigen. Vergoldete Weinranken fassten die Bilderfolgen ein und verwandelten den kleinen Raum in einen kostbaren Kasten, in dem nur ein Bett stand, ein Tischchen mit Wein und einer Obstschale. Ein hübsches, kleines Gefängnis.

»Wie lange? Das weiß ich nicht. Und von meinem Gemahl hast du ganz falsche Vorstellungen«, erwiderte sie sanft. Inzwischen wusste er, dass sie Zakutu hieß. Ein barbarischer Name für eine barbarisch schöne Frau. »Er ist die Verkörperung Assurs, er ist das Ebenbild des Gottes. Sein Hoher Priester. Er ist der Herr der vier Weltgegenden – was sollte es ihn bekümmern, wenn mich ein Mann anfasst? Ich bin nur Staub unter seinen Füßen.«

Das alles sagte man auch von Taharqa, überlegte er. Mehr noch, der Pharao *war* Gott. Trotzdem wäre das Leben eines Mannes nichts mehr wert, vergriffe er sich an der Königsgemahlin.

Sie schritt in einem fremdartigen Hemdkleid mit kurzen Ärmeln auf ihn zu, das sich eng an ihren Körper schmiegte. Unter dem Stoff zeichneten sich ihre Brustwarzen ab. Langsam begann sie das Kleid zu raffen. Ihre Knie kamen zum Vorschein, dann ihre Schenkel und ihre Scham. Nefertem vergaß für einen Augenblick zu atmen. An ihrem Zöpfchen glänzte ein goldener Ring, zwei Kettchen waren daran befestigt. Sie endeten in schmalen Goldreifen, die stramm um die Schenkel saßen.

»Gefällt dir das, schöner Ägypter?«

Es war das Eigenartigste, das er je gesehen hatte. Nefertem ballte die Fäuste. Er war nicht mehr gefesselt, er könnte sie berühren, wo immer er wollte. Doch er war entschlossen, nichts zu tun.

»So etwas würde dir gewiss auch gut stehen.« Zärtlich hob sie einen Finger und berührte seine Nase. »Nefertem ... Man hat dich nach einem Gott benannt, der auf einer Lotosblüte thront. Der Gott duftender Salben und Öle, nicht wahr? So stelle ich ihn mir vor: jugendlich und schön, auf Laken gebettet, bereit zur Liebe. An Hand- und Fußgelenken trägt er goldene Reife, an denen Lotosblüten hängen. Selbst sein Glied wird von solch einem Ring umschlossen.«

Zakutu streifte das Kleid über den Kopf und warf es achtlos beiseite. Dass er in diese mächtigen schwingenden Brüste und die sie umschmeichelnden Haare längst vernarrt war, wollte er sich nicht eingestehen. Unbefangen umarmte sie ihn und reckte sich auf die Zehenspitzen, um ihn zu küssen, als seien sie ein vertrautes Liebespaar.

Nachdem Schanherib ihn in den Audienzraum zurückgezerrt hatte, war sie dort erwacht und hatte ihn lachend in Empfang genommen. Den Krieger hatte sie mit einem äußerst langen und begehrlichen Blick bedacht, den dieser jedoch eher kalt erwiderte. Später dann war Nefertem hierhergebracht worden, Zakutu hatte sich zu ihm gesellt und über belanglose Dinge geplaudert. Nun wusste er, dass die Sklaven in ihrem Land Tätowierungen im Gesicht trugen, damit kein Flüchtling weit kam. Dass Asarhaddons Vater Babylon erobert und den feindlichen König vor dem Königspalast in Ninive, der von der Göttin Ischtar gegründeten Hauptstadt, an einen Nasenpflock gestellt hatte. Dass Assurs Tempel »Haus des Alls« hieß und man zum Dattelrauschtrank gern gebratene Heuschrecken aß. Immer wieder hatte Zakutu ihn gestreichelt. Und auch jetzt wieder fühlte er sich wie ein gefangenes Schoßtier und überlegte, was geschähe, risse er das Bettlaken in Streifen und erwürge sie damit.

»Fass mich an«, befahl sie sanft.

Er stand wie erstarrt da.

»Knie dich hin und leck mich. Du hast das so wunderbar gemacht …«

Er atmete schwer, doch vor Wut. Er, der Sohn des Tajti, des Trägers der Feder der Maat, wurde wie ein Hund auf den Boden befohlen? Diese Assyrerin war, trotz ihrer Machtfülle, doch nur irgendeine Barbarin!

Zakutu runzelte die Stirn. Sie löste sich von ihm, ging zur Tür und klopfte. Von draußen schoben seine Wächter den Riegel zurück und öffneten. Sie deutete auf Nefertem. »Fesselt ihn aufs Bett.« Die beiden Männer stürmten an ihr vorbei. Er hob die Fäuste, doch was sollte er gegen jemanden ausrichten, der ein Schwert an seine Kehle setzte?

Dann lag er mit gespreizten Gliedern in den Laken. Die Lederriemen, mit denen sie ihn an die Pfosten gebunden hatten, saßen schmerzhaft stramm. Fragend blickten die Assyrer zu ihrer Herrin, und als diese nickte, schritten sie wieder hinaus und schlossen die Tür.

»Willst du mich jetzt peitschen?«, fragte er kalt.

»Nein, was hätte ich davon? Ich treibe dir nur endgültig aus, mich nicht anfassen zu wollen.«

Zakutu kroch über ihn. Zu seinem Erstaunen begann sie seine Brust zu lecken. Er schluckte. Ihre Zähne peinigten seine Brustwarzen mit einem hinreißenden Schmerz. Unwillkürlich hob er sich ein wenig an, um stärker den Druck ihres Körpers auf seinem zu spüren. In wirbelnden Kreisen tanzte ihre Zunge auf seiner Haut. Derweil schob sie sich an ihm hinunter, knotete seinen Schurz auf und nahm sein noch schlaffes Glied in den Mund. Mit lustvoller Hingabe saugte sie an ihm, bis sich sein Schwanz rötete und wuchs; er konnte es nicht verhindern. Nun, wenn *das* ihre Strafe war, war es ihm recht.

Sie richtete den Oberkörper auf und spreizte die Schenkel. Unmittelbar unter ihrer Vagina reckte sich seine Eichel, begierig, in die Höhlung geführt zu werden. Gleich würde er eintauchen in ihre heiße, enge Nässe, und ein Schauer durchlief ihn in lustvoller Erwartung ... Doch es kam nicht dazu. Zakutu rutschte höher und setzte sich auf seine Brust. Ihre Goldkettchen kitzelten seine Haut.

»Sieh her«, wisperte sie kehlig. »Hast du je Schöneres gesehen?« Mit einer Hand hob sie das Zöpfchen. Mit den Fingern der anderen schob sie die dick geschwollenen Schamlippen auseinander. Ihr rosiges Inneres klaffte vor ihm auf, entließ herbsüßen Duft und umhüllte seine Nase. Deutlich sah er den Lustknoten, umrahmt vom zarten Fleisch der inneren Lippen. Ihr Saft troff heraus und ließ jedes Fältchen glänzen. Sie zog eines der Kettchen durch ihre Spalte und führte es an seinen Mund. Er war nicht mehr Herr seines Körpers, auch nicht seiner Zunge, die vorschnellte und den kräftigen Geschmack aufnahm. Er nahm das Gold zwischen die Lippen.

»Ja, schon bereust du es, nicht wahr? Ich sehe ja, wie sich deine Muskeln anspannen. Aber die Fesseln reißen nicht.«

Noch ein wenig rutschte sie höher. Weit schob sie die Schenkel auseinander. Ihr Rücken bog sich nach hinten, so dass er ihr liebeshungriges Geschlecht in aller Pracht dicht vor sich sah. Mit drei Fingern fuhr sie hindurch und zerrieb den Saft auf ihrem Bauch. Immer wieder rieb und presste sie ihre Klitoris; ihre Hüften wippten auf und ab, begleitet von rhythmischem Stöhnen. Ihr Kopf schwang herum, die Zunge tanzte auf der Unterlippe. Plötzlich warf sie sich nach vorn. Ihr Geschlecht strich über sein Gesicht. Einen kurzen Augenblick nur, dann war sie wieder knapp außerhalb der Reichweite seiner Zunge. Nefertem fühlte sich wie untergetaucht. Sein Atem kam stoßweise. »Ja, ja«, stöhnte er. »Ich habe es begriffen, binde mich los, dann liebe ich dich …«

»Nein«, lachte sie. »Diese Lektion sollst du von Grund auf begreifen.«

Sie spreizte sich über ihm, so dass er mit der Zunge eintauchen konnte. Gierig begann er zu saugen, auch wenn es ihn nicht überraschte, dass sie sofort wieder für Abstand sorgte. Verzweifelt warf er den Kopf zurück. Er konnte nur zusehen, wie sie sich selbst unter kleinen scharfen Schreien zum Höhepunkt rieb, bis sie sich aufbäumte und zitternd zusammensank.

Zakutu rollte sich auf die Seite. »Wie schön hätte es sein können – gemeinsam«, seufzte sie. Wie zur Belohnung für sein Ausharren hielt sie ihm wieder den benetzten Finger hin, aber da er diesmal nichts mehr tat, streichelte sie mit der Fingerkuppe eine seiner Brustwarzen. Mit Hingabe rieb und saugte sie und erzeugte wieder süßen Schmerz. Schließlich ließ sie von ihm ab. Auf noch wackligen Beinen wankte sie zur Tür und klopfte. Während die Männer sich daranmachten, Nefertem, dessen Phallus wie aus Elfenbein geschnitzt von ihm abstand, loszuschneiden, schlüpfte sie in ihr Kleid und verschwand.

Dann war er allein. Allein mit sich, seiner Lust und seiner Scham. Er wollte schreien, weil er so sehr erniedrigt wurde und doch so viel Freude daran empfand. Gegen die Wände wollte er rennen, aber was tat er? Er kniete sich aufs Bett und rieb seinen Schwanz, um den entsetzlichen Druck loszuwerden. Danach fühlte er sich noch erbärmlicher. Ermattet warf er sich auf den Bauch.

Der Pfeil flog auf ihn zu. Er konnte nichts dagegen tun. Nur zusehen, wie sich die eiserne Spitze in seine Brust bohrte. Er starrte an sich hinunter. Dann hinauf, in Assurs Antlitz. Wie in des Gottes heiliger Stadt im *Haus des Alls* stand Assur vor ihm: eine doppelt mannshohe Statue aus schwarzem Stein. Golden waren die Haare, der gelockte Bart, der ihm weit auf die Brust fiel, die Ringe an den Ohren, die Reife an den Armen. Golden die fünf Stierhornpaare an den Seiten seines Kopfschmuckes. Golden die über dem Haupt schwebende Flügelsonne. Die Augen aus Elfenbein und Lapislazuli spiegelten die Wut des Gottes wider. *Du hast der Palastfrau Leid angetan! Du bist nicht würdig, vor mir zu knien! Die Luft zu atmen, die ich atme!* Schanherib wollte seine Unschuld beteuern, denn wer, wenn nicht Assur, musste die Wahrheit in den Menschenherzen erkennen? Doch mit zorniger Stimme rief der Gott: *Geh, geh!*, und er wich zurück, denn die steinerne Hand griff nach ihm. Sie packte den Schaft des Pfeils, jedoch nicht, um ihn zu ziehen, sondern tiefer in ihn hineinzutreiben …

Er riss die Faust hoch – selbst gegen den Gott würde er um sein Leben kämpfen! Aber er schlug nicht gegen Stein. Da war nichts. Kein Gott, nur ein in nächtlichem Dunkel liegender Raum. Es roch nach Bier, Bratfett, Staub und Natron. Schanherib betastete seine Brust. Er war aus dem Palast geflohen, mit dem Abschiedsgeschenk eines der königlichen Bogenschützen dicht über dem Herzen. Nicht in den Rücken hatte der Pfeil getroffen, nein, so einfach zeigte er niemandem den Rücken im Kampf. Aber wer hatte den Pfeil entfernt? Wer seine Brust unterhalb der Achseln mit Leinenstreifen umwunden? Auch auf der Schulter spürte er den Verband. Die Binden saßen zwar fest, aber sonderlich geschickt war die Arbeit nicht ausgeführt. Dies hatte keiner der Heeresärzte getan. Und er lag auch nicht in einem Lazarettzelt. Er blinzelte, bis sich seine Augen an die Düsternis gewöhnt hatten. Dies hier war eine Kammer voller Gerümpel.

Seine Wangen, sein Kinn fühlten sich anders an. Seine Fingerspitzen berührten nackte Haut. Die Flucht war misslungen, erkannte er mit wachsendem Entsetzen. Sie hatten ihn eingefangen, in irgendeinen Winkel des Palastes gesteckt und ihm den Bart genommen, um ihn zu demütigen. Weshalb, war ihm unklar. Vielleicht war die Laune des Königs wieder umgeschlagen und er hatte verfügt, dass sein Krieger als ein Gefangener weiterleben durfte. Oder anders – er, Schanherib, sollte zunächst leben, um einen langen, langsamen Tod zu erleiden.

Er konnte nicht sagen, welche Wahl er selbst träfe.

Sollte nicht irgendwo in dieser Geschichte eine junge Frau auftauchen? Ein liebliches Gesicht, das besorgt auf ihn herabblickte? Da war ihm im Angesicht des Todes wohl eine Göttin erschienen, eine andere Erklärung gab es nicht. Wie auch immer, er musste hinaus, solange niemand ahnte, dass er bei Bewusstsein war.

Er rollte sich auf die linke Seite und hob sich auf einen Ellbogen. Die Schmerzen jagten durch seine Brust und vernebelten seinen Blick. Die Zähne fest zusammengepresst, um keinen Laut zu verursachen, wuchtete er sich in eine sitzende Haltung. Zwischen seinen Beinen stach es unangenehm. Wann hatte er das letzte Mal uriniert?

Noch während er auf die Füße kam, sah er sich nach einer Waffe um. Der zerbrochene Krug, den er griff, fühlte sich lächerlich in seiner Hand an, und er wollte ihn wieder wegstellen. Stattdessen entglitt er ihm. Das Scheppern würde seine Feinde herbeirufen. Nun, umso besser. Dann wusste er wenigstens, woran er war!

Ein Licht kam näher, ein Vorhang wurde geöffnet.

Da stand die Göttin.

»Willst du gehen?« Mit einer Hand schirmte sie das zitternde Flämmchen einer Öllampe ab, die sie in der anderen hielt. Das Licht zauberte Schatten in ihre davon abgewandte Gesichtshälfte, während die andere in zartem Elfenbein schimmerte.

»Wenn ... wenn du mich nicht hinderst?«, erwiderte er, verwirrt, dass sie ihn auf Ägyptisch ansprach. Dieses zierliche, zerlumpte Wesen – eine Göttin? Welche denn? Sie war viel zu zart für die stolze Kriegsherrin Ischtar, die einzige Göttin, von der er sich vorstellen konnte, dass sie auf die Erde herabstieg, um ihm zu helfen und Assur die Stirn zu bieten. Aber Ischtar war auch die Göttin der Liebe, und das passte durchaus zu diesem Mädchen.

Sie streckte sich nach einer herabhängenden Kette, um die Lampe daran aufzuhängen. Zarte Brüste drückten sich gegen den Stoff ihres Kleides.

Und dann begriff er endlich: Er war unter Ägyptern. Die Feinde hatten ihn zu fassen bekommen. War das nun besser oder noch schlimmer? »Aber das ergibt keinen Sinn«, murmelte er, um eine Erklärung ringend. »So ein Mädchen würde man doch nicht zu mir lassen.«

»Ich verstehe leider kein Akkadisch.« Sie nagte an ihrer Unterlippe und verschränkte zugleich schutzsuchend die Arme.

Er musste diese Haut berühren, musste sich überzeugen, dass da ein menschliches Wesen vor ihm stand. Seine Hand streckte sich nach ihr. Aufkeuchend machte sie einen Satz nach hinten. Er tat einen unbedachten Schritt vorwärts und verlor fast das Gleichgewicht, weil ihm die Knie nachgaben. Verdammt, Assur, fluchte er in Gedanken. Er war viel zu schwach!

»Du musst dich wieder hinlegen!« In ihrer Stimme schwang der zittrige Versuch, streng zu klingen. Sie reckte sich nach ihm und suchte ihn mit den Fingerspitzen zurück zu dem hüfthohen Regal zu lenken, das ihm als Lager diente. Nein, sie war keine Göttin. Sie traute sich ja kaum, ihn anzufassen.

»Herrin!« Da tauchte ein zweites Mädchen auf und fiel ihr in den Arm. »Geh doch nicht so nah an ihn heran.«

»Wer hat mir den Bart abgenommen?«, knurrte er die beiden an. Schuldbewusst zuckten sie zusammen. Das stämmige Mädchen biss sich auf die Lippen und errötete. »Du also!«, rief er. Mit einem zornigen Grollen packte er sie an der Schulter und zerrte sie in die Mitte des Raumes, wo er sie niederdrückte. Er holte zum Schlag auf ihr Gesäß aus.

»Hör sofort auf!« Die kleine Göttin warf sich dazwischen. Sie rüttelte an seiner Hand, mit der er das Mädchen hielt. »Ich habe es getan!«

Er gab die andere frei und trat einen Schritt zurück. Sollte er nicht *sie* jetzt ergreifen? Stattdessen verschränkte er die Arme.

»Ja, ich … ich hab das, weil …« Nervös rieb sie die Finger in ihren geballten Fäusten aneinander. »Du hast gesagt, dass wir die Assyrer nicht holen sollen. Und da war der Pfeil … Wir begriffen doch, dass du in Gefahr bist, wenn auch nicht, weshalb. Und da habe ich mir gedacht, dass es besser ist, wenn du eher wie ein Ägypter aussiehst. Falls einer von deinen Landsleuten dich hier aufstöbert.«

Im Flunkern war sie sichtlich ungeübt. Sie vermochte ihm nicht in die Augen zu blicken. Wie sie da stand, die Lider mit den zitternden Wimpern gesenkt, die kleinen Brüste bebend vor Furcht … Sein Zorn schrumpfte zu einem Nichts.

Insgeheim gestand er ihr zu, richtig gehandelt zu haben – warum auch immer sie es tatsächlich getan hatte. Aber er sprach es nicht aus. So leicht wollte er es ihr nicht machen. »Ich sehe überhaupt nicht wie ein Ägypter aus. Bei Assur, welch ein törichter Gedanke.« Er hob die Stimme und donnerte auf sie hernieder: »Und ich beiße dir die Finger ab, wenn du mich noch einmal anfasst!«

Sofort verschwanden ihre Hände hinter ihrem Rücken. Schanherib hatte das Gefühl, soeben die dümmste Drohung seines Lebens ausgestoßen zu haben. Es drängte ihn danach, diese Hände zu packen und auf seine Brust zu legen. Aber er war zu laut gewesen, Pazuzu hatte ihn wieder angesprungen und sich in seinem Kopf verbissen. Er konnte nichts mehr tun. Nur noch zurückweichen, verhindern, dass er in die Knie ging, und dorthin zurückwanken, wo er aufgewacht war. Noch im Niedersinken verlor er die Besinnung.

»Nein! Nein, so geht das nicht!« Nanacht stemmte die Hände in die Seiten und funkelte Merit aus zornsprühenden Augen an. »Willst du den erbärmlichen Rest meiner Gäste, der sich jetzt noch herwagt, auch noch vertreiben? Und dass nur noch ruppige Assyrer kommen?«

»Der Kerl hat mir an die Brust gefasst!«, gab Merit nicht minder wütend zurück. »So etwas lasse ich mir nicht bieten.«

Die Wirtin warf die Hände hoch und ließ sie auf die Hüften klatschen. »Na und? So lange er dich nicht auf den Tisch wirft … Sieh dir doch an, was du getan hast«, sie deutete auf die Schüssel, die auf dem Boden zerschellt war, nachdem Merit den Inhalt ins Gesicht des aufdringlichen Gastes geschüttet hatte. Es sah scheußlich aus, wie die Linsen in ihrer braunen, trägen Soße an der geziegelten Seite des Tisches auf den Boden rutschten. Auch auf dem Boden hatte sich der Eintopf verteilt, Merits Kleid war braungesprenkelt, und zur Tür führten Fußspuren aus Linsensoße. Der Mann und sein Kumpan – zwei Hafenarbeiter, ihrem erdigen Nilwassergeruch nach zu urteilen – hatten unter Beschimpfungen das Wirtshaus verlassen, ohne wenigstens ihr Bier zu bezahlen.

»Ich wische es auf«, murmelte Tani; Merit hörte sie in Richtung des Hinterhofs tapsen. Sie betrachtete den Riss in ihrem Kleid, der fast bis hinunter zum Bauchnabel ging. Einfach zugelangt hatte der Mann, als sie sich vorgebeugt hatte, um die Schale vor ihm abzustellen. Für solche Arbeit war sie nicht geschaffen! Als Tani neben ihr in die Knie ging, tat sie es ihr trotzig gleich, nahm ihr den Lumpen aus der Hand, tauchte ihn in den Eimer und wischte den Eintopf auf.

Das Zetern der Wirtin beachtete sie nicht. Aber sie war froh, als Nanacht sich mit dem Abfüllen ihres gebrauten Bieres beschäftigte. Aus einem Krug schenkte sich Merit Bier ein. Es schmeckte recht gut, auch wenn Nanacht es nicht durch ein Tuch zu seien pflegte, so dass man immer einen Strohhalm reichen musste, damit einem kein Gerstenkorn in den Mund geriet. Merit füllte einen weiteren Becher. Der Assyrer war, seit er gestern hier zusammengebrochen war, nur dann aufgewacht, wenn sie ihm Wasser an die Lippen gehalten hatte. Aber er konnte ja nicht nur von Wasser leben, und weder auf Brot, Käse oder Linsen hatte er reagiert. Sie steckte ein Schilfröhrchen in den Becher und betrat das Nebengelass. Wie er sich auf das Ziegelregal gewuchtet hatte, lag er noch da, ein Bein angewinkelt und schwitzend. Vorsichtig trat sie näher und klapperte mit dem Rohr.

»Ich habe hier Bier«, sagte sie leise und hob abwehrend die Schultern, da sie ihm zutraute, plötzlich hochzuschnellen. Er grunzte und öffnete die Augen. Zunächst schien er sich wieder orientieren zu müssen, doch dann klärte sich sein Blick. Ächzend wälzte er sich auf die Seite, stützte sich auf den Ellbogen und nahm den Becher. Er trank, ohne das Rohr zu nutzen. Erschöpft ließ er sich auf den Rücken sacken. Etwas Unverständliches murmelnd, griff er sich zwischen die Beine.

»Was willst du denn?«, fragte Merit. Sein Gesicht war gerötet und in Schweiß getaucht.

»Pinkeln …«

Sie sperrte den Mund auf. An dieses Problem hatte sie noch nicht gedacht. Was jetzt? Sie kniete sich hin und tastete nach den schäbigen Krügen, die Tani ins Regal gestellt hatte. »Hier!«, sagte sie mit Nachdruck und hielt ihm den Krug hin. Er rührte sich nicht, seine Lider waren halb geschlossen. Nein, er dachte nicht daran, es ihr leicht zu machen. Hilflos betrachtete sie seinen Fransenrock.

»Tani? Tani!«

»Was ist denn?« Die Dienerin erschien im Eingang. Merit deutete auf seinen Unterleib.

»Er muss sich erleichtern. Hilf ihm dabei.«

»Ich? Aber Herrin!«

»Tani!«

»Immer verlangst du solche Sachen von mir«, klagte Tani, nahm aber den Krug und schob mit widerwilligem Seufzen den Rock ein Stück hoch. Merit kniff die

Augen zu, lauschte dem plätschernden Geräusch und dem erleichterten Stöhnen des Mannes. Den Krug weit von sich gestreckt, marschierte Tani wieder hinaus.

»Ich bin durstig«, murmelte er. Merit holte Wasser, gierig leerte er den Becher. Sein Blick wanderte von ihren Augen hinab auf ihre Brust und verharrte dort. Merit sah an sich hinunter. In der Tat wirkte ein halbaufgerissenes Kleid um einiges anstößiger als ein edel plissierter und geordneter Stoff, der absichtlich eine Brust frei ließ. Hastig verschloss sie den Riss mit der Hand.

Er wischte sich mit dem Handrücken über den Mund; mit einem Mal ruckte er hoch, doch sein Versuch, sein Krankenlager zu verlassen, endete damit, dass er mit einem Fluch wieder auf die Seite sank. Wollte er schon fort? »Du wirst auf der Gasse zusammenbrechen, und was dann?«, fragte sie ihn. »Ich kann natürlich deine Landsleute herholen, aber das willst du ja nicht.«

»Keinesfalls«, brummte er, wälzte sich auf eine Seite, auf die andere und blieb endlich wieder auf dem Rücken liegen.

»Hast du Hunger?«

Er schwieg, schlief vielleicht wieder. Achselzuckend wandte sich Merit ab. Nanacht stapfte in den Raum. »So, ist er jetzt versorgt, ja?«, rief sie, ohne die Stimme zu senken. Die Schöpfkelle, mit der sie ihre Worte unterstrich, zog Kreise in der Luft. »Dann kann er ja wieder gehen! Eine Nacht in meinem Haus für diesen Kerl muss genug sein, oder glaubst du, ich lasse es länger zu, dass du an ihn mein gutes Bier vergeudest? Seit du und deine Freundin hier seid, herrscht nur Durcheinander und ich habe zusätzliche Kosten.«

Merit schnappte nach Luft. Welch eine Dreistigkeit!

»Und nicht nur das«, ereiferte sich Nanacht. »Du hast ihn auch noch rasiert. Mit *meinem* Rasierzeug!«

»Wer ist diese kreischende Wachtel?«

Merit fuhr herum. Der Assyrer hatte sich wieder auf den Ellbogen gehoben und nickte in Nanachts Richtung, ohne sie eines Blickes zu würdigen.

»Er verschwindet auf der Stelle!«, schrie Nanacht und stampfte hinaus.

»*Du* hast sie so wütend gemacht?« Zwinkerte er, lächelte er gar? Merit mochte sich täuschen. »Du, so eine kleine harmlose Göttin? Sie dagegen kommt mir vor wie Ereschkigal, die das ganze Totenreich zusammenschreit. Warum hilfst du mir?«

»Weil es Maat ist«, antwortete sie lahm.

»Maat, euer seltsamer Gerechtigkeitsbegriff. Ich gehörte zu denen, die deine Stadt erobert haben. Aus der Sicht eines Ägypters wäre es wohl gerecht, mich sterben zu lassen.«

»Hätte ich dabei wirklich zusehen sollen?«

»Wie heißt du?«

»Merit-Sobek.«

»Du bist viel zu hübsch für so einen hässlichen Schutzgott. Unter dem Stern der lieblichen Isis hättest du geboren sein sollen.«

Offenbar wusste er einiges über Ägypten, und die Sprache beherrschte er fast ohne Akzent. Wo hatte er das gelernt und wozu? Er war doch nur irgendein Krieger; zum Rauben und Plündern war solches Wissen gewiss nicht nötig. Er schien noch etwas sagen zu wollen, aber der Schlaf übermannte ihn erneut. Merit trat näher, und als sie sicher war, dass er nicht wieder etwas Überraschendes tun oder sagen würde, nahm sie einen Zipfel der dünnen Wolldecke und tupfte ihm den

Schweiß von den Schläfen. Wenngleich er krank aussah, gefiel es ihr, wenn ihre Fingerspitzen seine Haut berührten. Trotz der Hitze spürte sie einen wohligen Schauer.

Zurück im Schankraum, wandte sie sich an Nanacht. »Er braucht einen Arzt.«

Die Wirtin hob nicht den Blick von ihrem Braubottich. »Mir scheint, du hast nicht begriffen, was hier los ist. Wir liegen im Krieg mit den Assyrern.«

»Hast du daran auch gedacht, als du Freude an dem empfunden hast, was sie mit dir taten?« Nanachts Augen wurden schmal, und Merit fuhr eilig fort: »Wenn hier jemand begriffen hat, was der Krieg einem antun kann, dann Tani und ich. Außerdem gibt es doch gar keinen Krieg mehr, wir sind assyrische Provinz.«

Nanacht prustete. »Für ein behütetes Töchterlein, dem noch die Schalen hinter den Ohren kleben, redest du recht naseweis.«

»Er fiebert.«

»Bin ich denn verrückt und bezahle für den einen Arzt?«

Merit lief zu ihrer Schlafstätte auf dem Dach und kehrte mit Sitankhs Goldkette zurück. »Ich bezahle ihn. Ein Plättchen davon genügt für drei Ärzte.«

»Woher …« Nanacht wischte sich die Hände an den Seiten ab und schien zugreifen zu wollen, aber sie beherrschte sich. »Also gut! Sobald es ihm bessergeht, verschwindet er aber! Soll ich den Schmuck für dich aufbewahren?«

Merit schüttelte den Kopf und rannte zurück aufs Dach, wo sie ihn wieder in einem der Topfstapel versteckte. Vielleicht würde das Wissen um sein Vorhandensein die Wirtin gefälliger machen. »Wenn ich nur wenigstens wüsste, weshalb ich das alles tue.« Sie war sich selbst ein Rätsel. Als sie sich an den Dachrand hockte und zuschaute, wie ihre Landsleute sich wieder an irgendein Leben zu gewöhnen suchten, konnte sie das Bild des Mannes, dessen Namen sie noch gar nicht kannte, nicht vertreiben.

7. Kapitel

Jedes Mal, wenn die Nadel sich in das Fleisch bohrte, kniff Merit die Augen zusammen und ballte die Fäuste. Und jedes Mal stöhnte der Assyrer und drückte den Kopf in den Nacken. Der eingeflößte Mohnsaft hielt ihn jedoch im Schlaf fest. Sechsmal … siebenmal … Endlich machte der Arzt einen Knoten und durchtrennte den Schafsdarmfaden. Dann nahm er den bereitgestellten Tontopf und ein weißes Stoffstück zur Hand. »Ein *Ukhedu* sitzt darin. Und der mag keinen Honig«, er strich einen Löffel auf das Leinen. »Weidenrinde nimmt ihm die Macht über die Schmerzen.« Er streute gemahlene Rinde darüber. »Und Nilpferddung versetzt ihn in Furcht.«

»Keinen Nilpferddung!«, rief Merit. »Ich habe gelernt, dass das nicht gut ist.«

Gereizt aufschnaufend, wandte er sich ihr zu und musterte sie hochmütig von oben bis unten, was er nicht zum ersten Mal tat. »Sogar der Leibarzt des Herrn der beiden Länder würde nicht anders handeln. Die Hinterlassenschaft von Tawerets mächtigen Geschöpfen versetzt den Dämon in Furcht, und so flieht er aus den Körperkanälen. Und *du* willst etwas anderes gelernt haben?« Noch einmal musterte er bedeutungsschwer ihr Kleid, kaum mehr als ein viel zu großer Lumpen, den Nanacht ihr gegeben hatte. »Du hast doch noch nie einen Papyrus aus der Nähe gesehen.«

»Aber das mit dem Dung ist falsch«, beharrte sie. »Den nimmt man nur bei Frauenleiden. Hier wäre Krokodildung besser.«

»Unfug. Selbst der König von Tyros lässt sich Nilpferdkot beschaffen, wenn ihn die dicken Afteradern zu sehr plagen. Und willst du klüger sein als mein Herr? Bei Baals Donnerkeule, lass mich einfach in Ruhe meine Arbeit tun. Seit ich hier bin, überschüttest du mich mit deinem Misstrauen. Und hör endlich auf, auf meine Finger zu starren!«

Merit trat einen Schritt zurück und verschränkte die Arme. Er funkelte sie noch einmal an, sie und alle, die ihn umstanden: Tani, Nanacht und Panhesi, ihr schmächtiger Knecht, der ihn hergebracht hatte. Der Phönizier nickte zufrieden, da sie alle schwiegen, und neigte sich wieder über den sich schwach hebenden Brustkorb des Assyrers. Mit dem Mittelfinger verrieb er die Zutaten in das Leinen und legte es auf die Wunde. Er hielt inne, schaute Merit an, als warte er nun auf einen Einwand, und umwickelte die Brust mit Leinenstreifen. »Gebt mir jetzt ein Amulett, damit ich es einarbeiten kann.«

Merit hob die Schultern, und er schnaufte verächtlich.

»Dieser Mann hätte im Kampf gegen die Eroberer fast das Leben gelassen, da werdet ihr doch ein Amulett für ihn haben?«

Hilflos blickte Merit erst zu Tani, dann zu Nanacht, die sich allein dafür zu interessieren schien, dass der Arzt nicht zu viel Leinen und Honig verbrauchte. »Hier«, fiel es Merit plötzlich ein und streifte das Kettchen mit der Emaillefigur über den Kopf. »Nimm dies.«

Sie hörte Tani entsetzt Atem holen. Der Phönizier

schob das Amulett zwischen die Streifen, stopfte das Kettchen dazu, wickelte noch eine Lage darüber und knotete die Binden fest. »Davon lasst drei Tage die Finger, dann wickelt es ab. Hat die Heilung eingesetzt und ist das Fleisch nicht heiß und geschwollen, tut nichts mehr, reibt nur ein wenig Olivenöl ein. Ansonsten holt mich noch einmal. Falls ihr mich wiederfindet, in diesen Tagen weiß ich nicht aus noch ein vor Arbeit und bin ständig unterwegs. Sagt ihm, dass er liegen soll.«

Er säuberte die Hände an einem Tuch, legte die Nadel und den Rest des Fadens in seinem Arztkasten und schulterte ihn. Merit hatte bereits drei goldene Schmuckplättchen ihrer Halskette entfernt und legte sie ihm in die fordernd ausgestreckte Hand. Zu viel offenbar, denn er verstaute sie ohne zu feilschen in seinem farbenfrohen, fransengesäumten Gewand, das einem assyrischen recht ähnelte.

»Lass noch etwas Mohnsaft oder Weidenrinde da«, versuchte sie noch etwas herauszuschlagen, doch er schob sich kopfschüttelnd an ihr vorbei.

»Das könnte man derzeit mit Lapislazuli aufwiegen. Mir ist nichts geblieben, und nur meiner Menschenfreundlichkeit hat der Mann es zu verdanken, dass ich wegen ein paar Nadelstichen die letzten Tropfen hergab.« Und schon war er durch den Vorhang geeilt und fort.

»Gold«, zischte Nanacht erbost. »So viel Gold gibst du für einen Feind! Bist du von Sinnen?« Als hielte sie flüssiges Gold, barg sie das Honigtöpfchen an der wogenden Brust, stieß Panhesi vorneweg und stapfte mit ihm in den Schankraum. Merit vergewisserte sich, dass der Fremde weiterhin gut schlief. Dann stieg sie mit Tani aufs Dach und setzte sich an ihren gewohnten Platz unter ein Sonnensegel, umringt von den wenigen noch lebenden Palmen, deren Kübel sie um die Schlafmatten verteilt hatten. Sie boten den Hauch eines Gefühls, einen geschützten Raum zu haben. Erleichtert ließ sich Merit auf die harte Unterlage sinken.

»Ich versteh's auch nicht«, murmelte Tani. »Warum …«

»Frag nicht. Glaubst du denn, ich verstehe es?«

Tanis Gebrummel und das Treiben unten auf der Gasse ließen Merit dösen, und als sie sich wieder aufsetzte, war der Sonnengott dem Land des Westens ein gutes Stück näher gekommen. Es war leise geworden, die Nachmittagshitze hatte die Menschen in ihre Häuser getrieben. Auch Tani schlief. Und er? Merit erhob sich und schlich die Treppe hinunter, eine langsame Stufe nach der anderen. Sie reckte den Hals.

Ihr Herz setzte aus – er starrte sie an. Rasch beschleunigte sie ihre Schritte, nahm eine Schale auf und marschierte in den Schankraum. Hier schüttelte sie den Kopf über ihr Verhalten. Dass er sie allein mit seinem Blick in die Flucht schlagen konnte – o nein, bei den Göttern! Sie raffte ihre Entschlusskraft zusammen, schöpfte kalten Linseneintopf in die Schale, legte einen Hornlöffel hinein und kehrte zu ihm zurück.

»Du hast nichts gegessen, seit du hier liegst«, gab sie sich forsch. Ihre Stimme klang kratzig, aber es gelang ihr, sich nicht zu räuspern. »Wenn du überleben willst, musst du aber essen.«

»Warum willst du, dass ich überlebe?« Er mühte sich auf die Seite. Da sie auf diese Frage immer noch nichts zu antworten wusste, hielt sie ihm schweigend die Schale unter die Nase, tauchte einen Löffel hinein und hob ihn an seinen Mund. »Linsen«, seufzte er. »Die mögen einen Mann deines Landes stärken, aber nicht mich.«

»Für jemanden, der kaum den Kopf heben kann, bist du recht überheblich.«

»Und du bist nur frech, weil du weißt, dass ich dir jetzt nicht den Hintern versohlen kann. Bedenke aber, dass ich das vielleicht nachhole.«

»Was du nur tun kannst, wenn du überlebst. Also iss!«

Ärgerlich knurrend nahm er Löffel und Schale entgegen. Merit verschränkte die Arme und versuchte so bissig dreinzuschauen, wie es ihr möglich war. Endlich begann er den Linseneintopf in sich hineinzuschaufeln. Danach schnaufte er erschöpft wie nach einem schnellen Lauf. Sie nahm die Schale an sich und reichte ihm Bier, das er ebenso hastig trank. »War da nicht jemand, der an mir herumgestochert hat?«, fragte er unvermittelt. »War das ein Arzt? Was hat er gesagt?«

»Dass du dich schonen sollst ...« Sie stockte, denn er setzte sich mit einem heiseren Aufschrei auf. Seine Finger strichen über den Verband, erspürten die Erhabenheit des Amuletts, ohne dass er dem Aufmerksamkeit schenkte. Er blinzelte benommen. »Und liegen bleiben!«, ergänzte sie.

»Hat er kein Zicklein geopfert? Und mir das Herz in die Hand gegeben?«

»Nein, das ...« Sie schüttelte sich. »Solche Bräuche gibt es hier nicht. Du wirst auch so genesen.«

Er stieß sich von dem Regal ab. Seine Knie zitterten, seine Lider flatterten und sanken. Er würde fallen! Merit stellte die Schale so rasch auf dem Regal ab, dass sie zu Boden polterte und sprang. Ihre Hände reckten sich nach ihm. Doch es gelang ihm, stehen zu bleiben. »Wie lange soll denn deine Dienerin mit dem Krug an mir herumhantieren? Hilf mir zum Abtritt.«

Ehe sie es sich versah, hatte er einen Arm um ihre Schultern gelegt. Sie musste die Knie durchdrücken. Wie sollte sie diesem Mann eine Stütze sein? Sie wollte Tani um Hilfe rufen, die auf dem Dach saß und den Riss in ihrem Kleid nähte. Aber er wankte in Richtung des Schankraums und zwang sie, mitzulaufen. Nanacht blickte von der Ecke auf, in der sie mit zwei Gästen saß, und runzelte die Stirn. Auch die beiden assyrischen Krieger sahen hoch. Merit hielt den Atem an. Würden sie den Landsmann erkennen? Schließlich widmeten sie sich wieder dem Knöchelspiel, wobei ihre unbeschäftigten Hände zwischen den entblößten Beinen der Wirtin ruhten.

Mühselig lenkte Merit ihn hinaus auf den Hof. Sie hasste die stinkende, mit einem Vorhang abgetrennte Ecke, in der man einen mit Sand gefüllten Eimer nutzen musste. Daheim hatte selbst die Dienerschaft dafür einen kühlen Raum und reichlich mit duftenden Essenzen versehenes Wasser zur Verfügung gehabt. Er wankte hinter den Vorhang, und während er beschäftigt war, lief sie mit den Händen unter den Achseln hin und her. Als sie wieder hinsah, kniete er vor dem Wasserloch und schöpfte einen Eimer, den er sich über den Kopf goss. Augenscheinlich war ihm übel, er atmete schwer. »Du musst dich wieder hinlegen«, sagte sie.

»Mir hängt dieser stickige Raum zum Hals heraus.« Sand aufwirbelnd, kämpfte er sich zurück auf die Füße und schleppte sich an der Hauswand entlang zum Garten. Merit folgte ihm und sah ihn am Stamm des Feigenbaums niedersinken. »Hier ist es erträglicher. Bring mir noch ein Bier.«

Sie stemmte die Fäuste in die Seiten. »Du hast ja keine Ahnung, mit wem du redest.«

»Du heißt Merit-Sobek. Was erzürnt dich, Merit-Sobek?«

»Du kannst mir nicht befehlen, als sei ich ein Schankmädchen!«

»Nicht?« Er wischte sich über die gerunzelte Stirn. Natürlich, dachte sie, weshalb sollte er anderes in ihr sehen? Ihr Zorn verrauchte, und so machte sie sich auf, ihm das Gewünschte zu bringen. Er trank schnell und gierig, wie er es immer tat.

»Wie *du* heißt, weiß ich nicht«, rutschte es ihr heraus.

»Schanherib. Was gibt es denn, das ich über deinen Namen hinaus wissen müsste?«

Sie schluckte und nahm den Becher wieder an sich. »Ich … ich hab nur dumm dahergeredet, weil du mich verwirrst.«

»Ich verwirre dich?«

»Ja, weil … weil du hier verletzt herumliegst. So etwas hat man ja schließlich nicht alle Tage, nicht wahr?«

Heiser lachte er auf. »Ach, so meinst du das. Nun ja, auch ich frage mich, womit ich deine Hilfsbereitschaft verdient habe. Vielleicht päppelst du mich nur auf, um mich lebend deinen Landsleuten auszuliefern?«

Es war deutlich, dass er sie nur neckte. Sie klopfte auf die Stelle über ihrem Herzen. »Wie ist das passiert? Und warum?«

Der Anflug heiterer Freundlichkeit schwand. »Frage nicht.«

»Ich will dir nur helfen«, murmelte sie entschuldigend.

»Ach ja? Dir sieht man doch an der Nasenspitze an,

dass du keine Ahnung vom Leben hast. Ich sehe dich noch vor mir, wie du da gekniet hast, die Hand zwischen deinen Beinen, und völlig fassungslos gestarrt, nur weil zwei Männer es mit einer Frau treiben. Ist die Wirtin deine Mutter? Sie hat dich anscheinend erstaunlich gut behütet aufgezogen. Nur dich anständig zu kleiden, dafür hat sie wohl nichts übrig?«

Merit starrte in den Becher. Leider war kein Bier mehr darin, also bückte sie sich und hob eine Handvoll Sand zwischen den trockenen Gräsern auf und schleuderte sie ihm ins Gesicht. Bevor sie kehrtmachen und flüchten konnte, hatte er ihr Handgelenk gepackt und sie so rasch hinuntergezogen, dass sie bäuchlings auf seinen Schenkeln landete. »So, es macht dich wütend, dass man dich für die Tochter des Hauses halten könnte? Warum denn? Mir Sand ins Gesicht zu werfen, zeugt nicht von guten Manieren. Die muss ich dich erst noch lehren, wie mir scheint.« Zu ihrem Entsetzen spürte sie einen kühlen Lufthauch über den Unterleib streichen. Seine Hand klatschte auf ihr Gesäß. Einmal, zweimal, ein drittes Mal, und er schlug hart. »Das schulde ich dir ohnehin noch.«

Merit ruderte mit den Armen, aber der Ellbogen seines anderen Arms bohrte sich in ihr Rückgrat, wenn sie nur versuchte, sich zu drehen. Verletzt und noch benebelt vom Mohnsaft, aber so stark! Auf ihrem Hintern breitete sich heißer Schmerz aus. »Ich schulde dir nichts!«, schrie sie erstickt. »Ich hab dir doch geholfen. Au, hör auf!« Sie schlug nach hinten aus, aber in seinem Griff war sie so hilflos wie ein zappelnder Fisch. »Ich habe sogar von meinem Gold gegeben, damit dich ein Arzt ansieht …«

Warum half Tani ihr nicht? Die war sicherlich in

ihre Arbeit versunken und hörte nichts. Schluchzend barg Merit das Gesicht in den Händen. »Gold?«, hörte sie ihn durch ihr Schniefen. Keine Schläge mehr. Sie brauchte eine Weile, zu begreifen, dass seine Hand auf ihrem Hintern ruhte, die Finger im Winkel ihrer Beine. Er berührte sie ... wahrhaftig, er berührte sie an ihrer geheimsten Stelle, die nur Tani bisher kannte. Merit lag starr, lauschte in sich hinein. Ihr Herz holperte. Sacht, ganz sacht glitt er mit den Fingerspitzen durch ihren Spalt, hinauf über ihren Anus und wieder zurück. Viel zu tief tauchte er in ihr ein; sie wollte die Beine fest zusammenpressen und konnte doch nur mit aller Willenskraft verhindern, dass sie sich weiter öffneten. Merit schwankte zwischen Entsetzen und Erstaunen über einen Genuss, den Tani nie mit solcher Wucht in ihr ausgelöst hatte.

»Lass mich«, wisperte sie fast unhörbar, die Augen geschlossen. Endlich presste sie verzweifelt heraus: »Lass mich los, Barbar!«

So rasch hatte er sie am Arm gepackt und in eine sitzende Stellung gezerrt, dass ihr schwindelte. Sein Gesicht war nur zwei Handbreit entfernt.

»Du hast Gold?«

»Das geht dich nichts an.«

»Glaub nicht, dass mich dein Gold interessiert. Aber wie kann es sein, dass du welches besitzt? Wer bist du?«

Merit schüttelte den Kopf. So dicht bei ihm vermochte sie nicht klar zu denken. Seine Augen waren ein wenig heller als die schwarzen der Ägypter. Ein rötliches Braun, wie fruchtbare Erde, mit kleineren schwarzen Flecken durchsetzt. Behutsam hob er eine Hand und strich mit dem Daumen den Schweiß von ihren Lippen. Sie wollte eine Hand auf seine legen und an ihrer Wange betten, die Innenseite liebkosen, sie zurück an ihren Schoß führen – gütige Isis, was geschah hier mit ihr? Sie wand sich in seinem Griff. »Hör auf, mich anzufassen, bitte … bitte.«

»Mir scheint, es gefällt dir. Siehst du?« Lächelnd hob er den von ihrem Saft glänzenden und duftenden Zeigefinger. Sie spürte alles Blut in ihren Kopf steigen.

»Das hat gar nichts zu sagen.«

»Nein?« Er berührte ihre Lippe, strich über die Haut darüber, dass ihr der eigene Duft, so anregend, so verräterisch, in die Nase stieg.

»Nein«, flüsterte sie erschöpft.

Er lockerte den Griff. Sie sprang auf und hastete durchs Haus hinauf aufs Dach. Tani machte ihre letzten Stiche und hob erst den Kopf, als Merit herangelaufen kam. Angespannt lauschte Merit auf das Geschehen unten im Haus. Wenn Schanherib jetzt ging, was dann? Der Gedanke ließ sie beben vor Furcht. Aber keine Schritte erklangen, die Tür auf die Gasse hinaus klappte nicht. Als sie wieder nach unten stieg, lag er schlafend auf seinem Lager. Schanherib, dachte sie. *Schanherib*. Ihre Finger tanzten auf den Lippen, während sie lautlos den Namen formte.

Merit schlüpfte aus dem Kleid und kniete vor der Waschschüssel. Sobald Tani den Schwamm in das Wasser drückte, schloss sie die Augen und versuchte sich vorzustellen, sie sei daheim im Garten oder im Badehaus. Sanft fuhr der Schwamm über ihre Haut, nässte Schultern, Brüste, Bauch und Schenkel. Tani holte noch einmal frisches Wasser und ließ es langsam an ihr herablaufen.

Merit sank auf die Matte und reckte die Arme hinter sich, denn eine Brise kam auf und kühlte die nasse Haut, eine Wohltat in dieser Sommerhitze. Sie spreizte die Schenkel für Tani, die Duftöl in ihrem Schamhaar verrieb und dann die Schneide von Nanachts Rasiermesser prüfte. Merit spürte, wie Tani es ansetzte.

»Du bist erregt, Herrin.«

»Wie sollte ich es bei deinen kundigen Händen nicht sein?«

Ein Lächeln huschte über Tanis Gesicht. »Du bist aber irgendwie anders.«

War sie das? Merit musste sich nicht fragen, woran sie gedacht hatte, in der Tiefe ihres Herzens. Sie sann dem vorsichtigen Tasten Tanis nach, genoss es, derart umsorgt zu werden. Ihre Hände schoben sich unter die Beine und zogen die Knie an die Brust, damit Tani in jeden Winkel kam. In ihrer Scham pochte es, und sie hoffte, dass die Dienerin sich Zeit ließ. Aber irgendwann endete auch dieser Genuss; Tani tupfte das jetzt scharf umrissene Härchendreieck trocken und wischte die Klinge an einem Tuch ab. Angenehm ermattet ließ Merit den Unterleib sinken.

Tani machte sich daran, sich selbst zu pflegen. »Die Klinge ist nicht mehr gut«, sagte sie, als sie ebenso nackt und duftend an ihrer Seite lag. »Für assyrische Bärte ist die nicht gemacht. Aber einen Wetzstein habe ich bisher nicht gefunden.«

»Tani?«

»Ja?«

»Wie – wie sieht er eigentlich aus? Ich meine, unterm Rock.«

Tani schüttelte sich und schnaufte angewidert: »Assyrisch!«

Das Laken knisterte. Merit ging in die Knie und machte sich klein. Doch er schien nicht aufzuwachen. Sie lauschte seinen Atemzügen, und als sie sich sicher fühlte, richtete sie sich auf. Er hatte die Hüfte ihr zugedreht; das Laken war heruntergerutscht und offenbarte den Ansatz seiner Schambehaarung, die wild wuchs. Jeder Ägypter, außer ein Bauer vielleicht, hätte die Ränder in eine ordentliche Form gezupft oder rasiert und auch die feine Linie entfernt, die sich bis zu seinem Nabel hinzog.

Äußerst bedacht hob Merit den Saum und zog das Laken ein Stück herunter. Selbst das erschlaffte Glied war von beachtlicher Größe. Es lag wie schlafend in die Leistenbeuge gebettet. Dass er nicht beschnitten war, überraschte sie nicht; diese Männer beließen ja alles, wie die Natur es wuchern ließ. Sah die Eichel, jetzt in einer Hauttasche verborgen, so aus wie die anderer Männer? Dies war zu vermuten, denn war nicht auch unter dem Bart ein menschliches Gesicht zum Vorschein gekommen?

Die Haut wirkte zart. Sie überkam der drängende Wunsch, ihn anzufassen. Er würde es nicht merken. Mit der Fingerkuppe strich sie darüber. O ja, sie war zart. Merit musste einen tiefen Atemzug tun.

Schanherib warf sich hoch und umfasste ihre Taille. Vor Schreck blieb ihr der Schrei in der Kehle stecken. Ehe sie es sich versah, hatte er sie auf sich gehoben. Sie versuchte über ihn hinwegzukriechen, doch als sein Kopf zwischen ihre Beine geriet, erkannte sie, dass das kein guter Gedanke gewesen war. Schanherib vereitelte in diesem Augenblick ihre Flucht, indem er die Arme um ihre Schenkel warf. Sobek! *Sobek!* Warum half ihr Schutzgott ihr nicht?

Sie wollte hinunterspringen, vermochte sich jedoch nur aufzurichten, denn er war viel zu stark. Vergebens versuchte sie seine Finger zu lösen. Ebenso gut hätte sie an Eisenklammern rütteln können.

Ihr Kleid war hochgerutscht. Sie erstarrte, als ihr bewusst wurde, dass sie entblößt war. Der Saum des Kleides lag über seiner Nase. Sie sah nichts als seine durchdringenden Augen. Als seine Zunge gegen ihre Schamlippen stieß, heulte sie auf. Nichts konnte entwürdigender sein! Verzweifelt wand sie sich, und endlich löste er einen Arm, jedoch nur, um ihr Handgelenk zu packen und nach hinten zu ziehen.

»Lass mich los!«, zischte sie. An seinen Augen sah sie, dass er lächelte. Seine Zunge teilte ihre Scham. Sie schluchzte auf, denn erneut würde er nun merken, wie erregt sie war. Sicher glaubte er, ihr gefiele, was er nun tat. Und war es nicht die Erfüllung eines Traums? Nein! Wie konnte sie sich nach diesem Mann, einem Assyrer, sehnen? Nach einem, der sie so sehr erniedrigte, obwohl doch er derjenige war, der sich schwach und gedemütigt fühlen sollte, da er hier so hilflos lag? Stattdessen tat er mit ihr, was er wollte. Seine Lippen zupften an ihrem geschwollenen Fleisch, liebkosten es, leckten den Saft auf. Die harte Zunge umspielte ihren Lustknoten und ließ sie erbeben. Und als er in ihr Inneres vordrang, war ihr, als könne sie sich nicht mehr halten. Alles in ihr wollte sich auf ihm wiegen. Sich vergessen, ihn genießen.

Sein Blick heftete sich an ihrem fest, während sein Mund ihr Geheimstes offenlegte. Sein Atem kam heftiger und blähte den zarten Stoff ihres Kleidsaums. Als seine Zähne an ihrer geschwollenen Perle nagten, unterdrückte sie nur mit Mühe einen Schrei.

»Lass mich. Barbar!«

Er runzelte die Brauen. Aber er entließ sie nicht. Sie starrte ihn an, zornig. Zornig auf ihn und ihren Körper, der sie ständig verriet.

Schanherib ließ ihr Bein los und tastete sich an ihrem Bauch hinauf, suchte ihre Brust. Da gelang es ihr, von ihm loszukommen. Sie sprang herunter und schlug ihm zweimal kräftig ins Gesicht. Dann floh sie die Treppe hinauf. Oben schwang sie auf den Knien herum und reckte den Kopf. Schanherib hatte sich auf einen Ellbogen gehoben und wischte sich den Mund mit dem Laken trocken. Er wirkte nachdenklich. Unter dem Laken zeichnete sich seine Erregung ab. Merit erwartete, dass er zugriff und die Sache für sich beendete, doch er ließ sich wieder auf den Rücken sinken. Schmerzhaft verzog er das Gesicht, als er Schulter und Brust betastete. Dass er verletzt war, hatte seine Gier ihn anscheinend vergessen lassen; umso nachhaltiger wurde er jetzt daran erinnert. Recht so!, dachte Merit erbost. Er entspannte sich und nahm einen tiefen Atemzug. Sein Blick glitt ins Leere.

Sie kroch unter das Sonnensegel und warf sich aufschluchzend auf Tani, die aus dem Schlaf hochschreckte.

»O Tani, Tani, hilf mir.« Merit drängte sich an sie, so sehr sehnte sie sich, angefasst zu werden. Tanis Hand krabbelte auf der Suche nach der von Lust umtosten Pforte über ihren Körper. Als die Fingerspitzen auf den erhitzten Knoten trafen, schoss ein Pfeil durch Merit hindurch. »Ja, ja, ja … komm her.« Merit rollte auf den Rücken, spreizte die Beine und zog sie über sich. »Stoß mich.«

Tani legte sich auf sie und machte unbeholfene Beckenbewegungen. Ihr Finger glitt in Merits nasse Lustgrotte, hinein und wieder hinaus. Merit umfing die Dienerin und versuchte sich vorzustellen, es sei *sein* gewaltiger Leib, der auf ihr lastete. Schanherib, formten ihre Lippen lautlos den fremdartigen, so schönen Namen, so schön wie er. Schanherib! Tanis Bemühungen waren viel zu schwach, und doch – Merits Unterleib zerbarst.

8. Kapitel

Drei Diener trugen nacheinander die erkalteten Platten mit der gebratenen Ente, dem Nilbarsch, den gewürzten Fladenbroten, dem Schälchen mit Olivenöl und die Krüge mit rotem und weißem Bier hinaus. Ein vierter brachte Honigkuchen und aufgeschnittene Granatäpfel, doch Nefertem hob nur eine Hand, und der Mann machte auf der nackten Sohle kehrt. Wenig hatte Nefertem angerührt. Wie sollte er Hunger haben, wenn er seit Tagen nichts anderes tun konnte, als von einer Wand des Gemaches zur anderen zu laufen? An erlesenen Speisen mangelte es ihm nicht. Nicht an duftenden Bettlaken und Kissen, nicht an Papyri mit alten Geschichten und Weisheiten, die seiner Zerstreuung dienen sollten. Man hatte einen goldenen Amun-Schrein aufgestellt, damit er täglich Weihrauch verbrennen und beten konnte. Und wenn es seinen Körper nach etwas gelüstete, kam eine Dienerin, ihn zu waschen, zu salben, ihm Kühlung zuzufächeln; und Zakutu tat alles, seine Lust zu wecken und zu befriedigen.

Seit vier Tagen war er nun in dieses Gemach eingesperrt, und Zakutu kam zweimal täglich. Sie war manchmal freundlich, manchmal herrisch und immer unersättlich. Sonst hatte er keinen Menschen zu Gesicht bekommen, nur schweigsame Diener. Weder der König noch irgendein assyrischer Amtsträger schien sich für ihn zu interessieren. Was dort draußen in der Welt geschah … Seine Schwester könnte in einem ähnlichen Raum gefangen sein und Ähnliches erleiden müssen, ein unerträglicher Gedanke. Taharqa selbst könnte sich wieder im Palast befinden, eingefangen und gedemütigt, und er, Nefertem, würde von alldem nichts wissen! Er schlug die Faust gegen das verschnörkelte Kupfergitter des hochgelegenen Fensters, durch das er nichts als einen kleinen Hof und ein Stück des Palastparks sah. Wie konnten die Götter das zulassen?, fragte er sich zum hundertsten Male. Nun, sie hatten nicht verhindert, dass Ägypten, das einzig eine wahre Land, wie von Steinen und Sandmassen überrollt worden war – was wog da sein eigenes Schicksal?

Er hörte den hölzernen Schlüssel ins Schloss stoßen. Der Riegel wurde zurückgezogen, die Tür geöffnet. Er lauschte den Schritten Zakutus, dem Rascheln ihres Leinenkleides, dem Klirren der Kettchen und Reife. Zum ersten Mal kam ihm der Gedanke, dass er vielleicht nur noch lebte, weil sie es wollte.

Sie schmiegte sich von hinten an ihn und legte die Hände auf seine Brust. Und da langes Verzögern ihr nicht lag, wanderten ihre Hände rasch hinab. Er hatte nichts dagegen, trotzdem reagierte er nicht wie gewohnt. »Komm weg vom Fenster«, murrte Zakutu. »Das Starren bekommt dir nicht gut.«

»Mir bekommt das Ausharren hier nicht gut!«, warf er zurück und drehte sich in ihren Armen. »Was habt ihr mit mir vor? Warum bin ich hier? Warum lebe ich noch? Mein Vater …«

»Immer die gleichen Fragen.« Mürrisch schürzte sie die Lippen. »Ich weiß doch von alldem nichts.«

»Das glaube ich nicht.«

Ihre Nägel kratzten über seine Brustwarzen. »Deinem Vater geht es gut.«

»Und meiner Schwester?« Unwillkürlich hielt er den Atem an; er fürchtete, zu hören, sie müsse Schanherib in ihrem alten Zuhause zu Willen sein.

Er hatte zum ersten Mal nach ihr gefragt, und überrascht hielt Zakutu inne. »Deine Schwester? Sicher ist auch sie wohlauf, mach dir keine Sorgen. Komm«, ihre Fingerspitzen glitten seinen Arm entlang; sie ließ ihn los und sank auf das Bett. Mit aufreizenden Bewegungen streifte sie ihren durchschimmernden Mantel hinab zu den Ellbogen und kehrte Nefertem mit gesenktem Kopf den nackten Rücken zu. So verharrte sie, als sei sie ein unschuldiges Weib, das sich seiner Wirkung nicht bewusst war.

Er glaubte aus ihrer Antwort herausgehört zu haben, dass sie tatsächlich nichts von Merit wusste. Und da Zakutu nicht die Art Frau war, die die Ereignisse im stillen Gemach an sich vorbeiziehen ließ, wusste es vermutlich niemand. War Merit noch frei?

Zakutu blickte ihn über die Schulter herausfordernd an. Er kniete hinter ihr und liebkoste die nach Myrrhe duftende Haut. Wo mochte Merit jetzt sein? Weiter nach Süden war sie nicht gelaufen, diese Möglichkeit hatte er längst verworfen. Mit der Schulter stieß Zakutu ihn an. »Du bist nicht bei der Sache. Immer wieder lässt du dich von deinen Gedanken ablenken.«

»Weil ich mich immer wieder frage, weshalb du es dir nicht von einem strammen Palastsoldaten besorgen lässt. Ich ahne doch, dass es dich nach Schanherib gelüstet, so gierig, wie du ihn angestarrt hast. Warum lässt du dich nicht in einer Sänfte zu ihm tragen? Dann könnt ihr das Anwesen meiner Familie aufs Gründlichste entweihen.«

Sie fuhr herum und schlug ihm kräftig ins Gesicht. »Ich mag *dich*«, murmelte sie, streichelte und küsste seine erhitzte Wange. Er versteifte sich, da er befürchtete, zurückzuschlagen imstande zu sein. Zakutu schien seine geballte Faust nicht zu bemerken, während sie sich herandrängte und ihre Brüste an ihm rieb. »Ich habe mir zu deiner Zerstreuung etwas Neues ausgedacht. Du musst gar nichts tun. Nur zusehen.«

Rücklings ließ sie sich aufs Bett sinken. Ihr halb herabgezogener Mantel fesselte ihre Arme an den Körper, ihre Schenkel waren weit gespreizt. Nefertem wartete, dass sie ihm wieder den Anblick bot, wie sie sich selbst befriedigte, doch ihre Hände ruhten tatenlos auf dem Laken. Eine assyrische Sklavin, die er bei Zakutus Eintreten gar nicht bemerkt hatte, kniete am Rand des Bettes und befestigte ein ledernes Geschirr am Unterleib. Den daran befestigten Penis wog sie prüfend in der Hand, berührte mit den Fingerkuppen die höchst lebensecht ausgeführte Eichel und den mit Adernrankwerk verzierten Schaft. Erwartungsvoll bewegten sich Zakutus Hüften. Die Sklavin schob sich näher heran; ob sie lusterfüllt war oder nur ihre Pflicht tat, ließ sich von ihrem mit verschlungenen Linien und Keilschriftzeichen übersäten Gesicht nicht ablesen. Aber ihre Bewegungen verrieten, dass sie nicht zum ersten Mal den Elfenbeinphallus am Geschlecht ihrer Herrin nässte und sich langsam niederdrückte, bis das Ding zur Gänze in Zakutu verschwand.

Zakutu hob sich ihr entgegen. Wie ein junger, wenngleich schmal gebauter Mann umfasste die Sklavin die Schenkel ihrer Herrin und stieß rhythmisch zu. Das gelbliche Weiß des Elfenbeins blitzte auf, von Zakutus Säften glänzte es wie lackiert. Nefertem spürte es zwischen den Beinen pochen – diese Sicht konnte keinen Mann, gleich in welcher Lage er sich befand, unberührt lassen. Seine Finger zitterten, als er die Bänder seines Schurzes löste und ihn abstreifte. Sie überraschte ihn immer wieder! Und immer wieder erwies er sich als der Schwächere, da er sich von seinen trostlosen Gedanken ablenken ließ.

Er fasste die Sklavin an den Schultern und zog sie von ihrer Herrin fort. Ermattet ließ sie sich neben Zakutu auf den Rücken sinken, ihre Brüste bebten, da sie kräftig Atem schöpfen musste. Zakutu knurrte und wimmerte; sehnsüchtig blickte sie dem Elfenbeinpenis nach, wollte danach greifen, doch Nefertem drückte sie zurück in die Laken. Endlich hatte sie begriffen, dass er über ihr war – sie packte seinen kurzen Schopf, zog ihn zu sich hinunter und drängte ihren Mund an seinen. Mit ungezügelter Gier schnellte ihre Zunge zwischen seine Lippen, so wie sein Schwanz in ihr erhitztes Inneres vorstieß. Es fühlte sich an, als wolle sie ihn auffressen. Schmerzhaft spürte er ihre Zähne auf der Unterlippe.

Jäh geriet ihr ganzer Leib in Bewegung, als der Orgasmus sie überspülte. Sie warf den Kopf zurück und entspannte sich mit einem lang anhaltenden Atemzug.

Plötzlich spürte er fremde Finger auf seinem Hintern. Erschrocken ruckte er auf die Knie. »Nein«, murmelte Zakutu und verschlang die Finger hinter seinem Nacken, so dass er sich nicht erheben konnte. »Das tust du jetzt noch für mich.«

Die Sklavin war aus seinem Blickfeld gekrochen. Hinter Nefertem knarrte das Bett. Was ihm drohte, wusste er, noch bevor das Elfenbein seine Gesäßbacken teilte. Er entwand sich Zakutus Umklammerung und schlug nach hinten aus.

»Nein, nicht …«, Zakutu reckte die Arme nach ihm. »Wehr dich nicht.«

Er spürte, wie ihm der Schweiß in einem Rinnsal über den Rücken lief. Sie tastete sich an ihm hinunter und nahm seinen Schwanz in die kundige Hand. Ihr aufmunterndes Lächeln zerschlug seinen Widerstand. Kühles Öl troff auf seinen Hintern, die Sklavin verrieb es an seinem Anus. Eine andere Lust, eine dunklere, bemächtigte sich seiner. Nichts tat er, es der Frau leichter zu machen, aber er sperrte sich auch nicht, als sie den Phallus ansetzte und drückte. Ein Zittern ging durch ihn hindurch. Beruhigend strich Zakutu über seine schweißnasse Schläfe, während sie ihn langsam rieb. Es war … unglaublich. Vorsichtig zog sich die Sklavin aus ihm zurück, nur um den Phallus wieder in ihm zu versenken. Er fühlte sich schutzlos, benutzt, gedemütigt – und genoss es wie nichts zuvor. Unter den halb geschlossenen Lidern musterte Zakutu ihn sichtlich erfreut.

»Komm jetzt in mich, komm«, flüsterte sie und führte ihn, da er ausreichend damit beschäftigt war, das Beben seines Körpers unter Kontrolle zu halten. Langsam ließ er sich auf sie sinken, die Sklavin passte sich seinen Bewegungen an, und als er lag, fuhr sie fort, ihn wie einen Mann zu stoßen. Die Hitze, die sich in seinem Unterleib sammelte, sein Körper, der sie alle umhüllende Geruch der Lust kam ihm eindringlicher vor. Und als er sich in Zakutu ergoss, geschah dies mit einer nie gekannten Wucht. Er wollte brüllen und konnte nur heiser aufstöhnen. Fast glaubte er das Bewusstsein zu verlieren. Zakutu unter ihm wand sich und trieb sich einem weiteren raschen Höhepunkt entgegen; die Sklavin zog sich ein letztes Mal aus ihm zurück. Sein After schmerzte. Ermattet ruhte er auf Zakutus weichem Leib.

Sie küsste ihn. »Wenn du magst, hole ich das nächste Mal einen Palastkrieger hinzu.«

»Du bist imstande und tust das.«

»Nun schlafe – ohne deine unnützen Sorgen.« Sie schob sich von ihm weg und stand auf. Schwungvoll warf sie sich den Mantel um die Schultern, schritt zur Tür und rief, man möge öffnen. Ihre Sklavin hinter sich, verließ sie das Gemach.

Nefertem rollte sich auf den Rücken und verzog das Gesicht. Im Hinausgehen hatte die Sklavin noch das Geschirr getragen; Zakutu war imstande, sie mit dem wackelnden Penis durch den halben Palast laufen zu lassen. Wenn sein Vater davon erfuhr ...

An der mit einem Feigenbaum bemalten Wand blitzte für einen winzigen Moment ein Licht auf. Hatte jemand am Fenster mit einer Lampe gestanden? Nein, das hätte anders ausgesehen – nicht so, als leuchte eine der Feigen von innen.

Einen Herzschlag später war er an der Wand und schlug mit aller Kraft dagegen. Ein Gipsbröckchen fiel herab. Mit zwei Fingern griff er in das Loch, wollte Stücke herausreißen, damit er sie durch den Raum schleudern, seinem Zorn freien Lauf lassen konnte. »Ihr assyrischen Hunde! Die Ammit möge euch in die Unterwelt reißen und verschlingen!«

Jenseits der Wand erklangen verhaltene Schritte. Eine Tür klappte. Wer hatte dahintergestanden und ihn, wohl all die Tage schon, mit Zakutu beobachtet? Er bezweifelte nicht, dass sie davon wusste, ja, es genoss. Es gab nur einen, der dies wagen würde, niemand anderer als der Thronräuber Asarhaddon. Nefertem sank auf die Knie und barg das vor Scham erhitzte Gesicht in den Händen.

Pazuzu hockte auf seiner Brust und machte jeden Atemzug zur Qual. Pazuzu, der böse Dämon, der Schmerzen wie Dolchstiche aussandte und an jenen Augenblick erinnerte, als der Pfeil in ihn gefahren war. *Ich verlasse dich nicht*, schien ihm das scheußliche Wesen zu drohen, bekräftigt von einem durchdringenden Brummen, das Schanherib endlich dazu brachte, sich diesem Alptraum zu entreißen.

Er blinzelte in zwei honigfarbene, schräge Augen, die sich ebenfalls verengten, als wollten sie ihn begrüßen. Verdammt!, dachte er, erschrocken wie erleichtert. Die Katze der kleinen Göttin schnurrte noch, als er sie im Nacken packte und von sich schob. Er hockte sich auf. Vorsichtig ließ er die Schultern kreisen – ein stechender Schmerz fuhr ihm oberhalb des Herzens in die Brust, doch schwächer als gestern und weit weniger schlimm als zu Anfang. Ein Arzt hatte ihn mit einer Nadel gepeinigt und mit phönizischem Akzent geredet. Zwei oder drei Tage war das her, seitdem hatte er nicht viel mehr getan, als hier herumzuliegen.

O doch. Er strich sich über den Mund, über die wieder stoppelige Wange, lächelte. Wenn Assur ihm gnädig war, würde er Merit … Nein. Was scherte *das* Assur? Zur schönen Ischtar musste er flehen, wenn er Hoffnung haben wollte, nicht nur Merits Unterleib, sondern auch ihr Herz zu betören. Aber wozu? Damit er ein gebrochenes Herz zurückließ, wenn er wieder ging, was sehr bald sein würde? Er fuhr sich durch die strähnigen Haare, noch nicht fähig, sinnvolle Gedanken zu fassen. Nur eines war ihm klar: dass er nicht länger hier liegen durfte, sonst dörrten ihm Verstand und Körper aus. Er erinnerte sich, Gebete gehört zu haben, geflüstert von einem betörenden, ängstlich zittrigen Stimmchen. Gebete zu ägyptischen Göttern – vernünftig betrachtet, dürften sie nicht erhört worden sein! Und doch, er konnte leichter aufstehen, sich den abgetragenen Schurz und die ebenso abgetragenen Sandalen anlegen, die ihm die Wirtin in ihrer freundlichen Art hingeworfen hatte, und mit sicherem Schritt durch den nachmittäglich ruhigen Schankraum hinaus in den Hof gehen. Er schlug sein Wasser ab und erfrischte sich am Brunnenloch das Gesicht. Mit dem faserigen Ende eines Zweiges schabte er sich die Zähne sauber.

»Schläft deine Herrin, oder was schleichst du mir nach?«

Die Katze maunzte, machte kehrt und blickte erwartungsvoll zurück, als hoffe sie, er folge ihr. Im Schankraum füllte er einen Becher mit Bier und suchte in den Töpfen nach einem Stück Brot. Das dicke Fellknäuel lief zwischen seinen Füßen herum. Getreidebrei, erkalteter Linseneintopf, verschrumpelte Zwiebeln und scheußlicher Knoblauch. Er entsann sich des Duftes von gebratenem Geflügel, jedoch auch, dass es recht zäh gewesen war. In Ninive würde diese Schenke keine zwei Tage überleben.

In einer Vorratskammer fand er seine Rüstung. Er schüttelte Mäusedreck herunter, warf sie dann aber wieder hin. Wann sollte er sie je wieder tragen? In der Ecke lehnte sein Schwert im Gurt. Er zog den Dolch heraus. Sollte er wirklich …? Es war wohl vernünftig.

Also übte er sich darin, die Bartstoppeln wieder zu entfernen. Eine mühselige Arbeit, die sich mit Öl erleichtern ließe, so viel wusste er wohl über das Bartscheren. Aber die Klinge war scharf genug. Das in einer Ecke lehnende Schwert nahm er an sich und ging auf den Hof hinaus. Er zog es aus der Scheide und hieb es nieder. Zischend zerteilte die Klinge die Luft. Einige Übungen später erkannte er, dass die paar Tage des Nichtstuns ihre Spuren hinterlassen hatten: Er keuchte, als habe er einen echten Gegner gefordert, Schweiß floss ihm den Rücken hinunter, und der Schmerz stach bis in die Schulter.

Im Gärtchen pflückte er eine Feige und aß sie, an den Baum gelehnt. In einigen Tagen würde er sich sicherlich gut genug fühlen, dieses Wirtshaus zu verlassen. Aber wo sollte er hin? Er war fern der Heimat, fern von seinen Getreuen, fern vom assyrischen Heer. Und wenn er allein zurück nach Ninive gelangte, was dann? Bald würde auch sie zurück sein, Zakutu, die ihm zur Feindin geworden war. *Sie* hatte ihn entwurzelt, ins Elend und eine ungewisse Zukunft gestoßen – ungestraft durfte sich niemand Zakutus Wünschen widersetzen, auch er nicht.

Es wäre besser gewesen, mit ihr ins Bett zu steigen.

Nein! So heftig schleuderte er das Schwert auf den Rasen, dass er die Zähne zusammenpressen musste, um dem Aufbegehren seiner Schulter Herr zu werden. Niemand zwingt mich dazu, auch die Palastfrau nicht!, schoss es ihm durch den Kopf. Schamasch mochte sie blenden, Ninurta mit einem Pfeilhagel niederstrecken, Ereschkigal in die Unterwelt zerren!

Er wollte zurück zum Brunnen, um noch einmal zu trinken. Töpfegeklapper ließ ihn innehalten. Merit-

Sobek kniete am Wasser, tauchte einen Eimer hinein und trug ihn zu einem Stapel dreckigen Geschirrs. Ungeschickt leerte sie ihn darüber aus. Dann kniete sie sich hin, warf Sand hinein, steckte eine Bürste in einen Topf, die sich als zu groß erwies, und ergriff eine kleinere. Schon war ihr an vielerlei Stellen gerissenes und geflicktes Kleid genässt und schmiegte sich an ihre kleinen, wie halbe Äpfel geformten Brüste. Rosig zeichneten sich die Höfe darunter ab.

»Meine armen Finger!« Sie betrachtete ihre Hände. »Ach, Kawit, ich bin dafür nicht gemacht.«

In der Tat, ungeschickter hatte sich hierbei wohl keine Frau je angestellt. Sie musste aus einem reichen Hause stammen; der Krieg hatte sie hierhergespült, wie ihn. Schanherib stellte sich vor, hinter ihr zu knien, ihr sanft den schäbigen Stoff abzustreifen und die Arme um sie zu legen. Die kleine Göttin würde sich sträuben, aber schließlich nachgiebig werden, wie Ton unter den kundigen Händen des Töpfers, und sie würde sich umwenden und ihm den offenen Schoß darbieten. So offen wie jetzt, da sie sich rücklings hinsinken ließ und die Katze auf den Bauch setzte. Die Beine hatte sie angezogen, und so zeigte sie ihm unabsichtlich, worin er bereits seine Zunge versenkt hatte. Merit kicherte, als die Katze auf ihr herumzustelzen begann und die Pfoten fordernd in sie stemmte, wie ein Junges an der Zitze der Mutter.

»Was machst du denn da?« Die Wirtin erschien in der Tür zum Schankraum, eine Faust in die üppige Seite gestemmt, und verschwand wieder. »Ich brauche saubere Schalen!«

Merit verzog das Gesicht. »Wozu denn«, maulte sie in sich hinein. »Für die drei Leute täglich?«

Schanherib schritt über den Hof. Am Eingang sah er sich nach ihr um, als bemerke er sie nun erst. Mit einem leisen Aufschrei ruckte sie hoch und zerrte das Kleid über die Hüften. »Mit wem hast du denn gekämpft?« Die Arme hielt sie verschränkt, den Blick gesenkt. Ihre Haare waren viel zu kurz, das Erröten zu verbergen. Die Sonne malte zittrige Schatten ihrer Wimpern auf die Wangen. Hart aufatmend, suchte er eine Antwort auf ihre verlegene Frage, während sie sich offenbar weit fortwünschte.

»Ich kämpfe mit mir selbst«, erwiderte er rau. »Damit ich nicht …« Er stockte. »Damit ich es nicht verlerne. Dieses unnütze Herumlungern bin ich nicht gewohnt.«

Er holte ein Beutelchen und ein sauberes Tuch aus dem Vorratsraum. Im Schankraum schlug ihm der Geruch frisch geschnittener Zwiebeln entgegen. Aus dem Kessel dampfte es. Nanacht mühte sich, eine Tonflasche zu öffnen. Essiggestank drang heraus. All das ließ ihn befürchten, wieder nur Linsen zu essen zu bekommen. Der schlaksige Alte, mit dem Gesicht eines verbrannten Lederlappens, trug einen kleinen Sack herein, aus dem Linsen rieselten.

»Panhesi.« Flüchtig sah Nanacht auf. »Nimm den Sack wieder mit, es ist noch reichlich vorhanden. Es kommen ja kaum noch Gäste.«

»Warum?«

»Ägyptische Männer halten ihr Kupfer zusammen, falls sie noch welches besitzen, und haben andere Sorgen, als hier einzukehren. Und die Assyrer wollen keine Linsen.«

»Nicht?« Er kratzte sich den stoppeligen Schädel. »Was mögen sie denn? In meinem Hause haben sie alle Vorratssäcke aufgeschlitzt, und im Haus meines Vetters …«

»Bring den Sack zum Händler zurück und schau, ob du stattdessen gutes Weizenmehl bekommst. Oder eine Gans.«

»Aber das alles ist teuer jetzt! Und es wird noch schlimmer werden, sie erhöhen die Steuern, erzählt man sich draußen. Wo soll das noch enden? Morgen will sich der Eroberer zum Pharao krönen lassen, und das feiern sie heute schon auf dem Platz vor dem Palast. Sogar die Statue des Stadtgottes sollen sie dorthin geschafft haben. Die darf doch keiner sehen, der nicht Priester ist!« Er warf die Hände hoch, krümmte die Finger und starrte an die fettigen Strohfäden, die von der unverputzten Raumdecke hingen. »Die Maat ist aus den Fugen, Ägypten wird vielleicht nie wieder, was es war!«

Kopfschüttelnd sah Schanherib zu, wie er in Tränen ausbrach, Nanacht sich zu ihm gesellte, ihn mit schroffen Worten tröstete, eine Brust entblößte und seinen Kopf darauf bettete, was er sich gern gefallen ließ. So wiegte sie ihn eine Weile, dann klopfte sie auf seine Schulter und wies ihn auf die Gasse hinaus.

»Du verschwendest dein Kupfer, falls du noch welches hast«, warf Schanherib ein. »Weder aus Brot noch aus einer Gans verstehst du etwas zu machen. Dein Bier ist erträglich, aber das allein und deine körperlichen Reize werden dich nicht über Wasser halten.«

»Du vermisst sicher Dattelrauschtrank und Heuschrecken?« Sie schaute ihn so angewidert an wie zuvor Merit das schmutzige Geschirr. »Warum gehst du nicht einfach? Fieber hast du keines mehr, kein Dämon jagt mehr durch die Kanäle deines Körpers.«

»Vielleicht hast du recht.« Er schritt zur Tür, riss sie auf und stapfte ins Freie.

Merit starrte die Tür an. Er würde wiederkehren, er hatte ja seine Rüstung und seine Waffe hier. Ihr schwindelte, als ihr bewusst wurde, dass er sie nicht tragen würde – nicht tragen *durfte*, wenn er dort draußen als Ägypter durchgehen wollte.

Für ihn gab es keinen Grund, zu bleiben. Lass ihn gehen, so ist es richtig, seine Welt ist nicht deine, sprach sie sich Vernunft zu, von ihren Tränen sofort wieder fortgeschwemmt.

»Jetzt heulst *du* auch noch?«, rief Nanacht. »Hab ich nur greinende Kinder um mich? Soll ich dir die andere Brust geben?«

Wenn es nur einen Grund gäbe, ihn aufzuhalten! Merit nagte an ihren Nägeln. Wenigstens für einen Augenblick der Erklärung, des Abschieds, war er ihr das nicht schuldig? Sie keuchte auf. Das Amulett! Erleichtert stürzte sie auf die Gasse, Nanachts Schimpfen im Ohr. Sie würde ihr Amulett zurückfordern, alles andere fand sich dann vielleicht …

Selbst inmitten der Menschen, am andern Ende der Gasse und beinahe außer Sichtweite, war er in seiner Größe unverkennbar. Sein nicht ganz so nachtdunkles Haar, das ihm bis weit auf die Schulterblätter fiel, unterschied ihn. Die breiten Schultern, die Leinenbinde um die Brust. Merit hastete durch das Gewühl. Die Stadt war zu neuem Leben erwacht. Lägen nicht vor vielen Eingängen Haufen von Möbeln, Gefäßen und anderen mutwillig von den Eroberern zerstörten Dingen, welche die Bewohner aus ihren Häusern geschafft hatten, so mochte man glauben, es habe sich nicht viel verändert. Doch beim näheren Hinsehen wirkten die Gesichter missmutiger. Die Unterhaltungen waren gedämpfter; die Frauen vor dem Gemeinschaftsbackofen schwiegen, statt wie sonst zu lachen und zu streiten. Und da waren nach wie vor die assyrischen Männer, die jedoch nicht mehr sehr kampfbereit wirkten und miteinander schwatzten, während sie mit geschulterten Speeren ausschritten. Den großen Mann beachteten sie nicht. Merit hielt sich wenige Schritte hinter ihm. Aber er war schnell, als gierte sein Körper nach Bewegung. Sie musste sich von einem Eselskarren aufhalten lassen, eine kreischende Gänseschar mit den Knien teilen, einer zudringlichen Hand ausweichen. Sie sprang durch das Gewimmel, als sei es ihr, der Tajti-Tochter, nie fremd gewesen.

Er schlug den Weg zum Fluss ein. Gewiss wollte er ein Schiff suchen, das ihn außer Landes brachte. Aber er kannte sich nicht aus. In dieser Richtung gab es keine Anlegestelle, und der Hafen *Gute Ausfahrt* war ein ganzes Stück weiter nördlich. Oder wollte er den Nachen eines Fischers stehlen und sich so zu einer der Küstenstädte am Großen Grün durchschlagen? Weshalb musste er überhaupt fliehen? Nichts wusste sie von ihm, gar nichts, aber sie rannte ihm nach.

Den Trubel inmitten der gedrängten Häuser zurücklassend, setzte er mit ausgreifenden Schritten über den aufgeschütteten Damm. Es ging über frisch aufgepflügte, jedoch trockene Äcker. Seit einiger Zeit weinte Isis und ließ den Nil anschwellen, doch bis die Überschwemmung auch hier ihren fruchtbaren Schlamm über den gierenden Boden schwappen ließ, würde noch ein Monat vergehen. Schanherib ließ den Blick über den Fluss schweifen. Er entschied sich für einen breiten

Pfad, der durch mannshohes Schilf ans Wasser führte. Er lief hinunter.

Dann war er eingetaucht ins wogende Schilf. Kein einziges Mal hatte er sich umgedreht.

Die Dämmerung war hereingebrochen, Re längst auf seiner Fahrt durch die nächtliche Unterwelt. Von einem Boot war weit und breit nichts zu sehen. Was wollte er hier? Vielleicht ein assyrisches Ritual vollziehen, was nur des Nachts an einem Fluss möglich war? Mit Schaudern dachte Merit zurück an jene so brutal beendete Flucht auf dem Schiff des Vaters. Der Siegesschrei des schrecklichen Mannes quoll plötzlich aus verschütteter Tiefe in ihre Gedanken. Unwillkürlich warf sie sich auf den Bauch, lauschte dem allgegenwärtigen Knistern der Schilfrohre und dem Summen der Insekten. Jeden Augenblick würden gerüstete Männer hervorstürzen und sie und Schanherib niedermachen.

Natürlich geschah nichts dergleichen. Ruhig stand er da, die Füße im Wasser, die Hände an den Seiten. Ab und zu wischte er mit einem Stück Tuch, das er bei sich hatte, eine Mücke von der Schulter. Schließlich begann er den Verband abzuwickeln. Das Amulett fiel heraus. Sichtlich überrascht schnappte er danach, bevor es im Wasser versinken konnte.

Er murmelte etwas in seiner Sprache, es klang verwundert. Sie sah das Gold und das Emaille aufblitzen, als er es nachdenklich auf der Hand bewegte, um es im dahinschwindenden Licht zu betrachten. Er knüllte die Binden zusammen, legte sie auf den Boden und sorgfältig das Amulett darauf. Seiner Verletzung widmete er nur eine kurze Berührung. Stattdessen löste er die Bänder des Schurzes. Das grobe Leinen fiel herab.

Merit stand der Mund offen. Vor dem rötlichen Sternenhimmel war der Schemen seines aufragendes Gliedes deutlich zu erkennen. Er schloss eine Faust darum.

Unwillkürlich öffneten sich ihre Schenkel. Sie konnte nicht anders, sie musste sich ihm nähern. Auf der harten Erde verursachte sie keinen Laut, als sie ein Knie vor das andere schob und sich dann duckte wie ein Tier, auf allen vieren kauernd.

Ungezügelt keuchte er sein Begehren in die hereinbrechende Nacht hinaus. Merit war völlig gebannt von dem Anblick, wie er sich Erleichterung verschaffte und dabei ihren Namen hervorstieß. Sie rollte sich auf den Rücken, zerrte das Kleid hoch. Es war ein wenig wie in ihrem Traum: Sie, schutzlos und offen vor dem fremden Mann, dessen Gesicht sie nicht sah. Ihr Zeigefinger umkreiste wild ihren Lustknoten, den anderen hatte sie zwischen den Zähnen, damit sie keinen Laut tat. Gierig wippte ihr Gesäß auf und ab, wie eine Einladung für ihn, sich auf sie zu werfen. Eine Einladung, von der er nichts ahnte. Dass er nur wenige Schritte entfernt stand, fachte ihre Lust aufs Unerträglichste an. Sie presste die Hand auf den Mund und die Sohlen auf den Boden, als es ihr kam. Durch das Rauschen des Blutes in ihren Ohren hörte sie Schanherib aus tiefster Kehle aufstöhnen.

Als sie wieder hinsah, hatte er ein Knie gebeugt und sich vorgeneigt. In einer erschöpften Geste strich er sich die Haare aus der Stirn. Sie ersehnte den Mut, auf ihn zuzulaufen und ihn zu umfangen. Sie lag nur starr.

»Dein Duft steckt mir in der Nase, kleine Göttin«, sagte er auf Ägyptisch. »So sehr beherrschst du mich schon.« Er stemmte sich hoch, fasste sich an die Wunde. Erschrocken wurde Merit gewahr, dass er über sie stolpern würde, wenn er jetzt umkehrte. Doch er schritt ins Wasser. Fort von ihr, fort …

»Schanherib!«

Sie kämpfte sich auf die Füße und rannte ihm nach. Ihr Ruf hallte noch in ihrem Ohr.

»Merit? Bei Assurs Hörnern! Wieso bist du mir gefolgt?«

»Kannst du überhaupt schwimmen?«, platzte sie heraus. Bei Sobek, fiel ihr nichts Dümmeres ein?

»Ich ersauf schon nicht«, antwortete er belustigt.

»Du kannst nicht einfach so verschwinden!«

»Verschwinden? Wohin denn?« Er spreizte die Arme. Sie vermochte zu erkennen, dass er bis zu den Oberschenkeln im Wasser stand, sonst kaum mehr. In ihrer Vorstellung war dort ein Nachen gewesen, den er besteigen wollte. Das alles, auch dass sie hier war, kam ihr jetzt völlig unsinnig vor.

»Ins Wasser, meine ich«, sagte sie fest und kehrte ihm den Rücken zu, als wolle sie wieder gehen. »Es ist nicht gut, wenn das schlammige Wasser an deine Wunde kommt.«

»Das weiß ich. Ich bin nicht hergekommen, um wegzuschwimmen, sondern um mich zu waschen.«

Zu waschen. Deshalb das Tuch und der kleine Beutel in seiner Hand. Ein Beutel mit Natron. Ihr Gesicht erhitzte sich vor Scham.

»Was ist, willst *du* jetzt wieder fort?«

Sie stockte. Wandte sich um, suchte seine Augen, sah aber nur seine Umrisse, die wuchsen. Er stand vor ihr, berührte ihren Arm und ertastete ihren Ellbogen.

»Was geht nur in deinem Kopf herum?«

»Hat dir der Brunnen im Hof nicht genügt?«

Er seufzte, als wüsste er nichts Rechtes anzufangen mit ihren sprunghaften Äußerungen, und kehrte zum Wasser zurück. »Du denkst sicher, ein Assyrer ist glücklich mit dem Schweiß etlicher Tage auf der Haut. Ich verstehe, dass man Feinde mit Dreck überschütten möchte, wenn sie es selber nicht tun. Aber ich sitze in Nanachts Hinterhofgärtchen nicht, weil ich es ihr wegnehmen will, sondern weil es mich, so erbärmlich es ist, ein bisschen erfreut. Mein Volk liebt seine Gärten an Wäldern und Flussufern und den Palästen in Ninive und Assur. Wo man hier die Wände bemalt, zieht man dort Pflanzen. Wer es sich leisten kann, wohnt im Sommer am Fuß des Zagros, wo die Bäche und Quellen überreichlich fließen. Dort pflegen sie ihre Obstgärten und Rinderherden und die Schöße ihrer Frauen.«

»Ihr bemalt eure Wände mit toten Gefangenen, wie ihr sie an Nasenringen durch eure Städte treibt und dann ihre Köpfe an Ästen aufhängt. Eure Flüsse färben sich rot, heißt es.«

»Du *willst* nur das Hässliche sehen. Deshalb hast du mir wohl auch den Bart abgenommen? Weil du den nicht ertragen konntest?«

»So war es nicht«, hauchte sie matt.

»Du bist eine Suchende, die noch nicht weiß, wonach sie sich sehnt«, sprach er mit rauer Stimme in die Nacht. »Sicher nicht nach deiner Dienerin, der du die Brüste leckst, während sie ihre Finger in dir hat. Ich weiß es ja besser, *mich* begehrst du, sonst wärst du nicht hier. Aber ich weiß auch, dass du mich verachtest, wie es eine Ägypterin tun muss.«

Er schlug sie mit Worten, aber sie wollte sich nicht ducken. Was fiel ihm ein, ihr *irgendetwas* vorzuwerfen, da er es war, der ihr Land betreten hatte, um es als Teil des fremden Heeres zu erobern? »Ja!«, schrie sie und stapfte ihm nach. Das Wasser umspülte ihre Knie. »Ich bin dir nachgelaufen, weil ich nicht glauben konnte, dass du ohne einen Dank verschwindest. Das hätte ich nicht einmal einem Assyrer zugetraut!«

»Lass es, du kannst einfach nicht überzeugend schwindeln.« Seine Hand umschloss ihr Handgelenk. Sie wankte, der schlammige Grund bot keinen sicheren Halt. Das Wasser geriet in Bewegung, gluckerte und schickte erdigen Geruch herauf. Sein anderer Arm umfasste ihren Nacken und hielt sie aufrecht. »Merit-Sobek, ich hatte nicht vor, die Schenke heute oder morgen zu verlassen, denn mir geht es zwar besser, aber das ändert nichts an dem, was mich bedroht. Ich muss das erst gut durchdenken. Vielleicht suche ich meine Gefolgsleute auf, andererseits möchte ich sie nicht in Schwierigkeiten bringen. Wie auch immer, bis dahin hätten sich noch viele Gelegenheiten gefunden, dir zu danken.«

Er ließ ihr keine Zeit, nach jener Bedrohung zu fragen; er neigte sich ihr zu und ertastete mit den Lippen ihr Gesicht. Zitternd hielt sie still. Seine Finger glitten über ihre Schläfen, hinter ihrem Ohr entlang, über Wangen und Hals und kehrten zurück. Sie waren so sanft – gehörten sie wirklich dem assyrischen Krieger, der noch auf dem Krankenlager stark genug gewesen war, sie festzuhalten? Dieser Mund, zugleich empfindsam und nachdrücklich? Diese Zunge, die gegen ihre Mundwinkel stupste, dann einen Hauch von Kühle auf ihren Lidern hinterließ? Seine Wangen waren rau, aber selbst das gefiel ihr in diesem Augenblick. Sogar der nicht eben schwache Geruch seines Schweißes stieß sie nicht ab. Nicht, woher er kam, wer er war. *Schanherib*.

Sie lachte vor Glück. Sie warf die Arme um seinen Hals, zog ihn herab und küsste ihn.

»Merit-Sobek«, murmelte er in ihren Mund. »Du bist schon ein seltsames Mädchen. Wenn ich nur wüsste …«

Nichts weißt du, dachte sie und naschte von seiner neugierigen Zunge, damit er nicht weiterfragte. So gern würde sie ihm sagen, wer sie war, aber war das klug? Der Gedanke, er könne sie plötzlich als wertvolle Kriegsbeute betrachten, machte ihr Angst. Nein, so leichtfertig durfte sie nicht sein. Aber es tat weh, ihm, den sie zu lieben begann, das Vertrauen verweigern zu müssen. Ihr blieb nichts, als sich am süßen Augenblick zu berauschen.

Ihr Herz klopfte, als sie sein Glied an ihrem Bauch spürte. Ihr Götter – sie, allein mit einem Assyrer in der Dunkelheit, abseits der Stadt. Ihr Vater würde es nicht überleben, wüsste er davon. Sie machte sich steif.

Schanherib löste sich von ihr und hielt sie auf Abstand. »Pass auf mit dem, was du tust«, sagte er kehlig. »Wenn ich dir unangenehm bin, solltest du mich nicht so heftig küssen.«

»Das bist du nicht«, flüsterte sie nervös. »Nur … wie du … riechst.«

Befreit lachte er auf. »Der Duft eines Kriegers. Halte das Natronsäckchen.« Er drückte es ihr in die Hand und bückte sich, um das Wasser an seinem Körper hochzuschaufeln.

»Hör auf, du machst deine Wunde nass.«

»Findest du nicht, dass du mit deiner Vorsicht übertreibst?«, brummte er, widerstrebte aber nicht, als sie in seine Haare griff, damit er sich weit vorbeugte. Das Säckchen nahm sie zwischen die Zähne. Mit beiden Händen schöpfte sie und ließ das Wasser über seine langen Strähnen fließen. Dann rieb sie sie mit dem Pulver ein. Flüchtig dachte sie an ihren Irrglauben, er könne Tiere darin verborgen halten, und lächelte. Sein Haar fühlte sich an wie jedes Haar. Sie trat näher heran, nässte seine Schultern mit dem Tuch, verrieb das Natron zwischen den Händen und rieb über seine Haut. Strich unter seine Achseln, die Arme hinunter bis in die Zwischenräume seiner Finger. Über die Brust, äußerst behutsam, den Bauch hinab. Sie hörte ihn schwer atmen. Seine Schenkelmuskeln bewegten sich unruhig. Zitterten, ersehnten, dass sie sein Geschlecht wusch. Aber sie zögerte. Da packte er eine ihrer forschenden Hände und führte sie.

Sie erspürte mit den Fingerkuppen die zarte Haut, unter der sich der gehärtete Schaft verbarg. Doch sie konnte sich nicht entschließen, zuzugreifen oder sich ihm zu entziehen, und so ruhte ihre Hand schlaff in seinem Griff.

Er ließ sie los, nahm ihr das Säckchen aus dem Mund und erledigte den Rest selbst. Dabei seufzte er verhalten; sie konnte nicht erkennen, ob er sich mehr als nur des Schmutzes entledigte. Er tauchte das Tuch ins Wasser und klatschte es mehrmals auf seinen Körper, um das Natron abzuspülen. »Jetzt stehe ich noch tiefer in deiner Schuld«, sagte er rau.

»Weil ich dich gewaschen habe?«

»Weil du mich erfreust, Geliebte des Krokodilgottes. Gibt es hier eigentlich Krokodile? Da hinten plätschert das Wasser verdächtig.«

Sie kicherte. »Das fällt dir aber früh ein.«

»Bei Assur, spotte nicht! Am Tigris haben wir diese Plage nicht, aber du hast recht, ich hätte daran denken müssen. Besser, wir gehen auf den Damm.«

»Hier gibt es nicht so viele wie weiter nördlich, wo die Papyruswälder beginnen«, beschwichtigte sie, musste aber zulassen, dass er sie am Arm mit sich zog. Sie schaffte es gerade noch, ihr Amulett aufzuraffen. Ihre Füße tappten über den in der Schwärze verborgenen Grund, während er sicher ausschritt. »Außerdem tun sie nichts, wenn man sie respektiert.«

Er lief den Abhang hinauf. »Nicht, dass ich mich mit den Biestern auskenne, aber ich bezweifle, dass sie interessiert, ob man sich ihnen unterwürfig oder anders nähert. Löwen und Stiere tun das auch nicht. Dass du so gar keine Furcht hast?«

Sie hatten die Dammkrone erreicht. Schanherib hockte sich auf die dürre Grasnarbe und zog sie an seine Seite. »Nein«, sagte sie, allerdings wusste sie nicht, wie es um ihren Mut beschaffen war, sollte sie je einem Krokodil ins Auge blicken. »Sobek ist mein Schutzgott.«

»Warum?«, verlangte er zu wissen.

»Die Priester haben mir meinen Namen gegeben. Das ist hier so üblich. Und als ich fünf Jahre alt war, fiel ich einmal bei der Entenjagd vom Boot ins Wasser. Ich hatte mein erstes Wurfholz geschenkt bekommen und konnte natürlich gar nicht damit umgehen, es war viel zu groß und zu schwer. Es entglitt mir, und ich sprang hinterher, denn schwimmen konnte ich schon. Am Ufer waren drei oder vier Krokodile. Mein Vater flehte Sobek an, sie zurückzuhalten, und sie rührten sich tatsächlich nicht. Ich weiß davon nichts mehr, erinnern kann ich mich nur noch, dass ich danach mein

Amulett um den Hals gelegt bekam. Von da an war Sobek mein Schutzgott.«

»Unglaublich«, brummte er, und ihr schwoll schon die Brust vor Stolz auf dieses Erlebnis, aber dann fügte er an: »Das Jagen bringt man hier kleinen Kindern bei, aber später nicht das Kämpfen.«

»Ich habe sowieso nie eine Ente getroffen.« Sie legte die Hand in seine Ellbogenbeuge. »Und du? Warum bist du hier?«

»Warum nicht? Es ist der Wille der Götter, dass Assyrien die Welt beherrscht.«

Wie selbstverständlich er das sagte! »Wie kommt es, dass ein assyrischer Krieger Ägyptisch spricht, obwohl er vorher nie in Ägypten war? Das finde ich seltsam.«

»Daran ist gar nichts seltsam. In Assyrien will jeder entweder Soldat oder Schreiber werden. Also lernt man Kämpfen und Schreiben von klein auf. Ich habe das Tontafelhaus in Ninive besucht, wie schon mein Vater und dessen Vater, die hochrangige Würdenträger am Hof waren. Bis ich gemerkt habe, dass mir diese intrigengeschwängerte Palastluft nicht gefällt und mein Talent wohl doch auf dem anderen Gebiet liegt.«

»Das könnte ich nicht beurteilen. Ägyptisch reden höre ich dich, und das hervorragend, aber kämpfen sah ich dich nie.«

»Freches Ding.« Er schlug ihr spielerisch gegen die Wange – ein Streicheln vielmehr, das sich in ihrem ganzen Körper fortzusetzen schien. Sie fröstelte.

»Weißt du, dass das bei uns ähnlich ist?«, murmelte sie rau. »Auch die ägyptischen Jungen wollen alle Schreiber werden oder für den Pharao kämpfen.«

»Nur dass sie eher zum Schreiben als zum Kämpfen taugen.«

Ihr lag eine Frage auf der Zunge, die sie lieber herunterschlucken würde. Aber dann würde sie daran ersticken, also fasste sie Mut: »Wartet in Ninive jemand auf dich?«

»Meine Eltern?« Sein lauernder Tonfall schien zu sagen: *Ich weiß, was du meinst, aber sprich es aus.*

Sie musste heftig schlucken. »Eine Frau«, flüsterte sie.

»Nein. Dazu gefiel es mir im Heer viel zu gut, aber ich glaube, die schlichte Wahrheit ist, dass ich noch keine gefunden habe. Ich kämpfe, weil ich es kann und weil es guttut, auf einem Pferderücken in die Schlacht zu reiten, aber ich wär's auch zufrieden, meinen Gilzaner über eigenes Land zu lenken, das ich mit meinen Händen bearbeite.«

Warum erfüllten sie diese Worte so sehr mit Erleichterung? Sie versuchte sich vorzustellen, wie er eine Harke in fruchtbaren Boden trieb oder Heuschrecken von jungen Trieben pflückte.

»Sag, stimmt das wirklich? Das mit den Heuschrecken?«

»Heuschrecken?«

»Und Dattelrauschtrank.«

Er lachte wieder so herrlich. »Der wäre nichts für dich, kleine Göttin, aber geröstete Heuschrecken solltest du probieren, sie sind mit das Beste, was ich kenne.«

»Niemals!«

»O doch. Wir gehen gleich auf dieses Fest vor dem Palast. Gehorche, kleine besiegte Ägypterin.« Sein Atem strich über ihr Gesicht. Ihr Mund öffnete sich, und dann empfing sie seine Lippen erneut. Ihre Hände trafen sich in seinem Nacken. Er wiegte sie, strich über ihren Rücken, die Rundungen ihrer Schultern, die Arme hinab. Seine Finger entdeckten das Amulett in ihrer Hand. Kurzerhand streifte sie es ihm über den Kopf.

»Und warum das nun?«, fragte er verwundert.

»Weil … damit du besser für einen Ägypter gehalten wirst, wenn wir dorthin gehen.«

»Du kannst immer noch nicht schwindeln.«

Merit biss sich auf die Unterlippe. »Gut, es ist, damit … ach.« Durfte sie das wirklich aussprechen? »Damit du nicht einfach verschwinden kannst«, hauchte sie und zog sich verlegen eine ihrer kurzen Haarsträhnen an die Lippen. Gut, dass es so dunkel war, so konnte er nicht sehen, dass sie sicherlich tiefrot war. Das Rascheln des Schilfes drohte ihre Worte zu verschlucken. »Denn vorher müsstest du es mir zurückgeben. Das würdest du doch tun, oder?«

»Ich bin gekommen, um zu rauben«, sagte er. Und küsste sie erneut.

9. Kapitel

Sie war längst geraubt, er hatte sich ihres Kas bemächtigt, ihrer Lebenskraft. Ihres Bas, ihrer Seele. Wenn seine Haut an ihrer rieb, war es ihr, als hätten die Götter ihr den einzigen Mann an die Seite gerufen, der ihr Ka und Ba in seinen großen Händen festzuhalten und zu schützen vermochte. Darum hatten sie ihn in Nanachts Haus geführt.

Dass er zum Feind gehörte – auch dafür gab es vielleicht einen Grund, den sie jetzt nur nicht erkennen konnte.

Schanherib hatte den Arm um ihre Schultern gelegt, ihrer ruhte um seine Mitte. Ob auch Assyrer ein Ka besaßen? Es musste ja so sein, denn unter ihren Fingern bewegte sich das schiere Leben.

Auf seiner Schulter lag wie zufällig das Tuch und diente dazu, die Wunde zu verbergen. Seinen Bronzearmreif hatte er gedreht, so dass die assyrische Achatsonne an der Innenseite seines Arms verborgen war. Er gab sich sorglos, aber ihr entging nicht, dass er aufmerksam war. Weshalb er von seinen eigenen Landsleuten bedroht wurde – auch dies war eine Seltsamkeit, auf die nur die Götter eine Antwort wussten. Und er, aber er schwieg sich aus.

Seine Haare waren für einen Ägypter viel zu lang und nicht so glatt; er strahlte damit einen Hauch fremdartiger Wildheit aus. Er hatte es im Nacken mit einer Schnur zusammengefasst, was er offenbar für ägyptisch hielt. Immerhin nannte auch der assyrische Händler ihn einen Einheimischen. »Glaub mir«, versicherte der dickbäuchige Mann immer wieder, »dass ich keinen Handschlag getan habe, deine Stadt zu erobern. All die schlimmen Dinge, die da geschehen sind, bei Assurs Weisheit, das bedaure ich!«

Merit rümpfte die Nase und wandte den Kopf zur Seite. Gekämpft hatte der fette Kerl bestimmt nicht, aber unglücklich über das Ergebnis des Feldzuges dürfte er nicht sein, ebenso wenig all die anderen zahllosen Händler, Betrüger, Huren und wen sonst noch das Heer im Schlepptau gehabt hatte. Der Platz vor der weißen Mauer des Per-Ao war voll von Zelten, Hütten, Garküchen, Tischen und Tüchern, auf denen sie ihre Waren feilboten. Das meiste davon stammte wahrscheinlich aus den Häusern der geplünderten Ägypter. Aber Merit sah auch allerlei Krüge, Töpfe und Schalen mit fremdartigen Mustern, grob ausgeführt in ihren Augen, aber von schöner Farbenpracht. Viele fremde Götterfigürchen und Amulette. Es duftete nach fremden Gewürzen. Und in der Luft schwirrte die fremde Sprache.

»Du willst behaupten, dass man das Zeug essen kann?«, fragte Schanherib den Mann in bestem Ägyptisch.

»Überzeuge dich!« Der Assyrer drückte ihm einen kleinen Holzspieß in die Hand. Merit presste die Lippen zusammen, als sie die fünf Heuschrecken darauf sah. Eine zog Schanherib ab und steckte sie sich in den Mund. Es knackte widerlich.

»Scheußlich«, fuhr er den Händler an.

Jammernd rang der Assyrer die Hände, kehrte ihnen den Rücken und beugte sich über seinem Stand. Mit zwei Schälchen wandte er sich ihnen wieder zu. »Hier, Honig und eine Würztunke. Damit wird der Genuss erst wirklich wahr.«

Schanherib pflückte eine Heuschrecke vom Spieß, tauchte sie in den Honig und hielt sie Merit unter die Nase. »Bitte nicht«, sagte sie, und kaum hatte sie den Mund geöffnet, steckte das Ding zwischen ihren Zähnen. Er verschloss ihren Mund mit der Hand, so dass ihr kaum etwas anderes übrigblieb, als zu kauen.

Unter dem Honig schmeckte sie etwas, das sie an knusprige Entenhaut erinnerte. Sie starrte in Schanheribs Augen. Er konnte sich das Lächeln kaum verkneifen. Wie dreist von ihm! Tapfer kaute sie auf dem Insekt herum und schluckte.

»Nun?« Der Händler bettelte um Lob.

»Also …«

»Siehst du, ihr schmeckt es auch nicht.« Rasch befreite Schanherib den Spieß von den restlichen Heuschrecken und aß sie mit scheinbarem Widerwillen, wobei er reichlich Gebrauch vom Honig machte. Dem Händler schlug er kräftig auf die Schulter. »Gib einem eroberten Volk Zeit, sich an solche barbarischen Abartigkeiten zu gewöhnen. Bezahlt werden willst du dafür ja sicher nicht?«

Ermattet schüttelte der Assyrer den Kopf. »Ich verstehe es nicht, ich habe noch jeden überzeugt«, murmelte er in seinen gelockten Bart.

Schanherib zog sie weiter. »Nun, vermutlich hat jeder auch etwas Kupfer oder andres bei sich, das er dafür geben kann«, sagte er leise, so dass nur sie es verstand. Er neigte sich und küsste ihre Schläfe. »Den Rest des Natrons tauschen wir gegen etwas anderes ein, kleine Göttin.«

Er fasste sie am Ellbogen und führte sie in die Tiefen des Marktfestes. Zahllose Fackeln und Ölschalen erhellten die Mauer, die hinter dem Treiben wie eine Festung aufragte. Das Tor war verschlossen. Merit krallte die Finger so fest in Schanheribs Hand, dass er fragend zu ihr herabblickte. Sie hatte zu Tani gesagt, sie wolle ihm helfen, damit er es ihr irgendwann vergelte, indem er sie zu ihrem Vater brachte. Aber wie sollte das für ihn möglich sein? Sehnsüchtig starrte sie die Mauer hinauf.

Der Lärm ringsum nahm zu, es herrschte ein Geschiebe und Gedränge, so dass ihr ständig jemand gegen die Schultern stieß. Viele Ägypter liefen herum, und ihre Mienen schwankten zwischen Abneigung, Neugier, Angst und Lust an der fremden Kultur. Überall roch es nach Gebratenem, Bier und etwas Beißendem, das vermutlich jener Rauschtrank war. Merit hörte vertraut klirrende Klänge von Sistren und Meniut und ihr Herz war verwirrt. Über einem Pulk von klatschenden Zuschauern erblickte sie gereckte Hände, welche die heiligen Fingerinstrumente schwangen. Sie gehörten nicht den Priesterinnen der Tempel.

»Weit größer als dieser Palast ist der in Ninive!«, hörte sie eine dunkle Stimme sich über alle erheben. »Asarhaddons Vater erbaute ihn, aus Gold, Bronze, Silber, aus Alabaster und vielerlei Hölzern, jedes so wertvoll wie Kupfer und aus weit entfernten Ländern herangeschafft. Aus Ländern, die sich alle dem König der vier Weltgegenden beugen. Der *Palast ohnegleichen* wird nur noch von einem Bauwerk übertroffen, und das ist der Tempel der Ischtar. Hundert Hallen und Gärten birgt der Palast, tausend Statuen, jede so groß wie vier Männer. Die Bronzesäulen des Eingangs sind schwer wie hundert Ochsen, und sie werden getragen von gewaltigen bronzenen Löwen …«

»Ich will das nicht hören!« Merit riss sich von Schanherib los, um rasch weiterzulaufen. »Was bildet er sich ein, mit so etwas in Sichtweite der Pyramiden zu protzen?«

Ein assyrischer Krieger war plötzlich bei ihr und schob sie weiter. »Die bröckeln doch längst.« Er kniff ihr in die Wange. »Mit eurem Ruhm ist's lange her, nicht wahr? Sieh hin, sieh genau hin!«

Eine Lichtung tat sich vor ihr auf. Da stand eine Alabasterstatue des Stadtgottes. Ptah, der in Mumienbinden gewickelte Schöpfergott, erhaben in sich gekehrt, seinen Stab in den aus den Binden ragenden Händen. Auf seiner blauen Kappe, dem für gewöhnlich einzigen Kopfschmuck, saß die assyrische Spitzhaube Assurs. Fünf Stierhornpaare ragten aus ihren Seiten, eine abscheuliche Verhöhnung des besiegten Gottes. Daneben stand die aus ihrem Tempel gezerrte Figur der Kriegsgöttin Neith. Ihr hatte man die Rote Krone Unterägyptens heruntergeschlagen. Die Augen waren beschädigt, blind starrte sie. Neith, die Mutter des Sobek. Merit schlug die Hände vor das Gesicht, konnte es aber nicht lassen, zwischen den Fingern hindurchzublicken. Vor einer dritten Statue, der des Min, tanzte eine nackte Assyrerin. Die Umstehenden klatschten, trieben sie an, ihr abscheuliches Vorhaben auszuführen. Sie umklammerte den Gott, reckte sich auf die Zehenspitzen. Ein Mann hob eines ihrer Beine, damit sie es leichter hatte, das abstehende Glied des Fruchtbarkeitsgottes in sich einzuführen. Der Alabaster teilte ihre Schamlippen. Sie ruckte näher an ihn heran und schrie voller Lust so laut, dass es das Kreischen der Menge noch übertönte.

Wild warf sie die bis zu den Hüften reichende Mähne herum und schaukelte sich mit gespreizten Beinen vor und zurück.

Eine Hand presste sich von hinten auf Merits Wange. »Gefällt dir das?«, rief der Krieger in ihr Ohr. »Würdest du das bei mir tun? Mein Riemen ist so stramm wie der eures Gottes, nur ein bisschen lebendiger!«

Sein Lachen erstarb abrupt. Schanheribs Hand klatschte so fest auf seinen Unterarm, dass er sie loslassen musste. Voller Verachtung musterte ihn der Assyrer. »Ich könnte dich dafür köpfen lassen«, knurrte er und wollte nach dem Emailleamulett greifen. »Gib mir das.«

Schanherib kehrte ihm grob den Rücken zu und schob Merit weiter. Sie hasteten durch die Menge, dorthin, wo es lichter und ein wenig ruhiger wurde. Merit blickte zurück, aber der Assyrer war nicht mehr zu sehen.

»Ich bedauere das«, sagte Schanherib. »Ich hätte nicht erwartet, dass sie eure Götterfiguren schänden.«

»Ich habe genug von dieser … Feier!«

»Eines noch. Nur eines noch.«

Er führte sie zu einem kleinen Zelt. Auf die Eingangsplane waren Sterne gemalt. Ein schlaksiger, älterer Assyrer hockte davor und schob sich bröckeligen Ziegenkäse zwischen die wenigen Zähne. Das Natronsäckchen öffnete er interessiert, nickte und wechselte mit Schanherib einige assyrische Worte. Dann hob er einladend die Plane. Schanherib musste sich tief ducken, als sie eintraten. Der Alte entzündete ein Öllämpchen, das von der Decke hing. Sie hockten sich auf einen staubigen Teppich. Während Schanherib über was auch immer sprach, holte der Mann aus einem Beutel mehrere Tonkissen, in die Keilschriftzeichen eingedrückt waren. Die verteilte er vor sich auf dem Teppich. Derweil lauschte er Schanheribs Ausführungen und nickte hin und wieder. Als Nächstes holte er geknotete Schnüre heraus. Ebenso Steine, in die seltsame geflügelte Gestalten geschnitten waren.

»Erzähl deinen letzten Traum«, forderte Schanherib sie auf. »Und sage, wann genau du geboren bist. Dieser Mann kann die Sterne deuten und Dämonen vertreiben. Und mit etwas Glück kann er sagen, was uns beide erwartet.«

»Du kennst ihn?«

»Nein. Solche Männer gibt es in Ninive auf jedem Markt. Und im Palast Dutzende von ihnen. Einer hat die Sonnenfinsternis vorausgesehen und unseren Sieg verkündet.«

»Ich verstehe«, murmelte sie unbehaglich. Sterndeuter, ja, die gab es auch hierzulande, nur dass jener des Pharao im Irrtum gewesen war, als er verkündet hatte, die Finsternis sei für Ägypten ein gutes Zeichen. Und da sollte sie diesem Alten vertrauen? Sie atmete tief ein. »Nun ja ... Ich schwamm im Nil, und da war eine Barke. Sie war ganz schmal und lang, mit einer Kajüte. Ich weiß nicht, wer darin war, aber sie schien einer edlen Familie zu gehören, denn alles war mit Blattgold belegt. Am Heck hockte Kawit. Sie haschte nach einem hochspringenden Fisch und fiel ins Wasser. Ich war so entsetzt und bin zu ihr hingeschwommen, aber es gelang mir einfach nicht, sie zu packen. Dann war ich plötzlich am Ufer, und sie war auch da, triefend nass, aber wieder konnte ich sie nicht greifen, sie ist ins Schilf gesprungen. Und ich war so traurig.«

Schanherib kräuselte die Stirn. »Ich fürchte, dieser

Traum hat gar nichts zu bedeuten.« Dennoch übersetzte er ihn. Der Alte blickte sie ab und zu lächelnd an. Seine Finger spielten auf den verteilten Tonkissen. Nachdenklich wiegte er das Haupt, tippte sich an die Wangen. Schließlich nahm er ein flaches Kästchen zur Hand und öffnete es. Ein Spielbrett befand sich darin. Rundliche Figürchen aus unterschiedlichen Schmucksteinen, einer farbenprächtiger als der andere.

»Das ist ein Spiel«, erklärte Schanherib. »Das Ergebnis kann etwas über unsere Zukunft sagen.«

Merit berührte einen rundlichen Rosenquarz, der Ansätze von Frauenbrüsten und Gliedmaßen aufwies. »So etwas machen wir hier auch! Kannst du mir euer Spiel beibringen?«

Der Sterndeuter drückte ihr das Kästchen in die Hände und deutete auf den hinteren Vorhang. Schanherib bekam das Lämpchen in die Hand gedrückt und schob sich geduckt darunter hindurch. Kichernd verschwand der Alte wieder ins Freie.

»Hier sollen wir das machen?«, fragte Merit. Der hintere Raum erwies sich als kleine, mit Fellen und Teppichen ausgelegte Höhle. Schanherib hängte das Lämpchen an einen Haken, der in einer Querstange unterhalb der Zeltdecke steckte. Die Schlafstatt des Sterndeuters? Oder …

»Du hast das gewusst und mich hergelockt«, murmelte sie, als er sie in die Arme schloss und ihre Halsbeuge liebkoste.

»Ja, natürlich.« Er zwinkerte ihr zu. »Aber assyrische Wahrsagerei ist undurchschaubar; glaub mir, ich verstehe davon rein gar nichts. Als ich das letzte Mal so eine Hütte aufsuchte, war das, bevor das Heer aufbrach. Ich wollte wissen, ob ich die Sache überlebe.

Eine Antwort bekam ich nicht, aber ich musste in einem ähnlichen Räumchen auf einer Teigkugel meinen Samen hinterlassen. Den knetete der Sterndeuter in den Teig und vergrub sie. Es sollte den Todesdämon bannen, den die Götter mir vielleicht schon auf die Fersen geheftet hatten. Nun ja, entweder war er tatsächlich nicht mehr da, oder du hast ihn dann vertrieben.«

Er fasste den Saum ihres Kleides. Hielt inne, wartete wohl auf Widerspruch. Und als sie sich nicht rührte, schob er es an ihren Schenkeln noch. Sie sank auf die Felle. Halb legte er sich auf sie. Merit konnte nicht lassen, seine Augen zu betrachten. Dieses wissende, betörende Funkeln. Gab es noch Vorbehalte? Sie fand keine. Sie zog das Tuch von seiner Schulter und streichelte sie. Reckte den Kopf, um die noch von Blutergüssen umrandete Wunde zu küssen. Vergrub die Finger im Nackenstrang seiner Haare. Das Amulett an seinem Hals streifte ihre Wange. Von draußen hörte sie das Lärmen des Marktes, aber es schien ihr gedämpft, als seien all diese Leute viel weiter weg. Die schrecklichen Bilder der geschändeten Götter verblassten …

»Das Spiel«, fiel ihr ein. Wenn ihr Hiersein einen Sinn haben sollte, war es an der Zeit, ihm zu sagen, wer sie war.

»Ja, das Spiel«, murmelte er in ihren Mund, sie genüsslich küssend. Ihre Augenlider sanken, ihre Wimpern zitterten. Ohne von ihren Lippen zu lassen, tastete er in dem Kasten nach einer Figur. Merit gluckste vor Schreck, als er den kugeligen Achat auf ihren Bauchnabel setzte. »Was ist das?«, fragte sie. Rasch bedeckte er ihre Augen, bevor sie den Kopf heben konnte.

»Das ist der Held Gilgamesch. Seine Geschichte ist

in ganz Assyrien bekannt, oben in Urartu und bis hinunter nach Babylonien. Er sitzt in seiner Stadt Uruk, die er mit einer großen Mauer befestigt hat.« Sein Finger fuhr um ihren Bauchnabel. Er spürte, wie sich ihre Bauchmuskeln zusammenzogen. »Gilgamesch war zu zwei Dritteln ein Gott und zu einem Drittel ein Mensch und sterblich daher. Er war unglaublich stark und jähzornig, das Volk fürchtete ihn.« Sanft strich er über ihre weiche Haut, neigte sich über den Stein und umkreiste ihn mit der Zunge. Merit hielt die Augen geschlossen. Gut, dachte er lächelnd. Er griff nach dem nächsten Stein, einem etwas flacheren, golden schimmernden Pyrit. Sein Daumen ertastete darauf die Erhebungen, die undeutlich an einen bärtigen Mann erinnerten. Diesen schob er an ihr hinauf. »Komm, kleine Göttin, zeig mir deine süßen Brüste …«

Entzückt beobachtete er, wie Merit den Saum des Kleides weiter hob. Keck reckten sich ihre Spitzen in die Höhe. Die ihm am nächsten war, nahm er zwischen die Lippen, zunächst sacht, Duft und Haut kostend. Merit seufzte verhalten, wölbte den Rücken, zum Zeichen, dass er sie nicht schonen solle. Er nahm die Zähne zu Hilfe, saugte kräftiger, und als er die Knospe aus seinem Mund entließ, war sie gerötet und zu voller fester Größe erblüht. Nein, üppige Brüste waren das nicht, dennoch genau richtig für eine kräftige Männerhand. Er rieb und koste den zweiten Hügel und schob die Figur hinauf. »Hier sitzt Anu, der Ahnherr aller Götter, auf seiner Zikkurat und hört die Klagen der Menschen, die vom Mauerbau erschöpft sind. Er erschafft ein wildes Wesen, das Gilgamesch Lust verschaffen und ablenken soll.«

Auf ihrem Schamhügel legte er einen Malachit ab.

»Es heißt Enkidu: ein schöner, aber von Kopf bis Fuß behaarter Mann.«

Den nächsten Stein, es war der Rosenquarz, den Merit vorhin berührt hatte, legte er neben den Malachit. »Der König von Uruk schickt eine Tempelhure, um Enkidu in die Stadt zu locken.« Sein Mittelfinger zog Kreise in ihren Härchen. »Er kann sich ihren Berührungen nicht widersetzen, unmöglich ... Tage verbringen sie damit, Liebe zu machen. Und endlich hat sie ihn so weit, dass er ihr in die Stadt folgen will.« Er streichelte ihren Bauch, schob geschickt die beiden Steine hinauf zu Gilgamesch, der nach wie vor auf dem Nabel thronte. »Als sich die beiden Männer begegnen, kämpfen sie miteinander. Enkidu will das Volk von seiner Drangsal befreien und Gilgamesch den Ruhm, ein Götterwesen besiegt zu haben.«

Er musterte Merits Gesicht. Es wirkte angespannt, sie lauschte offenbar neugierig. Die Hände hatte sie zu kleinen Fäusten geballt, die um den Wulst des Kleidsaums lagen. Ein wenig ängstigte sie sicherlich, was er mit ihr tat. Es freute ihn, dass sie ihm vertraute, denn sie hielt weiterhin die Augen geschlossen. Ab und zu hörte er von draußen eine Stimme sich nähern und wieder verklingen, aber selbst das, auch nicht das entfernte Rasseln der wilden Tempelinstrumente, schien sie jetzt zu stören. Ebenso gut hätten sie sich am Flussufer befinden können, wo er schon Mühe gehabt hatte, seine Leidenschaft zurückzuhalten. Diesmal jedoch lag Merits Körper wie eine Frucht vor ihm, die endlich gegessen werden wollte, so reif und warm war sie.

»Aber beide sind gleich stark. Der Kampf endet damit, dass sie Freundschaft schließen. Mehr noch, sie verlieben sich ineinander, wie es sich die Götter erhofft hatten. Der starke Gilgamesch und der haarige schöne Wilde werden ein unzertrennliches Liebespaar.« Er hauchte die Worte ihrem allmählich erzitternden Leib entgegen. »Gilgamesch vergisst seine Mauer und geht mit ihm auf Abenteuer aus, sie töten das Waldungeheuer Chumbaba. Und das sieht Ischtar.« Auf Merits noch freie Brust setzte er den Stein der Göttin, einen in Rot erstrahlenden Karneol. »Sie begehrt Gilgamesch. Doch er weist sie ab, und das darf kein Sterblicher, auch nicht, wenn er zu zwei Dritteln göttlich ist. Ihr Zorn ist grenzenlos. Sie bittet Anu, einen Stier zu erschaffen, der den Helden umbringen soll. Denn was die Göttin der Liebe und des Krieges nicht bekommt, das muss sie zerstören ... Er und sein Freund töten jedoch den Stier.«

»Eine assyrische Geschichte ... muss voller Gewalt sein«, wisperte Merit und stöhnte auf, als er Ischtars Karneol um ihre Brustwarze kreisen ließ und sie dann an ihre Lippen setzte. Zögerlich spitzte ihre Zunge hervor, blind leckte sie die Göttin der Liebe und nahm sie ganz in ihren Mund auf. Schanherib erschauderte bei diesem Anblick. Er griff unter seinen Schurz, umschloss seinen längst harten Schwanz und musste sich zwingen, wieder von sich zu lassen. Dieses Mal würde er seinen Saft nicht an ein luftiges Nichts verschwenden.

»Die Geschichte ist älter als das assyrische Volk.« Er musste sich räuspern, weil seine Stimme nicht mehr ganz sicher klang. »Aber jeder kennt sie. Es missfällt allen Göttern, dass der Held ihren Himmelsstier erstach. Gilgamesch erscheint ihnen zu mächtig. Aber da man ihn nicht mit Ungeheuern besiegen kann, schicken sie eine Krankheit. Enkidu ...«, er griff nach Enkidus Stein und ließ ihn hinab zu ihrem ordentlich ausrasierten Dreieck wandern. Behutsam ertastete er mit dem Zeigefinger ihre Spalte. Er war nicht überrascht, dass sie vor Nässe troff. Auch das Häutchen konnte er ertasten – nur noch ein Rest, den seine Zunge und die Finger ihrer Dienerin gelassen hatten. Willig öffnete sie ihm die Schenkel, und er badete den Spielstein in ihrem Quell, rieb ihn an dem wachsenden Knötchen und erzeugte wohlige Seufzer.

»Enkidu geht an der Krankheit zugrunde. Er muss in Ereschkigals Unterwelt.« Er drückte den Stein in ihr Inneres. Ein Zittern durchlief ihren Körper.

»O Schanherib.« Merit hob den Kopf, ohne die Lider zu heben. Ischtars Stein glitt aus ihrem Mund und kullerte in ihre Halsbeuge. »Was tust du da …«

»Schhh. Höre weiter. Gilgamesch weiß vor Trauer nicht ein noch aus. Niemals will er das gleiche Schicksal erleiden und sterben müssen. Einen gibt es, der die Sterblichkeit überwunden hat: sein Urahn Utnapischtim. Er begibt sich auf die Suche nach ihm.« Er hob Gilgameschs Stein aus ihrem Nabel und rollte ihn ihren Bauch hinab. »Vor dem Tunnel im Berg Maschu, den der Sonnengott jede Nacht durchschreiten muss, stehen zwei Skorpionwächter. Die kann unser Held überreden, den Weg freizumachen.« Er drückte zwei neue Steine in ihre willig geöffnete Vagina. Merit keuchte, bewegte ihre Hüften. Von ihren bebenden Brüsten war Gottvater Anu längst gerutscht. Schanherib genoss das Spiel, doch allmählich spannte sich sein Unterleib immer stärker an und ersehnte, von ihrer Hitze umschlossen zu werden.

»Und dann?«

»Er begibt sich in den Tunnel.« Der Gilgamesch-Stein folgte den anderen in ihre Höhle. »Es ist ein langer

Weg. Er ist verzweifelt, tagelang sieht er kein Licht, er hat nichts zu essen und zu trinken. Dann endlich endet der Weg in einem Edelsteingarten. Alles erstrahlt voller Schönheit, aber es löscht ihm nicht den Durst … Voller Zorn zerschlägt er glitzernde Blüten. Dann findet er an einem See eine Schenke.« Schanherib neigte sich über ihre weit gespreizten Beine und kostete die samtene Haut ihrer Schamlippen, die sich ihm dick und ebenso glänzend wie die Schmucksteine entgegenhoben.

»Die Wirtin heißt Siduri, eine schöne, willige Frau. Sie gibt ihm zu trinken.« Seine Zunge tastete sich zu ihrem in das Fleisch gebetteten Lustknoten vor und rieb ihn kräftig. Er befühlte ihre geweitete Pforte und den Stein, der sich von innen dagegendrückte. Merit begleitete seine Erkundungen mit rhythmischem Keuchen. Ihr Duft, der ihm schon so vertraut war, benebelte seine Sinne. Seine eigenen Finger bebten, als er aus dem Kasten Siduris Stein fischte, einen besonders großen Mondstein, und an ihre Öffnung setzte.

»Gütige Isis«, stieß Merit hervor. »Das ist zu viel!«

»Wirklich?«

»Ja, aah … nein, bitte, bitte mach weiter, ich will es versuchen.« Sie stemmte die Füße in die Felle und hob ihm das Becken entgegen. Der Anblick, wie sich ihr gerötetes Fleisch weitete und langsam den Stein in sich aufnahm, raubte ihm fast den Verstand.

Er ließ ihr Zeit, sich an den Druck zu gewöhnen, den die Steine in ihr zweifellos ausübten. Sie legte die Hände auf den Bauch und atmete hinein, wie schwangere Frauen es taten.

»Sie weiß, wo Utnapischtim lebt … auf der Insel inmitten des Totenmeeres.« Seine Stimme kam ihm rau und schleppend vor, als hätte er stundenlang seinen

Schlachtruf ausgestoßen. »Der Fährmann ist da, ihn mitzunehmen, aber sie geraten in Streit. Gilgamesch zerschlägt die steinernen Zauberruder. Das bereut er zwar, aber womit gelangen sie jetzt auf die Insel? Er muss aus Zedernholz neue herstellen ... einhundertzwanzig Stangen ... die er eine nach der anderen in das tödliche Wasser taucht und dann loslassen muss, weil sie zerstört sind.« Mit zwei Fingern glitt er in sie, schob die kugeligen Steine umher und entlockte ihr erschrockene, nichtsdestotrotz entzückt klingende Schreie. Heftig hob sich ihre Brust, Schweiß perlte auf ihrer Stirn.

»Die Stangen reichen nicht aus. Als alles verloren scheint, reißt er sich das Hemd vom Leib und hält es mit hochgereckten Armen empor. Der Wind fängt sich darin und bringt sie auf die Insel. Sie finden Utnapischtim, und Gilgamesch klagt ihm sein Leid. Utnapischtim verrät ihm das Geheimnis einer Pflanze: Wer sie isst, erlangt Unsterblichkeit.«

Er legte eine Hand auf Merits Schulter und nötigte sie, sich aufzusetzen. Merit stöhnte unwillig. Sie wollte ihm nicht Folge leisten. Aber er ließ sich nicht beirren. Mit der anderen Hand stützte er ihr Geschlecht, damit die Kugeln nicht herausglitten.

»Schanherib, bitte lass mich ...«

»Schscht. Die Geschichte ist noch nicht ganz fertig erzählt. Halt dich an mir fest.« Er half ihr, die Arme um seine Schultern zu legen. Ermattet klammerte sie sich an ihn, das Gesicht erschöpft wie nach einer langen Flucht. Die kurzen Haare klebten ihr strähnig auf den Wangen. Beruhigend streichelte er mit der freien Hand ihre Schläfe, küsste ihre Augen. Es war ein Genuss, zu spüren, wie sich ihre festen Brustspitzen gegen ihn pressten. Dann ergriff er die letzte Figur. Der schwarze, mit grauen Flecken gesprenkelte Obsidian war länglicher, leicht wellenförmig und so dick wie zwei seiner Finger.

»Der Held findet das Kraut und macht sich auf den Weg nach Hause«, sprach er in Merits Ohr. Ob sie es noch schaffte, zuzuhören? »Noch hat er es nicht gegessen. Als er rastet, um an einem Quell den Durst zu löschen, kommt eine Schlange …« Es war nicht nötig, den Stein an ihrem Lustsaft zu befeuchten, denn der hatte sich längst überall verteilt. Vorsichtig tastete er sich mit der Schlange zu ihrem Anus vor.

»Nein, das nicht, das nicht!«, wimmerte Merit.

Ihre Nägel krallten sich in seinen Rücken; sie machte sich steif, doch unerbittlich drückte er die Schlange in ihren Hintern. Zunächst behutsam, und als er ihren Widerstand überwunden hatte, etwas kräftiger. Merit warf den Kopf zurück und gab einen heiseren Laut von sich.

»Ihr Götter«, murmelte sie erstickt. »Ich berste.«

»Die Schlange erntet die Unsterblichkeit«, beendete er die Geschichte. »Und Gilgamesch bleibt nur noch seine große Stadtmauer, von der er hofft, dass sie ihn ewig überdauert.«

Ihr Lustsaft strömte über seine Finger, die die Steine hielten, hinweg. Alles an ihr spannte sich an, sie wiegte sich auf seinen Händen, starrte ihn voller Entsetzen und Glück an. Und jäh geriet alles an ihr in Bewegung. Eine unsichtbare Kraft schien sie zu schütteln, ihren Mund weit aufzureißen, ihre Züge unkenntlich zu machen. Sie bäumte sich auf und schrie ihre Lust ungezügelt hinaus.

Den Obsidian ließ er los. Mit dem Arm um ihre Mitte gab er ihr Halt. Unglauben sprach aus ihrem geröteten Gesicht, dass er solche Dinge mit ihr getan hatte. Tränen waren ihre Wangen hinabgelaufen, er leckte sie auf. Tief blickte sie ihm in die Augen, während sie ihr Becken hob und senkte und die Steine einen nach dem anderen herauspresste.

»War's schlimm?«, fragte er lächelnd.

Sie weinte und lachte, nickte und schüttelte den Kopf, den er auf seine Schulter drückte. Ihr Herz klopfte allmählich ruhiger gegen seine Brust.

»Und jetzt?«, fragte sie und strich sich die verschwitzten Haare aus dem Gesicht. »Wie die Kugeln daliegen, sagt etwas über unsere Zukunft aus?«

Er packte ihren Kopf, lachte mit ihr und küsste sie. Rasch zog er die nassen Steine aus dem Fell und legte sie in den Kasten zurück. Um die ernsthaftere Variante des Spiels konnten sie sich später noch kümmern. Merit sank zurück in die Felle. Ihre Schenkel blieben offen, eine Einladung, ihre Vagina noch einmal zu füllen.

Sie reckte die Arme nach ihm. Er ließ sich auf sie sinken, kostete ihre Lippen. Suchend krabbelten ihre Finger um seine Mitte, fanden das Band des Schurzes. Geduld, kleine Göttin, dachte er und richtete sich wieder auf. Auch wenn sein Glied wild pochte, dass es kaum mehr zu ertragen war, wollte er nicht hasten. Er gierte nach ihr und genoss zugleich das Hinauszögern. Gemächlich löste er den Knoten des Bandes und wickelte den Schurz ab. Er sah an sich hinunter, strich mit zwei Fingern über die prallen Adern, umrundete die kräftig gerötete Eichel.

Merit lag starr. Ihr Blick war fest auf sein hoch aufgerichtetes Geschlecht geheftet. Er umschloss ihre Fußgelenke und zog sie näher. Er tauchte seinen Schwengel in ihre Spalte, jedoch nur längs der Oberseite, fuhr hoch und nieder und rieb sich so an ihrem Kitzler.

»Lass mich.«

Er stutzte. Das hatte anders geklungen. »Ich tu dir nicht weh, keine Angst …«

»Lass mich los!«, schrie sie. Ihre Beine entglitten seinen noch feuchten Fingern. Einer ihrer Füße traf sein Gemächt. Er wich zurück und krümmte sich, einen erschrockenen Fluch ausstoßend. Während er sich den Schmerz aus den Augen blinzelte, sah er sie auf die Knie herumwirbeln und zur Zeltwand kriechen. Sie riss die Plane hoch, kroch zappelnd darunter hindurch und war verschwunden.

»Merit!«, brüllte er. »Merit, was ist in dich gefahren?«

Merit schüttelte den Kleidsaum hinunter und rannte. Blindlings stob sie durch das Gedränge. Das Lärmen der Menschen drang nur dumpf an ihre Ohren, als tauche sie durch die undurchdringlichen Fluten des Nils. Sie stolperte, sank auf ein Knie und raffte sich wieder auf.

Als ihr der Geruch gebratener Heuschrecken in die Nase drang, hielt sie inne. Da war ein Mann, rührte in einer großen Pfanne und lockte, ohne aufzusehen, die Leute herbei. Es war ein anderer Händler, aber das vertraute Bild klärte ihre Sinne. Sie straffte sich, rieb sich die zuckenden Schultern.

»Du bist so dumm, einfach so wegzulaufen – wegen nichts«, schalt sie sich. Zu sehr hatte Schanherib sie erschreckt. Aber das Bild war so ähnlich gewesen: Wie er mit hochmütiger Langsamkeit seinen Schurz gelöst hatte. Dann sie an den Fußfesseln gepackt und näher gezogen. Sein Glied an ihr gerieben. Und als sie bemerkt hatte, dass der Lichtkegel der Lampe nur seinen Körper erhellte, sein Gesicht jedoch im Schatten ließ, war sie zu Tode erschrocken – ganz wie in ihrem Alptraum auf der Barke.

Sie wischte sich eine Träne aus dem Augenwinkel. »Das wäre nicht passiert, könnte ich aus meinem Herzen den Gedanken vertreiben, dass du ein assyrischer Eroberer bist«, flüsterte sie. »Aber wie soll mir das je gelingen?«

Er hatte so wundervolle Dinge mit ihr getan. Dinge, die sie sich niemals zuvor hätte ausmalen können. Ihre Vulva fühlte sich wund und ausgelastet an – ein süßer Schmerz, den sie nie vergessen würde. Er hätte es schnell machen, an seine eigene Lust denken können; war das bei Männern nicht so üblich? Stattdessen hatte er sie an eine fremdartige Grenze getrieben und ihr eine vollkommen unerwartete Erfüllung geschenkt. Sie berührte das Leinen ihres Kleides über dem Schamhügel. Sehnsucht breitete sich warm in ihren Gliedern aus, und sie wollte nichts als zurück in seine Arme. Sie fuhr auf der Ferse herum. Weit war sie nicht gelaufen. Wo war das Zelt?

Ein Mann ragte vor ihr auf. Nass glänzte sein zotteliger Bart, seine Kehle trieb ihr den Gestank von Rauschtrank entgegen. Bevor sie sich rühren konnte, schnellte seine Hand vor und presste sich auf ihren Mund.

»Da bist du ja, du duftende ägyptische Lotosblume.« Sein Lächeln war voll abstoßender Lüsternheit. »Ich hab es sehr bedauert, dich bei den Statuen aus den Augen zu verlieren. Komm, wir beide haben noch etwas miteinander zu tun.«

Er legte den Arm um ihre Mitte und hob sie an. Sie

jammerte in seine Hand, aber das scherte ihn nicht. Auf den Zehenspitzen musste sie ihm folgen, unfähig, richtig Atem zu schöpfen, geschweige denn um Hilfe zu schreien. Mit den Augen versuchte sie auf sich aufmerksam zu machen, doch da liefen nur verängstigte und betrunkene Ägypter herum, denen der ungewohnte Rauschtrank schwer zusetzte. Und grölende assyrische Krieger, die vor schrill lachenden Huren mit ihren Rüstungen, Waffen und Penissen protzten. Vergebens krallte Merit die Finger in seinen Arm. Sie kratzte ihn, aber er schien es kaum zu spüren. Seine Hand raubte ihr Luft und Kraft. Es wurde dunkler, die Geräusche des Festes leiser: Er schleppte sie in eine verlassene Gasse. Mit einem Mal waren drei weitere Männer bei ihr, jeder kniff sie und lachte kehlig. Sie wünschte sich, zu verstehen, was sie miteinander beredeten. Nein, besser, sie verstand nichts. Sie begriff auch so, was ihr drohte. Ihr Ka erzitterte vor wahnsinniger Furcht.

Sie hörte das Knirschen und Klirren ihrer Rüstungen. Plötzlich wirkten sie konzentriert, einer flüsterte erregt. Es klang wie ein Befehl. Der Entführer schlang den Arm von vorne um ihre Taille und riss ihr Becken hoch, so dass ihr Oberkörper hinter ihm niedersank. Ihre Beine strampelten in der Luft und wurden von kräftigen Händen gepackt. Sie hämmerte gegen die Schulterblätter des Mannes. Doch er hielt sie fest. Als sie schreien wollte, schlug eine andere Hand auf ihren Mund und drückte ihn zu.

Sie sah fast nichts mehr, nur noch Schwärze. Vielleicht war das die Hauswand hinter ihr. Da war der Sternenhimmel. All die Osiris-Sterne, vergangene ruhmreiche Herrscher, blinkten auf sie herab und sahen doch nichts, verschlossen die Augen vor der Schändung Ägyptens. Die Männer zerrissen ihr Kleid. Brutal wurden ihre Beine auseinandergezerrt. Ein kühler Lufthauch strich wie drohend über ihre entblößte Scham.

»Dachte ich es mir, dass du wild auf einen strammen assyrischen Schwanz bist«, spie ihr Entführer erregt aus. Er stieß zwei Finger so tief in sie, dass sie sich aufbäumte und gegen die verschwitzte Hand auf ihrem Gesicht würgte. »Du bist ja klitschnass, du kleine Hure. Du magst es wohl, wenn man ein bisschen derber mit dir umgeht, was? Oder hat dich eben schon ein anderer gevögelt?« Er lachte gierig, während er die Finger tiefer drückte und drehte. »Nein, keine fremden Hinterlassenschaften drin. Sehr schön. Wir füllen dich ab, dass es dir noch tagelang herausläuft.«

Sobek, Sobek!, erflehte sie die Hilfe ihres Schutzgottes. Und wenn er sie nicht rettete, dann sollte er ihr wenigstens Bewusstlosigkeit schenken …

Sie vernahm den Schrei erst, als er schon verklungen war. Sie wurde herumgewirbelt, fiel hart auf die Knie. Benommen hob sie den Kopf. Der Schein der Fackel, der vom Platz her in die Gasse leuchtete, ließ Schanheribs fast nackte Gestalt schimmern. Er war es, der geschrien hatte, voller Zorn. Er riss eine Faust hoch und ließ sie auf jenen Mann niedersausen, der sie am meisten gequält hatte. Etwas knackte im Gesicht des Soldaten, er riss die Hände hoch und stieß ein Geheul aus, das nicht menschlich klang. Merit rannte geduckt ein Stück die Gasse entlang. In einem Hauseingang suchte sie Schutz, kauerte sich zusammen und lugte vorsichtig um die Mauer.

Wild schlug ihr Herz vor Sorge. Schanheribs war unbewaffnet und durch seine Verletzung sicherlich noch geschwächt. Wenn er von den Halunken nur abließe, sie war ja gerettet! Aber er war viel zu wütend, und sie griffen ihn an. Einer hatte einen Speer. Merit grub die Zähne in den Kleidsaum, als sie die eiserne Spitze aufblitzen sah, dicht vor Schanheribs Brust. Es gelang ihm, den Schaft zu packen und an sich zu reißen. Sogleich ließ er ihn vorschnellen, in den Bauch des Angreifers, der keuchend zusammensackte. Zwei blieben noch! Merit wünschte ihnen die Zähne der Ammit an den Hals. Sie schlug mit den Handflächen gegen die Hauswand, weil sie die Anspannung nicht ertrug. Assyrische Worte flogen durch die Luft. Die Männer brüllten sich an. Brüllten Schanherib an, der es sich nicht nehmen ließ, seine Stimme über alle zu erheben.

Und dann hörte Merit den Schlachtruf.

Sie erstarrte.

Das Gebrüll des schrecklichen Mannes hing Merit noch in den Ohren, als er mitsamt seinen Männern längst fort war. Sie hielt Tanis Mitte umschlungen, während Tani sich an ihren Schultern festhielt. So hockten sie aneinandergeklammert im Schilf und bewegten sich nicht, nur haltlos schlottern, das taten sie …

Sie war ganz ruhig. Wie Figuren auf einem Brettspiel schob sie ihre Erinnerungen auf einen Haufen. Alles fügte sich zusammen: Schanheribs Stimme, die *seiner* geähnelt hatte. Tani hatte es erahnt, sie jedoch war blind und taub gewesen. Der Bronzereif mit der Achatsonne. Die Art, wie er sich bewegte und kämpfte. Sogar an den in das Licht des Mondgottes getauchten Körper dachte sie, als *er* sich drohend über der syrischen Sklavin erhoben und seine Lust in ihren Mund gezwungen hatte. Alles passte zusammen, alles war richtig.

Nur dass sie diesen Mann liebte, war auf grausame Art falsch.

Sie grub die Finger in die Haare, zerrte daran. Wollte die letzten Tage mitsamt dieser Liebe aus sich herauszerren. Es tat so weh, dass ihr die Tränen in die Augen traten. Undeutlich nahm sie wahr, dass sich ein weiterer Mann ihm näherte, den weder sie noch er bemerkt hatten. Dieser und die anderen zwei bedrängten ihn. Sie hörte seinen überrascht keuchenden Schmerzenslaut, als hätten sie seine Wunde getroffen. Die Erde schien zu erzittern, als er auf die Knie sackte. Sie prügelten auf ihn ein. Spien auf ihn. Schütteten hasserfüllte Worte über ihm aus, die wie Flüche klangen. Dann zerrten sie ihre verletzten Kameraden hoch und taumelten zurück auf den belebten Platz. Dort schien kein Mensch etwas bemerkt zu haben. Das schrille Gelächter, die Musik, alles klang seltsam fern.

Ihr war, als harre sie eine halbe Nacht hier aus. Ihre Glieder fühlten sich zerschunden an, als sie sich auf die Füße stemmte und auf ihn zuwankte.

Er lag halb auf dem Bauch, der Länge nach hingestreckt, das Gesicht im Schmutz. An seiner Schläfe klebte ein dunkler Fleck. Sie beugte sich über ihn, wartete, dass er sich rührte, etwas sagte – nichts geschah. Dennoch verspürte sie Furcht vor ihm. Er hatte die gut bewachte Barke ihres Vaters fast im Alleingang erobert. Er hatte Nefertem mitleidlos niedergerungen. Unter seinem Bart einen Menschen – einen äußerst anziehenden Menschen – vorgefunden zu haben, war nur eine Täuschung gewesen. Er war nicht anders als die, die ihn niedergeknüppelt hatten.

Sie wich vor ihm zurück. An der nächsten Hauswand sackte sie nieder und zog die Knie an. Sie schlug die Hände vors Gesicht, schluchzte schrill auf und ergab sich dem haltlosen Zucken ihres Leibes.

10. Kapitel

»Wach auf. Wach auf!« Grob klopfte jemand gegen seine Wange. Er knurrte unwillig. Schmerzen, im ganzen Körper. Eine fremde Umgebung. Hatte er so etwas nicht bereits erlebt? Vor einigen Tagen erst, nach seiner Flucht aus dem Palast? Als eine bronzeharte Hand an seinem Kinn rüttelte, wollte sein Kopf wie spröder Alabaster zerspringen. Er riss eine Faust hoch, um sie beiseitezuschlagen, aber mit diesem schwachen Hieb hätte er bestenfalls eine Fliege verscheucht. Er tastete die Stirn hinauf, wo sich sein alter Freund Pazuzu wieder einmal festgebissen hatte.

»Na endlich. Ereschkigal ist gnädig mit dir und entlässt dich aus ihren Todesfängen. Dank sei Assur.«

»M...ardak?« Er hob den Kopf und zwang die steinschweren Lider, sich zu heben. Wahrhaftig, er lag auf einem Bett, und daneben saß auf einem Hocker der breitschultrige Mardak und musterte ihn zugleich besorgt und grinsend.

»Du hast einen Steifen, Herr.« Mardak klopfte ihm auf die Schenkel. »War der Traum so gut?«

»Kann mich nicht erinnern«, murmelte Schanherib und ließ den schweren Kopf wieder auf ein Kissen niedersinken. Wo befand er sich hier? Seine Finger berührten feines Leinen. Auf einer so weichen Unterlage hatte er in letzter Zeit nur einmal geruht: im Haus des Tajti. Vielmehr in *seinem* Haus. »Was bei Assurs fünf

Hornpaaren … Wie komme ich … Ihr Götter, ist mir schlecht.«

Er wälzte sich auf die Seite und erbrach sich über den Bettrand, genau in eine Schüssel, die man dort platziert hatte. Offenbar tat er das nicht zum ersten Mal.

»Und?« Ursu-Gila und Hardu betraten das Gemach.

»Er kotzt wieder, aber diesmal bei Bewusstsein. Ein gutes Zeichen. Herr«, Mardak wandte sich wieder an ihn. »Wir wollten einen Arzt und Dämonenaustreiber holen, aber dein seltsamer Zustand hielt uns davon ab, Aufhebens um eine Sache zu machen, die vielleicht besser im Verborgenen bleibt. Erkläre es uns. Wo warst du all die Tage? Im Palast konnte oder wollte uns das niemand sagen. Uns hat man gesagt, dass wir dieses Anwesen bis morgen räumen müssen. Gehört es nicht mehr dir?«

»Vermutlich nicht. Seit wann liege ich hier? Und wie kam ich überhaupt her? Ihr Götter, ich habe entsetzlichen Durst.«

Einer der Männer brachte ihm einen Becher kühles Bier. Auf der Seite liegend, kippte er es in sich hinein. Er presste Augen und Lippen zusammen, um es bei sich zu behalten. Pazuzu biss ihn noch einmal kräftig und gab sich dann ein wenig friedlicher.

»In der Nacht klopfte jemand ans Tor«, begann Mardak. »Ein Mädchen.«

Merit? Schanherib hob den Kopf. »Hat sie ihren Namen genannt?«

»Nein.«

»Kurze Haare? Nachtschwarze ägyptische Augen, verführerisch und unschuldig und schön wie Ischtar?«

Mardak sah ihn verblüfft an. »Hab noch nie gehört,

dass du so etwas über eine Frau sagst. Jedenfalls, ja, solche Gedanken mögen einem bei ihrem Anblick in den Sinn kommen.« Er entblößte in der Erinnerung seine kräftigen Zähne. »Bei Assurs Gemächt, ich hätte sie gerne an mich gerissen, wie sie so entblößt vor uns stand und vor Angst schlotterte ...«

»Entblößt?«

»Ihr Kleid war völlig zerrissen. Sie hat es zusammenzuhalten versucht, aber man konnte trotzdem ihre Euterchen sehen. Und dann ihr süßer gestutzter Rasen da unten, am liebsten hätte ich ...«

»Ja ja, schon gut«, knurrte Schanherib. »Was hat sie gesagt?«

Mardak gluckste. »Sie hat eine abgebrochene Speerspitze auf uns gerichtet, hat sie wohl irgendwo aufgelesen. Das Ding zitterte wie ein Schilfrohr im Sturm, aber sie hat so getan, als könne sie uns damit auf Abstand halten. Wir haben das Spiel mitgemacht, damit sie nicht vor Angst in Ohnmacht fällt. Sie hat gesagt, dass du verletzt in einer Gasse irgendwo beim Palast liegst, hat den halben Speer fallen lassen und ist weggerannt. Dort haben wir dich dann aufgesammelt. Du hast den Tag verschlafen, und jetzt herrscht wieder der Mondgott Sin am Nachthimmel.«

Was war nur in sie gefahren? Schanherib verlangte ein zweites Bier, damit sich sein Kopf klärte. Womit hatte er Merit so sehr erschreckt? Nicht mit dem Kugelspiel, erst danach hatte er sie aus dem Zelt vertrieben. Er schüttelte sich, als er daran zurückdachte, sie in der Gewalt entfesselter Soldaten gesehen zu haben, und er dankte Assur und allen Göttern, dass er sie vor dem Äußersten hatte bewahren können. Aber wie war sie dann auf den Gedanken gekommen, hier Hilfe zu holen?

»Herr.« Mardak stemmte gewichtig eine Faust in die Seite. Unter der Haut spielten seine Armmuskeln wie eingesperrte Schlangen. »Wenn du jetzt gewillt wärst, uns zu erklären, was passiert ist? Ich meine, vorher? Die genähte Wunde oberhalb deines Herzens, woher stammt die? Warum hast du dich so entsetzlich verunstaltet?«

»Verunstaltet?«

»Dein Bart ist ab! *Ab!* Du trägst einen ägyptischen Schurz und das Amulett eines ägyptischen Tiergottes!« Er rollte die Augen. »Wie verzweifelt muss man sein, dass man solche absonderlichen Dinge tut? Wer bedroht dich?«

Stöhnend rieb sich Schanherib die Stirn und ertastete an der Schläfe eine schmerzende Schwellung, bedeckt von einem verkrusteten Verband. Den riss er herunter, in der Hoffnung, das Nachdenken fiele dann nicht so schwer. Wie konnte Merit von diesem Anwesen wissen? Vielleicht hatte er sie angewiesen, hierherzulaufen, und erinnerte sich nur nicht daran.

»Du blutest wieder«, sagte Mardak mit tadelndem Unterton.

Schanherib ruckte hoch. Ihn schwindelte. Auch das war nicht neu. Diesmal jedoch war keine kleine Göttin da, ihn zurechtzuweisen, weil er zu früh aufstand.

Er kämpfte sich auf die Füße und spreizte die Beine, um einen sicheren Stand zu finden. Seine Männer starrten ihn an. »Ich werde es euch noch nicht erklären, denn was ihr nicht wisst, wird euch auch nicht in Schwierigkeiten bringen. Räumt halt morgen friedlich das Haus. Seid ihr angewiesen worden, euch irgendwo einzufinden?«

»Nein.«

»Gut, dann wählt Nanachts Schenke als Quartier. Die findet ihr … Ach, ist mir zu mühselig, das jetzt zu erklären, das findet ihr schon heraus.« Er schritt etwas unsicher an Mardak vorbei und berührte beschwichtigend seine Schulter. »Nanacht wird zetern, aber wenn ihr nett zu ihrem prächtigen Körper seid, ist sie auch nett zu euch.«

»Gut zu wissen …«, Ursu-Gila wischte sich über die feuchten Lippen. »Und du? Du solltest wenigstens bis zum Morgen liegen bleiben.«

»Nein. Ich suche das Mädchen.«

Er wankte zur Tür, stützte sich einen Moment an der Türlaibung ab und lief hinaus. Er glaubte zu wissen, wie die Männer ihm fassungslos hinterherstarrten, aber das kümmerte ihn nicht. Merit, nur Merit zählte jetzt. Mit dem Handrücken fuhr er über die Schläfe, die glücklicherweise nicht stark blutete.

Niemand hielt ihn auf. Die Stadt war ruhig, als müsse sie sich erholen vom Fest der vorigen Nacht. Als er vor Nanachts Tür stand, keuchte er so stark, dass er glaubte, es müsse jeden aufwecken. Er klopfte, schlug dann fester. »Merit!«, rief er gepresst das Dach hinauf; vielleicht lag sie dort. Dann lauter: »Merit!«

Gedämpft hörte er von irgendwo Nanacht rufen, er möge sich ins Duat, die ägyptische Unterwelt, scheren. Verflucht! Er wandte sich ab, stemmte unschlüssig die Hände in die Seiten, blickte die Gasse hinauf und hinab. Vielleicht war Merit dorthin gelaufen, wo sie herstammte? Nein, das konnte nicht sein. Wenn ihr dieser Weg offen stand, hätte sie ihn längst genommen. Sie war ihm plötzlich ein einziges Rätsel geworden.

Hinter ihm räusperte sich jemand. Er stob herum. Durch den Türspalt lugte Tani.

»Ist Merit da?«, fuhr er sie an.

Sie zuckte zurück. »Nein. Zur Dämmerung gestern ist sie weggelaufen«, sagte sie leise. Er konnte ihre Abneigung oder Furcht beinahe riechen. »Ich mache mir solche Sorgen.«

»Du hast keine Ahnung, wo sie sein könnte?«

Sie biss sich auf die Lippen.

»Sag es, in aller Götter Namen. Sag es!«

Die Katze lugte zwischen ihren Beinen hervor und begrüßte ihn maunzend. Eilends bückte sich Tani und hob sie auf den Arm, bevor sie durch den Spalt huschen konnte. »Ich glaube ... ich glaube ... im ... aber sie wird nicht wollen, dass ich das sage.«

»Tani, bring mich nicht zur Weißglut. Ihr habt keinen Grund, euch vor mir zu fürchten. Ich liebe sie. Leg endlich deinen dummen Argwohn ab, ich bin kein Ungeheuer.«

»Aber du hast uns an eines erinnert.«

»*Was* habe ich?«

»Ja ... ja ...«, stammelte sie. »Einer ganz wie du hat doch unsere Barke überfallen.«

Sie stockte, verbarg sich hinter der Katze. Am liebsten hätte er durch den Spalt gegriffen und sie kräftig durchgeschüttelt. »Eure ... Barke?« Das Geheimnis lag offen vor ihm, ahnte er mit wachsendem Unbehagen, er musste sich nur noch irgendetwas von den Augen reißen, das ihm die Sicht behinderte.

»Auf der wir flohen. Nach der Schlacht.«

Er ballte die Fäuste. »Und weiter?«

Sie seufzte ergeben. »Da waren plötzlich vier assyrische Krieger an Deck. Sie haben Merits Bruder gefangen genommen, aber wir konnten rechtzeitig ins Wasser springen. Merit wollte schon damals in den Palast, das hat sie dann doch nicht gewagt, aber bestimmt hat sie's jetzt versucht und ist geschnappt worden. Ich dachte ja sogar, dass *du* sie gestern heimlich zu ihrem Vater gebracht hast, deshalb hatte sie dir doch geholfen.«

»Ist bald endlich Ruhe da draußen?«, brüllte Nanacht.

»Zu ihrem Vater«, echote er.

»Dem Tajti.«

Keine Geheimnisse mehr. Merit war die Frau, die er damals aus dem Augenwinkel zum Hecksteven hatte huschen sehen. Und sie wusste, wer er war.

»Und was tust du jetzt?«, flüsterte Tani.

»Sie dort suchen, wo man mir das Andenken in die Brust gejagt hat: im Palast.« Er lachte hart auf. »Was bleibt mir denn übrig?«

Nefertem hatte gehofft, nie wieder den Audienzraum mit dem herbeigeschafften Bett des Einzig Einen betreten zu müssen. Nie wieder die entehrte Doppelkrone zu erblicken, wie sie einem vergessenen Tonkrug gleich inmitten eines Meeres aus aufgerollten Papyrusbögen stand. Als die Türwächter die Türflügel öffneten und sein Bewacher ihn mit der Hand zwischen den Schulterblättern hineinbefahl, sah er jedoch Schlimmeres: Asarhaddon stand, angetan mit einem goldenen Mantel, die Seiten wie große Falkenflügel gebildet, vor dem ausladenden Schreibtisch. Nein, Papyri häuften sich dort nicht mehr, da waren nur einige Bücherkästen, aus denen säuberlich einsortierte Rollen ragten. Auch der Pschent stand nicht mehr darauf – der befand sich in den Händen des Eunuchen, der sich reckte, um sie seinem Herrn aufs Haupt zu setzen. Asarhaddon griff hinauf und schob unwirsch die Krone hin und her. Sie passte schlecht. Nicht verwunderlich bei seiner Haarpracht, die unterhalb der roten Krone Unterägyptens ungebändigt hervorquoll. Der wahre Träger der Doppelkrone hielt seine Haare kurz oder schor sie ganz; sie waren ohnehin nicht dazu gedacht, den Blicken Sterblicher ausgesetzt zu werden. Nein, die Krone auf dem zotteligen Haupt des Assyrers wirkte nicht entehrt, sie wirkte lächerlich.

Auf einen Wink Asarhaddons hin nahm der Eunuch sie wieder ab und stellte sie behutsam auf den Tisch. Asarhaddon stemmte die Fäuste in die Seiten. »Und du da unten?«, knurrte er in Richtung des Dieners, der auf den Knien kauernd sich abmühte, den Saum des Mantels hochzustecken. »Ist *das* wenigstens in den Griff zu bekommen?«

»Ja, Herr.« Der Diener beeilte sich, auch wenn sein unruhiger Herr es ihm nicht leicht machte. »Die goldenen Schwingen des Horus werden zur Krönungsfeierlichkeit die rechte Länge haben. Wenn du nur stillhalten willst.«

Der König schnaubte und ließ die Hände wieder sinken. All die Goldstickereien, die goldenen Plättchen, Ankhs und polierten Edelsteine blitzten im Licht der Öllampen. Nefertem sah sich endlich von ihm bemerkt. »Ah, der Liebhaber meiner Palastfrau.« Ein Lächeln glitt über Asarhaddons scharfe Züge. »Komm nur näher. Und du«, eine Hand lugte unter dem Umhang hervor, ihre Geste galt dem Mann, der Nefertem hergebracht hatte. »Du kannst gehen. Dieser Mann ist harmlos.«

So weit ist es gekommen, dachte Nefertem bitter. Man hielt ihn für harmlos. Würden die Götter ihm gewähren, doch noch zu beweisen, dass es nicht so war?

Auch der Schneider war endlich fertig und hastete aus dem Raum. Nefertem entdeckte Zakutu auf dem Bett. Ein Bein hing seitlich herab, das andere war in den Laken vergraben. Schweiß glänzte auf ihrer gänzlich entblößten Haut. Die Haare offen und wirr, so lag sie da, wie an jenem ersten Tag. Nur schien sie jetzt zu schlafen. Samen klebte an den Innenseiten ihrer Schenkel, das Zöpfchen war nass. Diese Frau schien für nichts sonst zu existieren, als dunkle Lust zu schenken und zu empfangen. Nefertem schluckte, als er sich daran erinnerte, dass vermutlich alles, was er mit ihr getan hatte – und sie mit ihm –, von Asarhaddon beobachtet worden war.

»Mach sie sauber«, befahl Asarhaddon der tätowierten Sklavin. Sie hatte am Fußende auf dem Boden gekauert, nun kroch sie an die Seite des Bettes. Langsam schob sie die Beine ihrer Herrin noch weiter auseinander und neigte den Kopf darüber. Kein Wasser, kein Natron und auch keinen Schwamm oder dergleichen gedachte sie zu benutzen. Ihre Zunge glitt über die Haut und leckte alle Spuren des letzten Beischlafes auf. Auch die Vagina ließ sie nicht aus; es schien, als versuche sie alles, was Asarhaddon oder wer auch immer darin hinterlassen hatte, wieder herauszusaugen. Sie streichelte die zarten Schenkelinnenseiten, ihre Nägel fuhren über die Haut und hinterließen helle Striemen. Zakutu wand sich genussvoll stöhnend, ohne die Augen zu öffnen. In Nefertems Unterleib begann es zu pochen. Er zwang den Blick in eine andere Richtung.

»Ja, der Anblick gefällt einem«, sagte Asarhaddon launig. Der Mantel knisterte und klirrte, während er näher trat. Er legte eine Hand auf Nefertems Schulter, der sich zwingen musste, sie nicht abzuschütteln. Wollte er mit dieser Geste ausdrücken, dass es ihn nicht störte, wie Zakutu andere Männer in ihr Bett holte? Es gar genoss? Dem Eunuchen befahl er, den Mantel abzunehmen. Auf beiden Armen tragend, legte der Mann das kostbare Kleidungsstück auf den Tisch.

»Dein Vater weigert sich, mich zu krönen.« Asarhaddon verschränkte die Arme. Seine Finger zupften an den geölten Bartlocken, während er die Fülle der Kostbarkeiten, die auf der Tischplatte wie hingegossen dalag, betrachtete. »Nun könnte das irgendein anderer tun, ich selbst könnte es tun, denn was kümmert mich, wem die Hand gehört, die mir die Kronen und Krummstab und Geißel reichen? Aber welch großartige Wirkung hätte es, wenn der Wesir und Schwiegersohn des Pharao die Zeichen der Herrschaft in meine Hände gibt! Alle vier Weltgegenden würden davon erfahren; es würde aufrührerische Gedanken ersticken, es könnte sogar die Anführer anderer Länder, die noch nicht unter meiner Herrschaft stehen, dazu bringen, sich leichter zu beugen. Leider ist er keinen Argumenten zugänglich, eure Maat geht ihm über alles. Ich brauche deine Hilfe.«

»Ich kann dir nicht helfen«, erwiderte Nefertem sofort, überrascht von diesem Ansinnen. »Er muss seinem Gewissen folgen. Er mag dich als König anerkennen und sich gefügig zeigen und alles tun, um unser Volk vor deinem Zorn zu bewahren, aber niemals kann er dich zum Pharao krönen. Du bist nicht durch deine Abstammung legitimiert.«

»Es gab immer Herrscher, die sich ohne dies den Thron eroberten.«

»Seltener, als du denkst! Und wenn, war ihre Herrschaft nicht von den Göttern gesegnet. Die Zeit der

Hekau Chaswet, die wie du aus dem Osten kamen und sich widernatürlich Pharao nannten, sie brachten die Maat aus dem Gleichgewicht, und es war die dunkelste Zeit Ägyptens.«

Asarhaddon knurrte verärgert. Vom Bett her kam ein tiefes Stöhnen. Flüchtig sah er hin. Dann gab er dem Eunuchen ein Zeichen. Der brachte ein Kästchen, stellte es auf den Tisch und entnahm ein aus Goldgliedern gefertigtes Halsband. Die daran hängende goldene Lotosblüte ließ Nefertem erahnen, was auf ihn zukam.

»Stillhalten«, befahl Asarhaddon. Kühl und eng schmiegte sich das Band um Nefertems Hals. Er wollte die Hand hineingraben, daran zerren. Als ihm zwischen die Finger ein mit Schmucksteinen besetztes Lederband geriet, das daran hing, erstarrte er. Was hatte das nun zu bedeuten?

Asarhaddon schien das Thema seiner Krönung nicht weiter verfolgen zu wollen. Er nickte dem Eunuchen zu. »Bring ihn zu ihr.«

Der ergriff das Ende des Halsbandes und ruckte daran. Nefertem spuckte im Weggehen Asarhaddon vor die Füße. »Euch beiden fällt eine Abscheulichkeit nach der anderen ein!«

Er sah noch, wie der König die Brauen hob. »Die dir doch gefallen, also was beklagst du dich?«

Der Eunuch führte ihn zum Bett und wand das Ende des Bandes um einen der unteren Bettpfosten. Asarhaddon rief etwas, die Türflügel öffneten sich. Auch der Eunuch verließ den Audienzraum; die Tür schloss sich mit dumpfem Grollen. »Verstehst *du* eigentlich immer, was die beiden von dir wollen?«, fragte Nefertem die Sklavin, ohne eine Antwort zu erwarten. Sie hielt in ihrem Zungenspiel inne, um zu ihm aufzuschauen. Zakutu räkelte sich schlaftrunken, schien seine Anwesenheit noch nicht bemerkt zu haben. Sie krallte eine Hand in den Schopf der Sklavin, damit sie fortfuhr. Lüstern stieß die Tätowierte zwei Finger in die nasse Höhlung, dehnte sie und schob die lange Zunge hinterdrein. Zakutus Becken schnellte rhythmisch vor und zurück. Sie stöhnte aus tiefster Kehle: ein heißhungriges Tier. Dies hatte wenig mit der süßen Unschuld zu tun, mit der Merit und Tani sich gelegentlich Freude verschafften, wenn sie sich unbeobachtet glaubten. Dies war pure Lust, pure Gier.

Er kehrte dem Bett den Rücken zu, presste durch den Stoff seines Schurzes den verräterischen Schwanz, dass der aufhörte, sich erheben zu wollen. Der Weg hinaus in den Garten stünde ihm offen, kein Wachtposten war zu sehen. Die Kette ließe sich leicht zerreißen. Aber was half ihm das, er käme nicht weit. Wahrscheinlich stand Schanherib, des Königs Schakal, schon bereit, sich auf ihn zu stürzen.

Eine Hand schob sich unter seinen Schurz, liebkoste seine Gesäßbacken. »Steh nicht so steif da, lass dich fallen«, gurrte Zakutu.

»Warum hat er mich herbringen lassen? Zu deiner Freude – oder zu seiner?«

Ihre Finger schlüpften in den Spalt, bewegten sich hin und her. Durch seinen Schwanz pulste das Leben. Er nahm die Hand fort. »Du hättest nicht bemerken sollen, dass er uns zusieht«, murmelte sie und klang zerknirscht. »Aber nun, da du es ja weißt … Er braucht das, verstehst du?«

»Nein.« Er schob die Beine um eine Winzigkeit auseinander. Und hoffte, dass Asarhaddon dieses Mal wirklich fort war.

Sie seufzte. »Voriges Jahr starb seine erste Frau und nahm seine Manneskraft mit sich in Ereschkigals Unterwelt. Mich machte er zur Palastfrau, weil er sich von mir erhoffte, dass sich das gäbe. Aber es war ... schwierig. Nur wenn er sieht, dass ein anderer mich beschläft, gerät sein Blut in Wallung. Und wenn noch dazu der andere der besiegte Feind ist ... dann ist alles, wie es sein soll. Verstehst du?«

Er drückte ihrer forschenden Hand den Hintern entgegen. »Das soll ich glauben?«

»Es ist wahr. Komm, du Lotosblütengott, zeig mir deine Vorderseite.«

»Zakutu ...«

»Komm schon!« Schmerzhaft kniff sie ihn. Er gehorchte; sie wälzte sich auf die Seite und schob den Kopf an ihn heran. Mit einer zittrigen Hand löste sie die Bänder seines Schurzes, und kaum glitt der Stoff von seiner Hüfte, nahm sie sein Glied zwischen die sanft reibenden Finger.

Wie lange noch konnte er das beständige Pendeln zwischen höchster Lusterfüllung und tiefstem Fall ertragen? Es beherrschte seine Gedanken, seine Sinne, es machte ihn zu einer herumgestoßenen Hülle. Sein Schwanz wuchs rasch, scherte sich nicht um seine Bedenken. Zakutu bettete seine Eichel auf der Zunge, nahm sie in ihren Mund auf, presste die Lippen auf seine glühende Haut und begann zu saugen, dass er innerlich taumelte. Derweil ließ die Sklavin nicht nach, ihre Vagina zu liebkosen; sie war ihren Bewegungen gefolgt und kniete nun auf dem Bett, den Kopf unterhalb eines angewinkelten Beins vergraben. Zakutus schlüpfrige Zunge glitt seinen Schaft hinab, am prallen Hodensack entlang, umkreiste die Kugeln mit ihrer Zunge.

Unverhofft ließ sie von ihm ab und setzte sich auf. Auf ihrer Miene hatte sich Zufriedenheit ausgebreitet. Sie langte nach dem Tischchen neben dem Bett und hielt eine Kette zwischen den Fingern.

»Zakutu …«

»Hältst du wohl still.« Sie band es fest um seine Mitte. Ein weiteres Kettchen hing vorne herab. Es mündete in einem offenen, fingerbreiten Band, an dem mehrere kleine Lotosblüten hingen. »Ich schmücke dich doch nur, siehst du?« Behutsam legte sie das Band um den Ansatz seines Penis und hakte es zusammen. Er verabscheute diese Albernheit. Doch der angenehme Druck machte ihn noch härter, noch größer.

»Ich könnte Ringe durch deine Brustwarzen ziehen lassen und Lotosblüten daran hängen, würde dir das gefallen?« Sie zog ihn am Halsband auf das Bett hinunter. Halb lag er auf ihr, während er in ihren Mund stieß. Die kelchförmigen Lotosblüten klirrten. An Asarhaddon verschwendete er einen letzten flüchtigen Gedanken, dann war da nur noch ihre heiße Kehle, die ihn gänzlich in sich aufnahm, und ihre Zunge, die wie ein wild gewordenes Tierchen in der von einer fremden Macht gefüllten Höhle zappelte.

Zakutus Unterleib bebte. Sie schnappte nach Luft. »Nein, du nicht«, keuchte sie und stieß die Sklavin mit den Füßen weg. »*Er* soll mir Erfüllung schenken!«

Sie schwang auf die Knie, kroch herum und sackte auf die Ellbogen nieder. Kein Wort, keine Aufforderung. Nur der vor Lust zitternde Körper, der sich ihm darbot. Seine Hände schmiegten sich an die Wölbungen ihres fruchtbaren Hinterleibs, gruben sich in das weiche Fleisch. Zakutu warf stöhnend den Kopf in den Nacken. Auffordernd hob sie eine hängende Brust; die

Sklavin wagte sich wieder heran, sank auf den Rücken und schob sich unter sie, so dass sie die Brustwarze zwischen die Lippen nehmen konnte. »Ja«, seufzte Zakutu. »So ist es gut.«

Die Frau saugte an ihrer Zitze. Nefertem traf der Anblick wie ein Peitschenhieb. Der herbe Duft der beiden Frauen nebelte ihn ein, löschte alle Zweifel aus. Mit den Daumen weitete er die Hinterbacken, tauchte die Spitze seines Gliedes in das glänzende rötliche Fleisch. Zweimal stieß er so heftig zu, dass Zakutus Brust schaukelte und dem Zugriff der Sklavin entglitt. Zakutu schrie leise auf. Erwartungsvoll reckte sie ihm ihre geschwollene Vagina entgegen, doch ihm stand anderes im Sinn. Er wollte ihr zurückgeben, was sie ihm angetan hatte. Mit Daumen und Zeigefinger verrieb er ihre Feuchtigkeit auf der Eichel und setzte sie an dem dunklen, von gekräuselten Härchen umgebenen Muskelring an.

Sie erstarrte. Er lächelte, konnte erahnen, wie es sie verwirrte, wenngleich er nicht glaubte, dass es ihr fremd war. Sie wimmerte, als er in ihre dunkelste Höhle vordrang. »Oh, das ist … ihr Götter … Willst du das wirklich tun?«

»Soll ich aufhören?«, höhnte er.

Ihre Antwort war ein aufforderndes Heben des Gesäßes. Sie griff hinter sich, grub die Finger in eine Hinterbacke und spreizte sie, um ihm den Zugang zu erleichtern. Zunächst langsam, dann immer schneller begann er sich in ihr zu bewegen, während er mit einer Hand unter ihr Bein griff und nach ihrer Lustperle tastete. Kaum hatte er das dick geschwollene Knötchen gefunden, begann Zakutu wild zu zappeln und zu schreien. Aber sie hielt ihn und presste so fest ihren Muskel zusammen, dass ihm die Sinne schwinden wollten. Längst waren ihre Haare im Nacken in Schweiß getaucht. Alles stank nach ihrer Geilheit. Dies konnte er nicht lange ertragen. Schon spürte er, wie sich seine Kraft in seinem Innern sammelte, bereit, ihm zu entströmen. Aber nicht in ihr – er wollte ihr wenigstens einen winzigen Teil all der Demütigungen zurückgeben. Er entzog sich ihr und sah genüsslich zu, wie sein Samen in endlos andauernden Schüben auf ihren Rücken spritzte, bis in ihr Haar. Dann endlich ließ er sich fallen. Er drückte sie in die Laken und rieb seine Haut an ihrer. Nicht nur sein Leib, auch sein Ka fühlte sich an wie von riesenhaften Götterhänden ausgewrungen.

Ein Schrei. Diesmal jedoch nicht von ihr.

Wie aus einem frisch aus dem Brunnen gezogenen Eimer klatschte die Wirklichkeit kalt und nass auf ihn hernieder. Da stand ein Mann im Raum, in der Nähe des Schreibtisches. Sein Vater. Und hinter ihm der König.

Mentuhotep sackte auf die Knie, sein Bauch wölbte sich und bebte. Die Augen – geweitet. Der Mund, aufgerissen. Er fiel vornüber auf die Ellbogen, starrte ihn, Nefertem, voller Schmerz an. Seine Schultern, gerötet von Peitschenstriemen, zitterten. »Ich füge mich«, heulte er unter Tränen.

Nein, dachte Nefertem entsetzt. Er stieß sich von Zakutu hoch. Das Kettchen behinderte ihn, hatte sich um seinen Fuß gewunden. Noch während er mit der Fessel kämpfte, sah er den Vater sich aufrappeln und mit gesenktem Kopf zur Tür wanken. Schon öffneten sich die Türflügel, entließen Mentuhotep, schlossen sich wieder. »Nein!«, schrie Nefertem. Endlich riss die Kette.

Er schwang sich hoch. Sofort baute sich Asarhaddon vor ihm auf. Nefertem duckte sich leicht, entschlossen, ihn beiseitezustoßen. Das würde ihm einen ähnlich zugerichteten Rücken wie den seines Vaters einhandeln, aber es war ihm gleichgültig.

»Lass ihn um der Götter willen endlich zu ihm gehen«, hörte er Zakutus müde Stimme. Asarhaddon trat zur Seite.

11. Kapitel

»Wie du aussiehst, nackt und schmutzig!« Mentuhotep riss einen seiner Schurze aus einer Truhe und schleuderte ihn ihm entgegen, dass er an seinen Schenkeln hinunterfiel. »Und stinken tust du wie ein Stall!«

Nefertem schlang sich eilig das weiße Leinen um den Unterleib. Er war froh, den albernen Intimschmuck bedecken zu können. Am liebsten hätte er ihn heruntergerissen, würde dies nicht zusätzliche Aufmerksamkeit darauf lenken. Mit hängenden Schultern stand er vor seinem Vater. »Verstehst du denn nicht, dass sie es darauf angelegt haben? Dass du in genau jenem Moment da hineingehst?«

»Was ändert es an deiner verdorbenen Lust, dass ich hinzukam?« Mentuhotep schlurfte zu einem Zedernholztischchen, auf dem eine Schale mit Früchten und eine bronzene Kanne standen. Nefertem kannte dieses Zimmer nicht, es war wohl einer der vielen Ruheräume des Pharao und diente jetzt als Gefängnis für den Vater. Die hochgelegenen, von gemalten Weinranken umrahmten Fenster waren nicht verschlossen und auch nicht mit einem Gitter versehen worden, aber es war auch undenkbar, dass der beleibte Wesir unwürdig hinaufzuklettern versuchte. Der Raum lag fast im Dunkeln; eine Öllampe auf einem bronzenen Ständer lockte Motten heran. Mentuhoteps Hände waren unruhig, als er sich Wasser in einen Becher schenkte und es mit großen Schlucken trank. Dann hatte er sich etwas beruhigt.

»Ich hatte nie etwas dagegen, dass du dich mit den Sklavinnen austobst, die deiner ebenfalls nicht würdig waren – junge Männer tun solche Dinge. Aber dass du nicht einmal vor der Hure des assyrischen Königs haltmachst?« Hart stellte er den Becher ab. »Beherrschst du deinen Leib so wenig? Nichts, seit die Assyrer hier sind, war schlimmer als dieser Anblick eben. Nicht der tote Apis-Stier, nicht der Augenblick, als sie den Palast stürmten, ja, nicht einmal *dies*!« Er schlug sich auf die Schulter, wo rötliche Striemen schimmerten. »Hätte ich es vorher gewusst, hätte ich mir wenigstens die Peitsche ersparen können.«

»Wie meinst du das?«, fragte Nefertem verzweifelt. Es tat weh, den Vater gezüchtigt zu wissen. Solche Striemen sah man gelegentlich auf den Schultern drahtiger Sklaven, aber auf diesem weichen, üppigen Körper, der Wohlstand und Zufriedenheit ausstrahlte, wirkten sie grotesk.

»Dass es sich nicht zu kämpfen lohnt. Wenn du, mein Sohn, dich so voller Lust deinen Feinden hingibst, warum sollte ich störrisch bleiben? Was hat mein Weigern, Asarhaddon zu krönen, dann noch für einen Sinn?«

»Sieh doch.« Nefertem tastete nach dem Verschluss des Halsbandes, zerrte daran, bis er ihn aufspringen hörte, und schleuderte es zu Boden. »Glaubst du, so etwas trage ich freiwillig?«

Die Unmutsfalte auf der Stirn des Vaters wich einem Ausdruck von Entsagung. Tief seufzte Mentuhotep auf. Er sank auf einen Korbsessel neben dem Tischchen, tastete nach einem Tuch unter dem Polster und tupfte sich damit die Stirn. Die schwarzen Kohelstriche um seine Augen verwischten, als ihm einige Tränen hinabliefen. Nefertem hockte sich auf den Rand einer Liege, stützte die Ellbogen auf die Knie und barg das Gesicht in den Händen. Als er, getrieben vom Vater, über die Laufplanke auf die Barke gehastet war, hatte er sich nicht träumen lassen, dessen Leid später selbst noch zu vergrößern.

Es war erschreckend, welche Macht Zakutu über ihn besaß. Sie brauchte nur ihr Kleid zu heben, ihm ihr barbarisch geschmücktes Geschlecht zu zeigen, und aller Widerstand schwand, fortgeschwemmt von ihrem Lustsaft. Irgendwann würde er auf Knien noch betteln, wie ein Hund an ihr lecken zu dürfen ... Er musste es beenden. Doch wie, das war ihm schleierhaft. Plötzlich sehnte er sich nach der Syrerin. Nach ihrer schweigsamen Art, ihrer Genügsamkeit.

»Deine Schwester hat immer so gern gelesen«, hörte er den Vater sagen. »Die alten Geschichten von den großen Helden, die vor vielen hundert Jahren die Fremdherrschaft der Hekau Chaswet abwarfen. Ist dir klar, dass, wenn Taharqa oder seine Söhne sterben, du der nächste Seqenenre-Taa sein müsstest? Einer, der aufsteht, das fremde Joch abzuwerfen? Aber du hast nicht das Herz dazu. Vielleicht wird es wieder eine halbe Ewigkeit dauern, bis man Hoffnung schöpfen darf.«

»Vater, weißt du, wo Merit ist?«

»Mir sagte man nur, dass eure Flucht vereitelt wurde und du hier im Palast bist. Über Merit weiß vermutlich niemand etwas. Wir müssen uns mit dem Gedanken vertraut machen, dass sie tot ist.«

Nefertem fühlte sich noch elender. »Ich weigere mich, das zu glauben.« Übelkeit erfasste ihn, als er sich unwillkürlich ausmalte, wie ihr erkalteter Körper im Nilschlick steckte. Niemals würde sie mumifiziert werden, niemals ihr Haus der Ewigkeit im Westen beziehen, nie von den Götter wiedergefunden werden, damit sie sie zum jenseitigen Leben erweckten. Ewige Verdammnis ... Er hörte seinen Vater weinen.

»Vater, wir ...«

Mentuhoteps Kopf ruckte hoch. Da vernahm Nefertem es auch: ein Kratzen an der Wand, die an den Garten grenzte.

Der Vater schlug die Hände auf die Lehnen und fuhr auf. In einem der Fenster erschien eine Gestalt; zwei Herzschläge später war sie geschmeidig ins Zimmer gesprungen. Mentuhotep zeigte sich unerschrocken. »Wer immer du bist, du siehst aus, als hätten dir die Assyrer schwer zugesetzt. Komm her, guter Mann, und stärke dich mit einem Schluck Wein ...«

Der Fremde richtete sich zu seiner vollen Größe auf. Sein wacher Blick strafte seinen Zustand Lügen; der mit Blutergüssen verunstaltete Körper wirkte angespannt wie eine Bogensehne, bereit, wieder zu verschwinden oder zu kämpfen. Dieser Mann war offenbar in eine Auseinandersetzung mit den Besatzern gekommen und hatte einiges einstecken müssen, bis hin zu einer längst versorgten Verletzung über dem Herzen. Fahrig wischte er sich Blut von der Schläfe, das in seine Augen geraten war.

Diese Augen ...

»Vater, nein!«, zischte Nefertem und eilte zu Mentuhotep, um sich schützend vor ihn zu stellen. »Das ist kein Ägypter. Sieh genau hin, du wirst ihn kennen: Schanherib, ein Krieger des Königs.«

Ungeduldig rüttelte Mentuhotep an seiner Schulter. »Geh beiseite. Tatsächlich! Ich erkenne ihn jetzt auch.

Bei der Feder der Maat, was hat das zu bedeuten? Wieso sieht er wie einer der Unseren aus?«

»Diese Frage höre ich nicht zum ersten Mal«, fuhr Schanherib gereizt dazwischen. »Aber mir steht auch jetzt nicht der Sinn danach, sie zu beantworten. Nur so viel: Wenn ihr nach den Wachen vor eurer Tür schreit, bin ich morgen einen Kopf kürzer, was ihr sicherlich begrüßen werdet; allerdings solltet ihr wissen, dass …«

»Unsere Feinde sind plötzlich auch deine Feinde?«, unterbrach ihn Mentuhotep.

»Ja. Bei allen Göttern, ja.«

»Vater, er hat Merit und mich …«

»Das ist mir bekannt. Schweig jetzt.« Mentuhotep schob sich an Nefertem vorbei. Furchtlos näherte er sich dem Assyrer, der ihn um mehr als einen Kopf überragte. Nefertem hielt den Atem an.

»Ich frage mich, welchen Grund es geben könnte, mir dies hier nur vorzuspielen«, sagte Mentuhotep, während er den Assyrer, der bartlos einen deutlich weniger wilden Eindruck machte, durchdringend musterte. »Mir will keiner einfallen.«

»Es gibt keinen.«

»Wie hast du es geschafft, bis hierher vorzudringen?«

Schanherib rieb sich eine blutunterlaufene Schulter. »Das ist der Vorteil, wenn man so zerschunden aussieht wie ich jetzt. Ägyptische Palastbewohner zeigten mir aus Mitgefühl den Weg, weil sie dachten, ich hätte heldenhaft gekämpft. Assyrische Wächter hatten dagegen nur Schadenfreude übrig und hielten mich für ungefährlich. Was der Wahrheit derzeit ziemlich nahe kommt, fürchte ich.«

»Nach denen zu rufen, damit sie helfen, widerstrebt

mir«, warf Nefertem ein. »Aber beim leisesten Anzeichen von Gewalt werde ich es tun.«

»Ja, ruf die zu Hilfe, die dich den ganzen Tag demütigen!«, fauchte der Assyrer verächtlich. »Dafür sind sie dir dann gut genug, ja?«

Rasch hob Mentuhotep die Hände. »Du solltest schleunigst deine Stimme senken, wenn du nicht willst, dass sie auch so hereingestürmt kommen.«

Er hatte streng gesprochen, aber zu Nefertems Verwunderung nickte Schanherib nur. In der Tat wirkte er sehr erschöpft, wie er ständig das Gewicht von einem Fuß auf den anderen verlagerte. Auf seiner Brust rann der Schweiß. Als Mentuhotep sie berühren wollte, wich er einen halben Schritt zurück.

»Das ... das ist Merits ...«, des Vaters Stimme versagte. Er wankte zurück zu seinem Stuhl, wo er sich ächzend niederließ. »Oder gibt es das noch einmal?«

»Das Amulett? Sie gab es mir.«

»Was sagst du da?« Nefertem krümmte sich, vor Abscheu zitternd. Es fehlte nicht mehr viel, und er würde brüllen, um diesen Hurensohn ans Messer zu liefern. »Du hast sie aus dem Fluss geholt und es ihr entrissen, ihr oder ihrem Leichnam!«

»Vergiss vor lauter Hass das Nachdenken nicht«, schnaubte Schanherib. »Du und ich sind zusammen in die Stadt geritten, das wirst du ja wohl noch wissen. Merit und ich trafen später aufeinander; wie und warum, das tut jetzt nichts zur Sache. Sie selbst hat den Schmuck um meinen Hals gelegt.«

Nefertem stürzte zu Mentuhotep, dem der Mund offen stand. »Vater, das ist eine Lüge!« Über den Vater gebeugt, starrte er den Assyrer an. »Warum behauptest du das? Was soll das Ganze überhaupt?«

Unter der Haut des Assyrers brodelte sichtlich die Ungeduld. »Ich wusste nicht, wer sie war; sie wusste es von mir ebenso nicht. Bis vorhin. Dann ist sie weggelaufen, und ich habe nicht die leiseste Ahnung, wohin. Ich hatte gehofft, sie sei hier, aber ganz offensichtlich wisst ihr ja noch weniger als ich.«

Mentuhotep bedeutete Nefertem, zurückzutreten. Dann streckte er den Rücken und verschränkte die Hände vor dem aufgeworfenen Bauch. »Mir kommt ein ziemlich erstaunlicher Verdacht: Du und Merit – ihr wart zusammen?«

»Das könnte man so sagen.«

»Hast du sie etwa beschlafen?«, fragte Mentuhotep scharf, und Nefertem beobachtete erstaunt, dass der Assyrer zur Seite blickte.

»Also ... wenn ich davon ausgehe, dass man hierzulande das Gleiche darunter versteht ...«

»Das Gleiche?«, rief Mentuhotep.

Schanherib funkelte ihn an. »Bei Assurs Gemächt – den Schwanz in ihr zu versenken! Nein, das tat ich noch nicht!«

Es war Nefertem unerträglich, diese Verhöhnung seiner vermutlich toten Schwester länger mitanzuhören. Er machte auf der Ferse kehrt und stapfte zur Tür.

»Ja, geh hinaus«, rief Schanherib mit unterdrückter Stimme hinter ihm her. »Vernichte die vielleicht einzige Möglichkeit, deiner Schwester zu helfen. Oder sag mir, wo sie sein könnte.«

»Wir wissen doch überhaupt nichts«, klagte Mentuhotep.

Nefertem hielt inne. Wenn Merit wirklich noch lebte und sie weder zu Hause noch in irgendeinem Tempel, noch in eines anderen Edlen Haus Zuflucht finden konnte – sollte er da seinem Groll nachgeben? »Ich weiß vielleicht einen Ort.« Zögernd wandte er sich um. Er meinte wieder den Schlag des Gürtels auf der Schulter zu spüren. Den Staub des langen Rittes zu schmecken. Den Schlachtruf dieses Mannes zu hören. Und doch schien Schanherib der Einzige zu sein, der Merit beistehen konnte. Die Maat war wirklich aus den Fugen. »Dort war sie jedoch zuletzt vor ein paar Jahren. Ich sagte ihr damals, dass es zu gefährlich wäre, und seitdem hat sie es sein lassen, sich dorthin zu schleichen. Weiter nördlich im Papyruswald, ein alter, längst vergessener Schrein des Sobek …«

»Wie finde ich den?«, fragte Schanherib. Die Mattigkeit schien von ihm abzufallen wie ein lästig gewordenes Kleidungsstück.

»Jenseits der *Guten Ausfahrt* müsstest du einfach am Fluss nach Norden laufen. Jetzt dürfte die Überschwemmung bis dicht an den Schrein reichen. Er ist aus hellem Sandstein, vielleicht siehst du ihn ja.«

Schon war der Assyrer an der Wand und reckte sich nach dem Fenster. Da stemmte sich Mentuhotep aus dem Sessel, langte nach einem Stoffbeutel auf dem Tisch und lief auf ihn so rasch zu, dass sein Bauch schaukelte. Schanherib ließ die Hand sinken und blickte fragend auf ihn herab. Mentuhotep drückte ihm den Beutel in den Arm. Schwer atmete er, und auch Nefertem stockte der Atem, als sein Vater die Hände hob. Deutlich war der Kampf zu sehen, den er mit sich selbst ausfocht. Dann überwand er sich und ergriff die Oberarme des Assyrers.

»Ich will dir vertrauen«, sagte er erstickt. Tränen liefen über seine fülligen Wangen. »Finde sie. Bitte.«

Schanherib nickte. »Du hast mein Wort.«

Ein allzu leichtfertig geäußertes Versprechen, angesichts dieser knisternden, raschelnden, surrenden Wildnis. Die riesigen, ihn weit überragenden Papyrusstängel rieben in der Brise gegeneinander. Frösche und Grillen lärmten von überallher, rechterhand plätscherte der Fluss. Die palmengesäumten Ufer des Tigris gaben sich ruhiger. Oder er täuschte sich, weil er dort nicht nachts herumzulaufen pflegte? Wenigstens konnte er leidlich sehen, denn der Mondgott Sin zeigte die Hälfte seiner Gestalt. Neigten sich die buschigen Papyruskronen jedoch dichter einander zu, musste er sich mehr auf das Gespür seiner Füße verlassen. Ein tödlicher Unfug, hier herumzustolpern! Was er tun sollte, fände er Merit bedroht von Krokodilen vor, war ihm schleierhaft. Einem schlafenden Wachtposten hatte er den Dolch gestohlen – eine armselige Waffe gegen die Geschöpfe von Merits Lieblingsgott.

»Warum nur hat dein Vater nicht Bastet gewählt?«, knurrte er in die Düsternis. »Katzenschreine gibt es in jedem Haus. Oder irgendeinen eurer Falkengötter, dem hättest du schwerlich in den Himmel folgen können. Oder besser noch Tajet, die Göttin der Webkunst!«

Er hielt sich dicht am Wassersaum. Sollte er den Schrein übersehen, würde er nach Einbruch der Morgendämmerung die Strecke zurücklaufen, im Innern des Waldstreifens dann. Noch war es nicht so weit. Noch lief er. Noch betete er im Stillen und verfluchte seine Knochen und Muskeln, die ihn schmerzhaft daran erinnerten, dass er längst nicht in alter Form war.

Glitt da nicht etwas ins Wasser? Ein langer Schatten?

Er wartete, lauschte und war sich nicht mehr sicher.

Er schritt weiter. Sämtliche Versuche, dies leise zu tun, waren zum Scheitern verurteilt. Unter seinen Sandalen krachte das Schilf. Oder er sank bis zu den Knöcheln in den Schlick. Seine Schritte wurden ihm zusehends zur Qual.

Wieder ein Schatten auf dem silbrig glänzenden Fluss. Landeinwärts rauschte das Schilf, als fege ein Tier auf der Jagd hindurch. War Merit sich früh am Tage bewusst gewesen, wohin sie flüchtete? Falls sie noch hier war, hockte sie sicherlich schlotternd vor Furcht am Schrein. Diese kleine Närrin! Er fuhr herum, als er etwas hinter sich glaubte. Dann stapfte er weiter. Den Hintern würde er ihr versohlen, wenn ...

Eine Gestalt stakste durch das Wasser. Sie neigte sich vor und hob einen Korb aus dem Fluss. Ein nächtlicher Fischer. Schanherib wartete, bis er in seinen Binsennachen gestiegen und fortgepaddelt war, und lief weiter. Er überlegte, ob er nach Merit rufen sollte. Besser nicht, vielleicht vertrieb er sie dadurch.

Da sah er sie.

Merit kniete am Ufersaum, schöpfte mit beiden Händen Wasser und trank. Kaum mehr als ein Schemen, und doch glaubte er jede Einzelheit zu erkennen, so vertraut war sie ihm längst. Sie musste Hunger haben. Unter dem gewaltigen Schirm einer Akazie entdeckte er auch den Schrein, ein mannshohes Tempelchen. Ihr Gott hatte Merit beschützt. Bis jetzt zumindest – diese Schattenwelt war für seinen Geschmack viel zu lebendig ... Er stierte in die Schwärze.

»Merit!«, brüllte er und rannte, so schnell es auf diesem schlüpfrigen Untergrund möglich war, auf sie zu. Sie sprang hoch. »Auf den Schrein, schnell!«

Er musste sie herumwirbeln und vorwärtsstoßen.

Fast zugleich riss er den Dolch aus dem Bund seines Schurzes. Merit wankte auf den kastenförmigen Sandstein zu, dicht blieb er hinter ihr. Wo um ihn herum es lärmte, vermochte er nicht mehr zu deuten. Er sah nur noch sie, wie sie sich abmühte, an den reliefartigen Vorsprüngen hochzuklettern. Rasch stieß und schob er sie hinauf und eilte sich, ihr zu folgen. Dann waren sie oben. Er gestattete sich, zu Atem zu kommen.

»Hier sind wir sicher«, sagte er leise und blickte hinter sich. Nur ein Mensch könnte am Stamm der Akazie hinaufklettern. »Merit? Merit!«

Er stöhnte auf, als er gewahr wurde, dass sie Anstalten machte, auf der anderen Seite des Schreins wieder hinabzusteigen.

»Bist du von allen guten Göttern verlassen?« Schnell packte er sie und zog sie wieder zurück. »Willst du dich von den Krokodilen zerfleischen lassen?«

»Was redest du …«

»Sei vernünftig!« Er schüttelte sie, heftiger als beabsichtigt. »Bis zum Morgengrauen werden wir ausharren müssen; es ist ohnehin ein Irrsinn, des Nachts hier herumzustolpern. Was hast du dir nur dabei gedacht? Ich habe dich bei Nanacht gesucht; im Palast …« Seine Sorge brach aus ihm heraus, verstopfte ihm die Kehle und ließ ihn schweigen. Sie sträubte sich noch immer. Kurzerhand zerrte er die Schnur, die den Brotbeutel verschloss, aus diesem heraus, zwang ihre Arme hinauf zu einem hervorstehenden Ast der Akazie und fesselte daran ihre Handgelenke.

»Was machst du da?«, schrie sie. »Lass mich!«

Ihre Sohle traf seinen Bauch. Es gelang ihm, sie an den Füßen stillzuhalten. Aber das brachte sie dazu, lauthals in die Nacht zu gellen. Er ließ sie los. Wild zerrte sie an der Fessel, die hielt jedoch, und schließlich begnügte sie sich damit, ihm den Rücken zuzukehren.

»Ich habe dich erschreckt«, sagte er, als er sicher war, dass sie nicht wieder zu schreien anfing. »Ich weiß jetzt auch, weshalb; Tani hat mir berichtet, dass es eure Barke war, die ich …« Schwer atmete er aus. »Dass ich ein Krieger Assyriens bin, wusstest du. Bin ich denn ein anderer geworden? Ihr Götter, ich kann es nicht rückgängig machen, aber ich wünschte, es wäre nicht geschehen.«

»Ich weiß auch nicht, was mich geritten hat, mich mit dir einzulassen«, rief sie, die Stimme voll weinerlichem Zorn. »Deine eigenen Landsleute wollten schließlich deinen Tod! Du machst mir Angst. Ich will hier weg!«

»Merit …« Er fuhr sich durch die Haare, auf der Suche nach den richtigen Worten.

»Und ich – ich hab dich gefragt, ob du schwimmen kannst.« Sie musste schlucken, weil sich ihre Stimme überschlug. »*Dich*, der du mitsamt Rüstung auf unsere Barke kamst! Ihr Götter, ich schäme mich so.«

»Würde es denn helfen, wenn ich dir sage, *warum* sie mich verfolgen?«

»Das will ich gar nicht wissen«, heulte sie. Der Ast knirschte, als sie sich schwer machte. Sogleich stöhnte sie auf, denn der Zug in ihren Armgelenken war sicher nicht angenehm. Schanherib wartete. Ihm war, als sei der Papyruswald ruhiger geworden. Hatte er sich an die Geräusche gewöhnt? Oder lag das an Merits Nähe, die all seine Aufmerksamkeit forderte? Gern hätte er ihr mit den Händen, die so viel beredter waren, gezeigt, wie sehr er sie liebte. Aber er musste vorsichtig sein.

»Warum … denn?«, presste sie nach einer Weile heraus. Er lächelte. Ein Anfang.

»Ich habe Zakutus Zorn entfacht. Das ist die Königin Assyriens.«

»Das weiß ich, halte mich nicht für dumm.«

»Ich lernte sie während des Marsches in Richtung des Meeres kennen, das ihr das Große Grün nennt. Viele haben sie kennengelernt – oft ließ sie sich abends in einer Sänfte durch das Lager tragen und beobachtete die Soldaten an ihren Kochfeuern. Sie wählte einen Mann für die Nacht aus. Asarhaddon selber taugt nämlich nicht mehr fürs Bett, seit seine frühere Frau starb – so erzählt man sich jedenfalls. Manchmal holte sie mehrere Männer. Und die waren alle mit Vergnügen bei der Sache, man konnte ihr Gehechel noch zehn Zelte weiter hören. Da ich mir als Krieger bereits einen Namen gemacht hatte, war es nicht weiter verwunderlich, dass ihre Wahl irgendwann auf mich fiel.«

»Und du warst bestimmt nicht abgeneigt!«

Er beschloss, nicht darauf einzugehen, dass sie unbedingt ihre Stacheln zeigen wollte. Natürlich war er interessiert gewesen, schließlich war Zakutu eine wohlgestalte, sinnliche Frau. »Vielleicht wäre alles ganz anders gekommen; ich hätte sie genommen und die Sache wäre erledigt gewesen. Aber die Reise begann sie anzustrengen, sie war schlechtgelaunt, und kaum war ich in ihrem Zelt, bekam ich das zu spüren. Nicht dass ich etwas dagegen habe, wenn auch die Frau einmal Herrin im Bett sein will, aber sie schimpfte und zeterte herum wie ein Waschweib, furchtbar! Also stand ich auf, schnappte meine Sachen und ging. Anderntags kam sie wieder, gab sich freundlich, aber mir war nicht mehr danach. Der Marsch ging weiter, jeden Abend hörte ich Männer prahlen, dass sie es der Palastfrau besorgt hätten – spätestens das ließ meine Lust erkalten. Ich war zufrieden mit den genügsamen Frauen im Tross. Und das sagte ich ihr, denn sie versuchte es immer wieder. Ich hätte begreifen müssen, dass sie einfach nur ihren Willen bekommen will. Bei Assur, dann hätte ich mich halt überwunden.«

Merit schnaubte verächtlich. »Und du …«

»Sei ruhig, du störrisches Ding! Willst du nun zuhören?«

Er vernahm einen knurrenden Laut, der Zustimmung ausdrücken mochte. »Stur zu bleiben, machte mir Spaß«, fuhr er fort. »Hier im Palast dann versuchte sie es noch einmal. Ich hatte aber endgültig genug, warf ihr eine ›Gossenhure‹ und noch ein paar andere unschöne Sachen an den Kopf. Nun ja, damit war der Bogen überspannt.«

Er lauschte. Merit rührte sich nicht.

»Sie gebärdete sich plötzlich wie toll, zerriss ihr Gewand und schrie nach den Wachen. Sie behauptete allen Ernstes, ich hätte ihr Gewalt antun wollen.« In der Erinnerung an dieses unwürdige Ereignis ballte er die Faust. Wie sie ihr Bett zerwühlt, ihre Haare zerzaust, die freischwingenden Brüste grob gekniffen hatte. Das Tischchen daneben umgestoßen, gekreischt und ihn geohrfeigt – er hatte fassungslos zugesehen und nicht begreifen wollen, worauf ihr Tun abzielte. Erst als Asarhaddon in der Tür stand und ihr anklagender Finger auf ihn zeigte. *Ich wollte ihn nicht! Er ist mir zu stolz! Aber er ließ sich nicht abweisen, und nun sieh, was er mir angetan hat …* »Asarhaddon weiß, wie sie ist. Er hätte das niemals geglaubt, wäre einige Stunden zuvor nicht noch etwas anderes geschehen …«

Er unterbrach sich. Diesmal ruckelte Merit ungeduldig hin und her. »Was denn?«, fragte sie tonlos.

»In der Nähe des Palastes hatten sich ein paar hirnlose Ägypter zusammengerottet, um was auch immer zu tun; sie waren bewaffnet, meine Männer und ich schlugen sie nieder.« Fast hätte er erwähnt, dass dies an jenem Tag geschehen war, als er sich im Garten ihres väterlichen Anwesens die Güter hatte auflisten lassen. Aber damit würde er ihren Zorn nur wieder entfachen. »Ich ging in den Palast, um darüber Bericht zu erstatten. Asarhaddon war damit beschäftigt, deinem Vater die Zusage abzuringen, ihn zu krönen. Ich kam hinzu, wie Mentuhotep auf den Knien lag und der König auf ihn einschrie. Ehe ich mich's versah, hatte Asarhaddon mir einen Ochsenziemer in die Hand gedrückt.« *Mir reicht es jetzt mit dem! Prügle die Sturheit aus ihm heraus!* Selbst jetzt noch war ihm, als habe er Asarhaddons vor Wut heisere Stimme im Ohr. »Ich hab das Ding weggeworfen. Leider war ich selbst noch erhitzt vom Kampf – mich meinem König zu verweigern, hätte er mir vielleicht durchgehen lassen, aber nicht, dass ich die Stimme erhebe. Wir stritten uns vor allen Würdenträgern, und dann schickte er mich mit der Androhung hinaus, sich einige nicht sehr angenehme Strafen auszudenken.«

»Darin seid ihr ja sehr erfinderisch, wie man hört!«

»So ist es. Vermutlich glaubte Zakutu, mit mir jetzt ein leichteres Spiel zu haben, schließlich hätte sie sich für mich verwenden können. Vielleicht hätte ich genau deshalb sogar nachgegeben – anderntags, wenn ich wieder besonnener gewesen wäre. So aber war ich nur noch hitzköpfig und fand ihr Ansinnen nichts als verachtenswert. Ja … so stand ich dann schließlich vor einem rasch herbeigerufenen Bogenschützen. Ich konnte nicht glauben, dass Asarhaddon so weit geht. Aber wir waren alle bis aufs Blut erhitzt.«

Alles wusste er noch, sogar wie der Pfeil auf ihn zugekommen war und er an sich hinabgestarrt hatte, weil er es nicht glauben konnte. Nur an die Zeit unmittelbar danach konnte er sich nicht erinnern. »Ich bin gelaufen, hab es mit dem letzten Wohlwollen der Götter irgendwie aus dem Palast geschafft. In den Straßen schloss ich mich einem herumstreunenden Trupp an, der auf Bier und Vergnügen im schäbigsten Viertel aus war; dort hielt ich mich für am besten aufgehoben. Die merkten gar nicht, wie es um mich stand, hielten mich wohl für betrunken. Und so gelangte ich in Nanachts Haus.«

Er gierte nach einem Wort Merits, doch sie schwieg. Länger konnte er es nicht mehr ertragen, ihr so nah und doch fern zu sein. Er legte die Hände auf ihre Schulterblätter. Merit schüttelte sich. Vergebens. Ihre Haut begann zu glühen. Oder waren es seine Handflächen? Er ließ sie über ihren Rücken wandern. »Merit …«

»Du hast meinen Vater nicht gepeitscht?«

»Ich peitsche niemanden.«

»Du lügst!«, schrie sie, wieder an den Fesseln zerrend. »Du hast meinen Bruder gepeitscht!«

»Was soll ich? Nefertem und ich sind bestimmt keine Freunde, aber, bei Assur, das tat ich nicht.«

»Ich war doch dabei! Ihr habt ihn vom Schiff heruntergestoßen, und ich hab's gesehen, als ich im Schilf versteckt war. Und gehört, wie er geheult hat, so schmerzhaft muss es gewesen sein.«

»Aber … Ihr Götter. Das war einer meiner Männer! Ich hätte nicht einmal diesen einen Hieb zugelassen, wäre Mardak nicht so schnell gewesen. Nein, ich peitsche niemanden. Sollte Nefertem sich je bei dir über mich beklagen, dann eher über einen kräftigen Fausthieb. So etwas wird unter Männern ja wohl erlaubt sein, hm? Aber deinen Vater würde ich niemals anrühren, und wenn man mir ein Schwert an die Kehle setzte.«

»Du lügst schon wieder! Binde mich los!«

»Ich denke ja nicht daran.« Er ließ sich nicht beirren. Seine Finger wanderten nach vorn, schoben sich durch die Risse in ihrem Kleid auf ihren Bauch und hinauf, bis ihre Brüste sich unter sanftem Druck anhoben. Dann barg er sie in den Händen wie kleine, schützenswerte Wesen. So hielt er still.

Sie spürte im Rücken seine atmende Brust. Seinen Lufthauch, der langsam und stetig über ihre Schulter strich. Mit jedem eigenen Atemzug drückte sie die hart werdenden Brustspitzen seinen Handflächen entgegen. Als er die Hände leicht senkte, um mit den Daumen darüberzustreichen, rieselten kühle Schauer über ihre Haut.

Er war Schanherib, er war jener, den sie umarmen wollte. Sich von ihm halten und trösten lassen. Er war Schanherib, der sie schützte. Er war Schanherib, der brutal ihre Medjai auf der Barke umgebracht hatte. Der Nefertem gefangen hatte. So unverschämt stolz auf seinem Pferd gethront. Er beherrschte auch sie. Von Anfang an hatte er sie beherrscht; selbst als er schwach gewesen war, hatte er sie gepackt und ihr seine Zunge aufgenötigt. Sie sehnte sich danach, alle Bedenken ins Wasser zu werfen, so wie Nefertem sie einfach gepackt und über die Bordwand gehoben hatte. Ihre Brüste schienen hart zu werden, sich seinen Händen entgegenzudrücken. Es war demütigend, ihm so ganz und gar ausgeliefert zu sein – gefesselt, mit gestreckten Armen, entblößt. Als er begann, ihre Knospen kräftiger mit den Fingerspitzen zu bearbeiten, langte sie nach dem Ast und versuchte sich ein Stück hochzuziehen. Aber, oh, der Schmerz war so süß … Sie erschlaffte wieder.

»Löse die Fesseln«, bat sie erstickt. »Mir schmerzen die Arme.«

»Erst wenn es dämmert. Dann kann ich wenigstens sehen, wohin du mir wegläufst.«

»Du bist schrecklich! Widerlicher, unbeherrschter Assyrer!« Sie wollte ihn mit der Schulter stoßen, aber er hielt sie an den geschundenen Brustwarzen fest, so dass sie sich nur selbst weh tat. Schniefend barg sie das Gesicht an ihrem Oberarm. »Dann lass mich wenigstens los.«

Das geschah zu ihrer Verwunderung. Und kaum waren seine Hände fort, vermisste sie sie. Ihre Brüste sehnten sich danach, weiter liebkost und kräftig geknetet zu werden. Seinen Mund wollte sie daran spüren, seine Zunge, seine Zähne. Seine Hände, die so unglaublich zart und wiederum so fordernd sein konnten. Aber diese Empfindungen durften nicht mehr sein! Sie rief sich den Überfall auf das Schiff in Erinnerung. Seinen Schlachtruf. Die pure Wildheit. Aber sofort kamen andere Bilder: sie in seinen Armen, während er aufregende Dinge mit ihr tat …

»Hast du Hunger?«, fragte er. »Dein Vater hat mir Brot mitgegeben.«

»Nei… ja.«

Sie hörte ihn an einem Brotlaib herumzupfen und einen schnellen Bissen kauen. »Es ist ein bisschen feucht geworden bei dieser Herumstolperei.« Sie zuckte zusammen, als sie eine tastende Hand an der Wange spürte. Dort hielt er sie, als fürchte er, sie würde den Kopf wegdrehen. Gegen ihre Lippen stupste sacht ein Brotklümpchen. Zaghaft öffnete sie den Mund. Natürlich, er ließ seine Finger unnötig lange verweilen, während sie das Brot kaute. Der Bissen fachte ihren Hunger an, und sie aß gehorsam. Oder genoss sie es vielmehr, seine Fingerspitzen zwischen den Lippen zu spüren? Als sie nichts mehr zu essen vorfand, leckte sie an ihnen. O nein, was tat sie da? Warum gehorchte ihr Körper ihr nicht? Ihre Zunge umspielte seinen Mittelfinger, dann steckte er den Zeigefinger dazu. Sie schob den Kopf vor und saugte.

»Schön machst du das«, raunte er in ihr Ohr. Triumphierend. »Ist's jetzt wieder gut?«

Sie rang nach Luft. »Bestimmt nicht!«

»Du kannst einfach nicht lügen, kleine Göttin. Ich beweise es dir.« Er kam um sie herum. Sie ahnte es mehr, als dass sie es sah, denn der Mond war verschwunden. Zu ihrem Entsetzen riss Schanherib das zerschlissene Kleid gänzlich entzwei. Wieder packte er ihre Brüste, noch nachdrücklicher jetzt, und fuhr mit einer Hand ihren Bauch hinab. Aufschluchzend versuchte sie sich zu entziehen, denn sie fühlte sich an die Grobheit der assyrischen Soldaten erinnert. Wenn er jetzt in sie fuhr, würde sie schreien … Aber er verharrte mit den Fingerspitzen auf ihrem Schamhügel, kreiste sanft, und erst, als sie sich entspannte, tauchte er ein wenig in die Nässe und verrieb sie auf ihren Brüsten, die sich sofort kühl anfühlten.

»Du willst mich mehr, als es je bei einem anderen Mann der Fall sein wird. Alles an dir schreit danach, von mir geliebt zu werden. Nur dein stures Köpfchen steht dir noch im Weg. Aber denk nicht, ich sei vollkommen beherrscht; ich bin ein Assyrer, du wirfst mir das ja ständig vor. Du machst es mir schwer, so schwer …«

»Du hast ja recht«, wimmerte sie. »Ich liebe dich. O Isis, ich kann nicht lügen … Ich liebe dich, liebe dich …«

Haltlos brach sie in Tränen aus. Ganz nah rückte er heran, umfing sie und drückte sie an seine Brust. Er küsste die Tränen fort, flüsterte ihr ins Ohr. Seine Hände und Lippen waren in ihrem Gesicht, auf ihren Schultern, auf ihren gierenden Brüsten.

»Mach mich los«, flehte sie erneut.

»Ich traue dir immer noch nicht.«

»Was soll ich tun, damit du mir glaubst?«

Darauf antwortete er nicht. Er schob sich hinter sie, fasste ihre Handgelenke und zog sie mitsamt der Fessel nah an ihn heran. Ihr blieb nichts, als sich an ihn anzulehnen. Eines ihrer Beine hob er über seinen Schenkel. Es war offensichtlich, dass er so bis zum Morgengrauen ausharren wollte, gestützt vom Akazienstamm. Sie versuchte sich zu entspannen. Kühle Luft strich über ihre nackte Scham, als er sie dort von den Resten des Kleides befreite. Er spreizte ihre Schamlippen. Und seltsam – ihm so ausgeliefert zu sein, nichts zu sehen, keinen Willen über sich zu haben, ließ sie sich wohlig ermattet fühlen. Seine Finger strichen an den feuchten Innenseiten entlang, streiften dabei ihren Knoten, der längst empfindlich geschwollen war. Zwischen ihren Pobacken hockte sein Phallus; sie spürte ihn wachsen und genoss den Druck. Aber er beließ es dabei, mit ihrer Vagina zu spielen. Merit bäumte sich in den Fesseln auf; sie konnte nicht verhindern, in ein rhythmisches Stöhnen zu verfallen. Zusehends glaubte sie sich nicht mehr in diesem Papyruswald, die Geräusche nahm sie kaum noch wahr. Sie schwebte auf ihrem Liebsten durch ein aufregendes Nichts. Sie selbst war nichts – völlig willenlos, nur noch Sehnsucht. Hitze. Lust. Seine Finger trieben sie immer weiter. Und hielten still.

Merit nahm sich wieder wahr. Sie zitterte. Sie hörte ihn atmen. Schweiß rann ihren Rücken hinab und machte ihre Hinterbacken schlüpfrig.

»Bitte«, wisperte sie. »Mach weiter.«

»Verzeihst du mir?«

»Was? Oh … Gütige Isis, was verlangst du da?«

»Sag es.«

»Ja, ja. Ja!« Alles würde sie jetzt versprechen. Alles. »Bitte!«

Sie ruckte hoch, als sein Daumen sich auf ihre Klitoris presste und sie heftig umkreiste. So weit wie möglich öffnete sie die Schenkel und ritt auf seiner Hand. Alle Wärme sammelte sich in ihrem Unterleib und zerstob wie Funken, als stieße ein mächtiger Krieger mit seinem Speer in ein Feuer … Sie warf den Kopf zurück und schrie in die Nacht hinaus.

Ihr Nacken ruhte auf seiner Schulter. Sanft strich er ihr den Schweiß von der Stirn. Nein, es gab nichts mehr zu fürchten. Sie gehörte ihm. Und er ihr. Als sie bemerkte, dass er im Begriff war, die Schnur zu zerschneiden, wappnete sie sich gegen den Schmerz in den Schultern. Doch er hielt ihre Handgelenke fest und ließ ihre Arme langsam sinken. Er kreuzte sie vor ihrer Brust und legte seine darüber. So beschützt glitt Merit in einen traumlosen Schlaf.

12. Kapitel

Wohlig spreizte Zakutu die Beine, um ihrer Sklavin, die duftendes Hennablütenöl in ihren Rücken, dann das Gesäß und die Schenkel massierte, besseren Zugriff zu ermöglichen. Die Fingerspitzen der Tätowierten rieben kräftig die Innenseiten. Bohrten sich in ihre Kniekehlen, wanderten zu den Fußgelenken hinab und umkreisten die Knöchel.

Wie so oft stellte sich Zakutu vor, der einzige Mann, der sie je zurückgewiesen hatte, würde diese niedere Arbeit tun. Peitschenstriemen würden seine Haut zieren. Seufzend umschlang sie das Kissen unter ihrem Bauch. Es gab keinen Mann in den vier Weltgegenden, der ihr widerstand. Ihren Reizen. Ihrem Willen. So war es immer gewesen. So hatte sie den Großkönig betört, als er sich nach einem neuen Weib umgesehen hatte. Den unbedarften Nefertem, der so gern ein starker Mann sein wollte und doch nichts anderes tat, als ihr aus der Hand zu fressen. Jeden.

Nur ihn nicht. Schanherib.

Wäre er einer unter vielen Soldaten, vielleicht hätte sie ihn trotz seiner Zurückweisung vergessen. Aber so war er nicht. Eher wie ein Obsidian unter Kohlebrocken. Er glänzte, fasste sich samtig an, weckte die Gier. Schön und stolz und hart.

Nie würde sie vergessen, wie sie in ihrem Reisezelt gehockt hatte, bebend vor Verlangen – und er sich nach seinem abgelegten Wickelrock gebückt, nach dem Wollhemd, den Sandalen, dem Schwertgürtel. Alles hatte er gemächlich unter der Achsel und auf der Schulter verteilt. *Nimm es mir nicht übel, Herrin, aber mir ist nicht danach*. Nackt war er hinausgegangen. Jemand hatte anzüglich gepfiffen, und er hatte aufgelacht. *Da muss schnell jemand an meiner statt hinein, willst du?*

Eilig hatte sie sich etwas übergeworfen und den Soldaten, der seinem Vorschlag gefolgt war, fauchend wie der Dämon Lamaschtu empfangen, so dass er rückwärts wieder hinausgestolpert war. Diese Schmach! Zakutu schlug die Handfläche auf das Kissen. Was bildete sich Schanherib ein, wie weit er als Sohn eines königlichen Palastschreibers gehen durfte? Es war eine Auszeichnung, von ihr gerufen zu werden, weshalb wollte er das nicht begreifen?

Und nun war er seit Tagen fort. Geflohen. Oder hatte der Pfeil ihm den Garaus gemacht? Sie biss ins Kissen. Nein, er lebte, dessen war sie gewiss. Zakutu stieß ihr Becken gegen die Unterlage, ersehnte seine Berührung. Sie wollte sich auf den Rücken wälzen, um das tätowierte Gesicht der Sklavin herab auf ihre gierende Vulva zu ziehen. Da sah sie eine andere Sklavin, eine ägyptische, heranhuschen und vor ihrer Badeliege knien.

»Ein Palastsoldat wünscht dich zu sprechen, Herrin«, sagte sie. »Er hat eine Gefangene bei sich. Ich habe ihm gesagt, dass du beschäftigt bist, aber er will sich nicht abwimmeln lassen.«

Zakutu hob den zerzausten Schopf, aus dem noch das Wasser ihres Bades rann. »Wenn es sein muss.«

Die Sklavin gehorchte, und dann hallten die harten

Schritte des Soldaten von den Wänden der Badekammer wider. Hinter sich zerrte er ein Mädchen her. Es war so zerlumpt, die Füße dreckig, dass Zakutu unwillkürlich glaubte, er habe es nur deshalb hergebracht, weil es dringend ein Bad brauchte.

Er neigte vor ihr den Kopf. »Herrin, dieses Mädchen bat um Einlass in den Palast. Es behauptet, die Leibdienerin der verschollenen Wesirtochter zu sein.«

»Das ist durchaus interessant, aber deshalb hättest du mich nicht stören müssen.«

Er räusperte sich. »Du hattest angeordnet, jemanden durch die Schenken der Stadt zu schicken, in der Hoffnung, er fände eine Spur von Schanherib. Er fand auch eine. In einem Bierhaus haben sich seine Männer einquartiert.«

»Die nicht wissen, wo er ist, sie wurden bereits eingehend befragt.«

»Man schickte trotzdem einen Trupp hin, um sie noch einmal zu fragen. Wiederum ergebnislos. Und die Wirtin konnte oder wollte nichts sagen. Die lächelte nur blöde, als hätten Schanheribs Männer ihr den Verstand herausgevögelt.« Er grinste kaum weniger schwachsinnig. Ungeduldig trommelten ihre Nägel auf dem Unterarm, und er beeilte sich fortzufahren: »Dieses Mädchen sagt, es hätte die letzten Tage in der Schenke gehaust. Und ihre Herrin, Merit-Sobek, ebenso.«

»Ach! Die Tochter des Tajti lebt?« Zakutu warf die Beine über den Rand der Liege, und da die Sklavinnen es vorgezogen hatten, sich in irgendeiner Ecke unsichtbar zu machen, legte sie sich eigenhändig einen hauchzarten Leinenmantel um die Schultern. »Warte draußen. Du«, sie wandte sich an das Mädchen, das zitternd dastand. »Du darfst bleiben. Wie heißt du?«

»T-tani«, stotterte es.

»Ja, richtig, Nefertem erwähnte dich einmal. Was hast du denn da?«

Tani ließ behutsam einen Stoffbeutel von der Schulter gleiten. Aus der verschnürten Öffnung schaute ein Katzenkopf heraus. Die honigfarbenen Augen blickten wachsam um sich. Kaum hatte das Mädchen die Verschnürung geöffnet, stieg ein struppiges Tierchen aus dem Beutel und begann misstrauisch umherzuschleichen. Wortfetzen, Gelächter drangen durch die Fenster herein und ließen es erstarren; die Ohren bewegten sich hastig. Schließlich sprang es mit einer Geschmeidigkeit, die man dem äußerst wohlgenährten Körper nicht zutraute, auf eine steinerne Bank und kauerte sich nieder.

Tani, die den Blick nicht von ihrer Katze genommen hatte, schrak zusammen, als Zakutu eine Hand auf ihre Schulter legte.

»Du fürchtest dich doch nicht, nein?«

»Nein, ja, doch«, stammelte das Mädchen. »Ich wollte gar nicht zu dir. Bist du wirklich die assyrische Königin, wie der Mann gesagt hat?«

»Ja, aber das soll dich nicht stören. Mich stört allerdings ein wenig, dass du meine Nase beleidigst. Wasch dich, danach erzählst du mir, was dir und deiner Herrin widerfahren ist.« Zakutu schritt um das großzügige Badebecken herum, zu einem kleineren in einer Zimmerecke. Das Wasser darin kühlte den Krug mit herrlich fruchtigem Deltawein. Sie füllte einen Becher und brachte ihn der Dienerin. Die ließ ihn sich verdutzt in die Hand drücken, und auf Zakutus aufforderndes Nicken hob sie den Becher gehorsam an die Lippen. Zakutu entsann sich Nefertems Erwähnung, dass dieses Mädchen der Wesirstochter auf höchst angenehme Weise gedient hatte. Zwischen ihren Schenkeln prickelte es, als sie sich fragte, ob dies nachzuprüfen wohl lohnenswert war.

»Nur keine falsche Scham«, gab sie sich munter. »Ich helfe dir.«

Tanis Haut wurde körnig, als Zakutu ihr im Rücken das Zugband des Kleides löste und die Träger über die Schultern streifte. Der Stoff rutschte hinab und gab den Blick auf hochstehende, spitze Brüste frei. Eine nennenswerte Taille besaß das Mädchen nicht, aber die Speckpolster luden ein, zuzufassen. Zakutu ergriff Tanis Hand und führte sie ans Badebecken. Und da Tani keine Anstalten machte, das dreistufige Treppchen hinabzusteigen, ging sie selbst voraus und zog sie mit sich. Das Wasser schwappte gegen ihre Knie, als sie zum Rand schritt, wo sie den Weinkrug abgestellt hatte. Erneut goss sie den Becher voll und gab ihn dem Mädchen.

»Ja, schön austrinken, das nimmt dir die Furcht«, sagte sie leise und stellte den geleerten Becher zurück. »Und nun knie dich hin.«

Tani sackte auf die Knie, die Hände vor dem ordentlich in Form gebrachten Dreieck ihrer Scham verschränkt. Zakutu schöpfte mit den Händen Wasser, rieb Kopfhaare und Schultern mit Natron ein. Auch die Brüstchen zu bearbeiten, zögerte sie nicht. Tani keuchte erschrocken auf, wollte zurückweichen, aber da stellte sich Zakutu hinter sie und griff unter ihren Achseln hindurch.

»Warum – warum tust du das?«, hauchte Tani.

»Hat deine Herrin das nie bei dir gemacht?«, flüsterte Zakutu ihr ins Ohr.

»Meistens ich bei ihr. Aber ich – sie ist – ich meine, du bist doch die Königin.«

»Die dich als Gast betrachtet.« Sie kniete sich neben das Mädchen, um besser zugreifen zu können; ihr hauchzarter Mantelsaum trieb auf dem Wasser. »Du hast Schlimmes hinter dir. Diese Schenke war ja für eine hochrangige Dienerin sicher ein Alptraum. Du hast dir dieses Bad verdient, hm? Sag, die Männer dort in dem Bierhaus, worüber haben sie gesprochen?«

Die Brustspitzen des Mädchens hatten sich gerötet und aufgerichtet. Zakutu rieb und zupfte daran; sie waren schlüpfrig wie kleine Fische.

»Sie, ah …«, Tani seufzte auf. »Sie haben nicht viel geredet. Sie kamen gestern. Den ganzen Abend waren sie mit Nanacht beschäftigt, das ist die Wirtin. Sogar in der späten Nacht hab ich sie noch stöhnen gehört.«

Zakutu neigte sich vor und umkreiste mit der Zunge eine der Brustwarzen. Kräftig begann sie zu saugen. Ein Beben ging durch Tanis Leib. »Bitte, lass mich gehen«, wimmerte sie.

»Es gefällt dir doch?«

»Aber ich gehöre nicht zu dir!« Sie schlug die Hände vors Gesicht. »Ich will zu meiner Herrin! Bitte, ist sie hier? Lass mich zu ihr gehen, bitte.«

Sanft, aber nachdrücklich zog Zakutu ihre Arme herunter. »Nein, sie ist nicht hier. Aber wenn ich dir helfen soll, musst du mir helfen, ja?«

»Ja …« Mehr gelang es Tani nicht zu sagen, denn Zakutu legte rasch die Lippen auf den Mund des Mädchens. Ihre Zunge schob sich vorwärts, streichelte die zarte Mundhöhle, umspielte die fremde Zunge, und tatsächlich, die geriet in Bewegung, reckte sich zögerlich und schmiegte sich dann neugierig an. O ja, diese

Zunge wusste, wie man Freuden verschaffte, erkannte Zakutu. Ihre Hände ließen nicht nach, die kleinen Brüste zu kneten. Als Tani zu stöhnen begann, hielt sie still.

»Haben die Männer jemanden namens Schanherib erwähnt? Ihren Anführer? Weißt du, diesen suche ich, um ihn allein geht es mir.«

»Das … nein … ja … kann sein, dass der Name fiel. Aber ich hab nicht hingehört.«

»Setz dich, damit ich dich besser waschen kann.«

Das Mädchen hockte sich auf den Hintern und ließ sich mit den Schultern gegen den Beckenrand drücken. Erfreut beobachtete Zakutu, wie es die Lider schloss und den Rücken durchdrückte, als sie die geröteten Brüste weiter streichelte, dann den Bauch hinab und zwischen die Schenkel fuhr. Sofort krümmte sich Tani und warf den Kopf zur Seite.

»Bitte, geh nicht so weit …«

Aber das schlüpfrige Pförtchen sprach eine andere Sprache. Mühelos verschwanden zwei Finger darin und entlockten ihrem Opfer ein Schluchzen, das so erregt wie verzweifelt klang. Zakutus eigene Lustgrotte pochte längst wie eine kleine Trommel.

Sie zog die Finger heraus. »Schanherib ist ein Verbrecher. Du hast keinen Grund, ihn zu schonen, falls du etwas weißt.«

Lächelnd bemerkte sie, wie der Unterleib suchend gegen ihre Finger ruckte. »Ich weiß doch nichts … bitte.«

Galt diese Bitte nur mehr ihren Fingern, sich zu nähern? Zakutu tat Tani den Gefallen und grub sich wieder tief in ihren Leib. Tani warf den Kopf zurück und gab einen tierischen Laut von sich. Mit dem Daumen streichelte Zakutu die angeschwollene Knospe. Und erstarrte wieder. Lange diesmal. Als Tani auffordernd den Unterleib bewegte, zog sie sich zurück.

»Schanherib hat mir Schlimmes angetan«, drängte Zakutu. »Er muss bestraft werden ...«

»Schlimmes?«

»Er ist ein gewissenloses Ungeheuer. Er wollte mich vergewaltigen.«

Eine tiefe Falte erschien auf der Stirn des Mädchens. Mit einem Mal warf sie sich auf die Knie und suchte aus dem Wasser zu klettern. Aber sie stieß sich nur ein Knie an, jaulte und krümmte sich. »Nein, das glaube ich nicht!«, heulte Tani. »Das will ich nicht glauben.«

»Also kennst du ihn?«

»Ja. Ja!« Tani warf einen Arm auf den Beckenrand und vergrub das Gesicht darin. »Er war all die Tage in der Schenke«, hörte Zakutu sie gedämpft klagen. »Ich hab ihr gesagt, dass sie die Finger von ihm lassen soll, aber sie war ja ganz vernarrt. Ich dachte irgendwann, so schlimm ist er bestimmt nicht, aber wenn ...«

»Beruhige dich.« Zakutu berührte ihre zuckenden Schultern und richtete sie auf. »Berichte mir der Reihe nach.«

Tani schniefte in ihren Handrücken. »Er war dort. Und Merit auch. Dann ist sie verschwunden, ich war mir sicher, hier in den Palast, denn sie sehnte sich nach ihrem Vater. Und Schanherib – der wollte sie suchen und war auch weg. Aber dann kamen seine Männer, und weil ich die furchtbar fand und ich die ganze Ungewissheit nicht mehr ertragen konnte, bin ich hergelaufen.«

Stirnrunzelnd fügte Zakutu das Gestammel zu einem sinnvollen Ganzen zusammen. Schanherib lebte also, und die Tajti-Tochter ebenso. Sie waren, auf welche Weise auch immer, zusammengetroffen. »Sie ist in ihn vernarrt? Heißt das, er in sie auch?«

»Er liebt sie, hat er gesagt.«

Bei Ischtar! Was war denn das für ein seltsames Spiel, mit dem die Götter sich da die Zeit vertrieben? All mein Drängen lässt ihn kalt, und diese ägyptische Adelstochter nicht?, dachte sie erbost. Womöglich hatte er sie gleich zu Anfang genommen und dann zur Belohnung fliehen lassen. Und er hatte behauptet, sie gar nicht auf dem Schiff vorgefunden zu haben! Plötzlich lächelte Zakutu, als ihr bewusst wurde, dass, wer Merit-Sobek hatte, auch Schanherib in die Finger bekam. Nun, sie hatte Merit-Sobek nicht. Aber ihren Bruder.

Sie rief nach ihrer Sklavin, die aus ihrer Ecke hervorstürzte und sich niederkauerte. »Bring sie in eine Unterkunft und sorg dafür, dass sie bewacht wird.«

Die Tätowierte nickte und nötigte Tani, aus dem Becken zu steigen. Das Mädchen riss sich los, hastete zur Bank und griff sich die Katze. Nackt wie sie war, folgte sie der Sklavin mit hängenden Schultern auf den Korridor.

»Und schick mir den Soldaten herein!«

Kurz darauf stand der Mann vor ihr und neigte den Kopf. Er war groß, besaß breite Schultern und ansehnliche Züge über dem halbwegs ordentlich gekämmten Bart. Kein Vergleich zu *seiner* Wohlgestalt, dennoch … Sein Blick war auf ihre Füße geheftet, um ihren vom Liebesspiel in Wallung gebrachten Körper, an dem der nasse Mantel wie ein Nichts klebte, nicht anzustieren. Zakutu fuhr unter seinen Rock. Unter den Fingern erspürte sie ein beachtliches, lebensfroh zuckendes Gemächt und nickte zufrieden. Langsam schritt sie zur

Liege, ebenso langsam ließ sie sich darauf niedersinken. Noch langsamer öffnete sie die Beine.

»Nimm keine Rücksicht«, wies sie ihn an. »Vergiss einfach, wer ich bin.«

Das tat er. In Windeseile war er wie eine Urgewalt über ihr und in ihr. Sie musste sich an ihn klammern, weil sie befürchtete, er würde sie von der Liege stoßen. Das hättest du haben können, Schanherib, dachte sie; dann schwemmte die Lust alle Gedanken fort.

Frisch gewaschen und in betörende Düfte gehüllt, saß Zakutu einige Stunden später im Festsaal des Palastes, angetan mit der Krone einer Großen ägyptischen Königsgemahlin, der goldenen Geierhaube der Göttin Mut. An ihrer Seite thronte in einem Korbsessel Asarhaddon. Auch er trug die ägyptischen Herrscherinsignien, die ihnen der Tajti Mentuhotep am gestrigen Tage in einem so beeindruckenden wie langatmigen Festakt überreicht hatte. Sein Bart war streng zu einem dicken Zopf geflochten und ähnelte dem künstlichen Bart, den sich die Pharaonen umzubinden pflegten. Das Licht Hunderter Öllampen spiegelte sich auf der rot-weißen Doppelkrone, auf dem Gold und Lapislazuli von Krummstab und Geißel in seinen Händen.

Das Essen war längst abgetragen, auf den niedrigen Tischchen standen nur noch Schalen mit kandierten Früchten, Sesamküchlein, Honig zum Tunken und Unmengen an Wein und Bier, die selbst unter den ägyptischen Adligen, Würdenträgern und Dienern für gelöste Stimmung sorgten. Nur der Wesir hockte missmutig auf seinen Kissen und nippte gelegentlich an seinem Goldkelch. Zakutu rümpfte die Nase. Sein Gemüt hätte zu einem schlaksigen, asketischen Mann gepasst, nicht jedoch zu dieser fülligen Weichheit. Sie lachte in ihren Becher, als sie daran dachte, wie schockiert er geblickt hatte, als ihr Lustsaft während des Krönungsrituals ihr Kleid genässt hatte, für alle Höflinge sichtbar. Und das nur, weil ihre Gedanken auf Wanderschaft gegangen waren …

Sie taten es erneut. Erneut sah sie Schanherib vor sich knien. Sah die Reue in seinem schönen Gesicht. Sobald er gefangen war, würde sie ihn zu sich bringen lassen. Ihm befehlen, sie zu beschlafen. Und während er seine Kraft in sie pumpte, würde ein Soldat ihm einen Dolch unter die Zunge halten. Ein falsches Wort nur dieses Mal, und die lästerliche Zunge flöge durch die Luft …

»Sie sind ganz glücklich, wenn sie fressen und saufen und sich duftende Salbkegel auf die Häupter setzen können«, riss Asarhaddon sie aus den angenehmen Gedanken. Zakutu ließ den Blick vom Thronpodest hinab über die perückengeschmückten Köpfe des Hofstaates schweifen. Bartlos und behängt mit filigranem Goldschmuck, waren die ägyptischen Männer von ihren Frauen kaum zu unterscheiden. Alle tranken reichlich. Einige küssten sich und ließen sich zurück in ihre Kissen sinken. Aus einer Ecke erklang Gelächter, aus einer anderen Harfenmusik. Bei Assur, ein solches Festbankett wäre in Ninive wahrhaftig aufregender verlaufen.

Asarhaddon winkte einen Mann heran und raunte ihm etwas zu; dieser nickte und entfernte sich. Kurz darauf öffnete sich die Flügeltür. Zwei bis an die Zähne bewaffnete Krieger führten Nefertem herein. Sofort verstummten die Gespräche, alle Köpfe reckten sich zum Eingang. Nefertem stockte und senkte beschämt den Blick. Ungerührt schritten die beiden Männer weiter, und da jeder von ihnen das Ende einer langen

Kette hielt, die seine Hände vorne zusammenband, blieb ihm keine andere Wahl, als den Bankettsaal zu betreten.

Mit jedem seiner Schritte klirrten goldene Ketten. Sie verbanden seine Fußgelenke, so dass er nur kleine Schritte machen konnte. Auch um seine ansonsten nackten Hüften waren Ketten geschlungen, eher Zierrat als Fesseln. In den Gliedern hingen winzige Figürchen des Gottes Assur und schaukelten bei jedem widerwilligen Schritt. Der schönste Schmuck, so fand Zakutu, war jedoch die etwas größere Figur, die von einem Lederhalsband hängend auf seiner Brust ruhte.

Die Botschaft war unmissverständlich – mochten die Ägypter auch wieder prassen und feiern, sie taten es allein aus Assurs Gnade. Sie alle gehörten ihm, so wie dieser junge ägyptische Wesirsohn, von dem sie glaubten, er stamme von Pharaonen ab, so dass er selbst Pharao werden könnte. Nefertem musste auf den Stufen des Podests knien. Die Männer rissen seine Arme hoch und wanden die Kettenenden um ein Bein des Throns. Erst als Asarhaddon einen Fuß hob und auf seiner Schulter abstellte, ging ein Raunen durch die Menge. »Barbaren!«, rief jemand, zu Zakutus Überraschung ein älterer Mann, der sofort auf die Füße und aus dem Raum gezerrt wurde. Der Wesir hatte den Rücken gestreckt. Seine dicken Finger quälten den Saum seines Gewandes. Doch dann ließ auch er wie alle anderen den Kopf hängen.

Auf einen weiteren Wink Asarhaddons hin kamen Musikantinnen herbeigeeilt. Lautenklänge und fröhlicher Gesang erfüllten die weingeschwängerte Luft. Eilig füllten Diener die Becher und Kelche. Fünfzig nackte Tänzerinnen stürmten kreischend in die Halle und sprangen mit wippenden Brüsten über die Tischchen. Doch selbst ihnen gelang es kaum, die ausgelassene Stimmung zurückzuholen.

Neugierig neigte sich Asarhaddon vor, als sich eine der Frauen hüpfend der Estrade näherte. Die anderen trugen wenigstens Armreife, an denen Tonperlen klapperten, diese hier trug nichts. Ungebändigt schwangen ihre Haare hin und her, während sie die Füße aufstampfte. Doch zwischen den Beinen verriet sie die Ägypterin: Sie war rasiert. Ölig glänzten ihre äußeren Schamlippen. Ihr Becken schwang vor und zurück, als wolle sie den König auffordern, sie hier vor aller Augen zu beschlafen.

»An solcher Darbietung hat sich schon der große Ramses erfreut«, erklärte ein Mann, stellte eine Schale auf den Boden und zog sich mit einer Verbeugung zurück. Die Frau ließ einen Fuß über der Schale schweben, dann den anderen, stampfte auf und tippte sie mit einer Zehe an, dass sie sich drehte. Sie ging darüber in die Hocke, schnellte wieder hoch und brachte mit bewundernswerter Geschicklichkeit die Schale dazu, sich fast auf der Kante aufzurichten. Dann plötzlich erstarb die Musik. Die Tänzerin öffnete die Schenkel über der Schale und schob das Becken weit vor. Während ihre Hüften kreisten, entließ sie einen Strahl, der die Stille wie kleine Trommelschläge wieder zerriss.

Asarhaddon keuchte, als sie sich unterbrach und die Stufen hinaufsprang. Über seinem Schoß spreizte sie die Beine und hielt inne. Ihr konzentriertes Seufzen war sicherlich bis in die letzten Winkel der Halle zu hören.

Asarhaddon hielt den Atem an. Unschwer ließ sich von seiner Miene ablesen, dass er das Ungeheuerliche ersehnte. Doch die Tänzerin sprang die Stufen hinunter und ergoss den Rest unter wildem Hüftschwung in die Schale.

Die Höflinge klatschten, als sie die Halle verließ. Zakutu neigte sich vor, fasste unter Nefertems Kinn und hob es an. »Könntest du das auch?«

Mit funkelnden Augen entriss er sich ihr und senkte wieder den Kopf. Schon ersann sie neue Spielarten, die den hübschen Ägypter nicht nur demütigten, sondern auch erregten. Die Vorstellung, es hier vor allen Leuten mit ihm zu tun, jagte einen heißen Schauer durch ihren Körper. Unruhig schob sie das Gesäß hin und her. Nein, dachte sie, ein anderer müsste dazu gezwungen werden. *Sein* Bild schob sich wieder vor ihr inneres Auge. »Schanherib, der mir Gewalt angetan hat, sollte an deiner Seite knien, mit dem anderen Fuß des Königs auf der Schulter«, zischte sie.

»Irgendwann wird er das tun«, brummte Asarhaddon. »Irgendwann wird er vor mir liegen, und du kannst *deinen* Fuß auf seinen Rücken stellen.«

13. Kapitel

Merit blinzelte ins Antlitz Re-Harachtes, der sich über den westlichen Bergen zu erheben begann. Entfernte Stimmen hatten sie geweckt – Fischer oder Jäger. »Schanherib?« Sie drehte sich in seinen Armen und blickte in seine geöffneten Augen, die jedoch müde wirkten. Er hatte offenbar kaum geschlafen. Zaghaft betastete sie die verkrustete Wunde an seiner Schläfe. Sie erschauerte in der Erinnerung an den Kampf, den er ihretwegen ausgestanden hatte. Er ergriff ihre Hand und liebkoste sie, als wolle er sagen, alles halb so schlimm.

»Lass uns zu Nanacht zurückkehren und dort ausschlafen, ja?«, sagte Merit. »Und Tani, wie konnte ich sie vergessen? Sie macht sich bestimmt große Sorgen.«

Plötzlich konnte sie es nicht mehr abwarten. Vorsichtig äugte sie über die Kante des Schreins. Er hingegen sprang sorglos hinab und hob die Arme, um ihr zu helfen.

»Schanherib, die Krokodile!«

»Hier sind keine und waren keine.«

»Du hast mich hereingelegt!«

»Ja.« Er grinste. »Bevor du zeterst – du hast mir verziehen, denk daran. Spring schon, störrisches Kätzchen.«

Sie hüpfte in seine Arme. Bevor er ihre strampelnden Füße auf dem Erdboden absetzte, küsste er sie.

Dann brach er den Rest des Brotes und reichte ihr eine Hälfte. Augenblicklich begann ihr Magen zu knurren. Trotzdem zerteilte sie ihren Anteil noch einmal, machte einen Schritt in den Schrein und legte ein Stück zu Füßen der von Moos und Flechten überwucherten Statue Sobeks. Der Gott hatte sie beschützt. Nicht nur das. Er hatte den Liebsten zu ihr geführt und ihr Ka von sinnlosem Groll gereinigt. Könnte sie nur auch der Liebesgöttin Isis ein Opfer darbringen!

»Die Geschöpfe deines Lieblingsgottes hätten auch nicht schlimmer als die Mücken sein können«, brummte Schanherib kauend. »Ich bin ganz zerstochen. Du nicht?«

»Nein. Assyrisches Blut mögen sie halt lieber.«

»Meine Herkunft wirst du mir noch bis an unser Lebensende vorhalten, hm?«

Bis an unser Lebensende, dachte sie. Welch eine unbegreifliche Vorstellung. So unwirklich, so zauberhaft. »Schanherib, glaubst du wirklich, wir können zusammen sein? Wie soll das gehen?«

»Ich weiß es nicht. Ich bringe dich nach Süden. Dorthin, wohin du hättest gehen sollen. Dein Vater würde es so wollen. Theben, ja? Wie lange braucht's bis dahin? Einen Monat? Wir haben also wenigstens einen Monat für uns.«

»Aber in Theben ist der Einzig Eine frei! Was, glaubst du, geschieht dort mit dir?«

»Ich werde eben weiter den Ägypter spielen. Und wenn das irgendwann nicht mehr geht, wirst du dich bei Taharqa für mich verwenden.«

»Das klingt so einfach.«

»Es ist alles andere als das. Aber ich weiß keine andere Lösung. Du bist nirgends sicher, nur im Süden.

Ich hingegen könnte hingehen, wo ich will, ich bliebe flüchtig. Also kann ich genauso gut mit dir gehen. Mein König droht mir mit dem Tod. Du siehst, von deinem habe ich zumindest nichts Schlimmeres zu befürchten.« Er ergriff ihre Hand, machte einen Schritt und blickte dann stirnrunzelnd auf sie herab. »Vielleicht sollten wir uns erst Gedanken um dein Kleid machen. So wie du jetzt aussiehst, könntest du auch nackt in Memphis einziehen.«

»Mir war so, als hättest *du* es endgültig ruiniert«, stichelte sie.

Schanherib zog ihr den Fetzen mit einem Ruck vom Leib. »Ganz nackt sah ich dich noch nie, kleine Göttin.« Er schüttelte den Kopf, als müsse er sich erst wieder auf das besinnen, was er tun wollte. Von dem Kleid riss er ein schmales Stück ab, legte es um ihre Brust und knotete es zusammen. Mit dem Rest bedeckte er ihre Hüften. »Besser als nichts. Komm«, seine Hand ruhte an ihrer Taille. »Schau, der Fischer dort, ob der wohl gewillt wäre, uns ein Stück mitzunehmen?«

Niemand widmete ihrem zerzausten Zustand einen zweiten Blick. In diesen Gassen lief jeder mit fadenscheiniger Kleidung herum, und mancher Mann, der vom Feld kam, war sogar nackt. Eher war es Schanherib, der die Blicke auf sich zog. *Sicher hat er sich die Wunden im Kampf gegen die Eroberer zugezogen*, hörte Merit es ein ums andere Mal anerkennend murmeln, und dann lächelte sie in sich hinein, weil es der Wahrheit entsprach. Sie fühlte sich müde von der anstrengenden Nacht und hellwach zugleich. Wenn er sie berührte, schienen kleine lebendige Wesen durch ihren Körper zu jagen. Nie hatte sie sich selbst und auch, was um sie herum geschah, so deutlich wahrgenommen. Der Geruch all der verschwitzten Menschen. Brot, Eintöpfe, Eisen, Unrat, Räucherwerk. Geplapper und Gelächter, Schimpfen und Weinen. Ein Käfer flog ihr entgegen, verfing sich in ihrem Haar. Lachend wedelte sie ihn fort.

Schanherib war stehen geblieben. Sie spürte seine Anspannung. »Dort vorn ist die Schenke. Wir sollten sie eine Weile beobachten, das ist sicherer.« Er zog sie in einen Hauseingang und kauerte sich auf die Stufe.

»Jetzt fehlt nur noch die Bettelschale auf unseren Knien«, befand Merit und betrachtete versonnen sein Profil. »Selbst ein solches Dasein würde mir an deiner Seite gefallen.«

Er hatte den Arm um ihre Taille gelegt und streichelte ihre bloße Haut. Sie legte den Kopf auf seine Schulter. Fast hätte sie aufgelacht, als eine Frau sich im Vorübergehen herabneigte und ihr ein Stück Brot reichte. »Danke«, rief sie, und die Fremde nickte nur und war schon in der Menge verschwunden. Merit brach sich ein kleines Stück ab und gab den Rest Schanherib. Nach dem ersten Bissen spuckte sie ein Steinchen aus. »Ach«, seufzte sie. »Gazellenbraten, Wachtelpasteten, Honigkuchen und süßer Dattelsaft, was wäre das jetzt! Das da ist Arme-Leute-Brot.«

»Wie, kaum ist zu viel Mühlsteinstaub im Brot, gefällt dir das Leben an meiner Seite nicht mehr?«, entrüstete er sich. Merit warf die Arme um seine Schultern.

»Doch! Aber was kann ich denn dafür, dass mein Magen anders denkt? Ich würde …«

Er zog ihre Arme herunter. »Der Kerl, der aus der Schenke kommt – wie heißt der noch gleich?«

Es war der schlaksige Alte, der aus Nanachts Haus

kam, die Tür hinter sich schloss und einen geleerten Sack hinter sich herschleifend die Gasse entlangschlurfte. »Das ist Panhesi«, antwortete Merit. Schanherib wartete, bis Panhesi auf gleicher Höhe war, richtete sich halb auf und rief ihn. Verwirrt blickte Panhesi um sich, als erwache er aus einem Schlaf.

»Ihr? Was hockt ihr denn da herum?«

»Welche Leute haben die Schenke denn die letzten zwei Tage aufgesucht?« Schanherib klang so gelassen, als sei es das Selbstverständlichste, in fremden Hauseingängen zu hocken und solche Fragen zu stellen. Panhesi kratzte sich das schlecht rasierte Kinn.

»Da sind drei assyrische Männer drin und kommen von der Wirtin kaum noch herunter«, brummte er verdrossen. »Ansonsten kommt halt hier mal jemand, mal da«, er wedelte mit der Hand. »Wie immer.«

Schanherib nickte Merit zu, was wohl heißen sollte, dass seine Bedenken ausgeräumt waren. Panhesi machte ein paar Schritte und kehrte wieder um.

»Ach ja. Die Kleine, die mit dir kam«, er blickte Merit an. »Die ist weggelaufen. Keine Ahnung, wohin.«

Merit fasste Schanheribs Arm. »O nein, Tani! Wo mag sie nur ... Bei Sobek, sie kann nur im Palast sein. Wo hätte sie sonst hingehen sollen?«

»Du magst recht haben.« Schanherib stemmte sich hoch und wandte sich an Panhesi. »Weißt du ein anderes Bierhaus, in dem man jetzt ein bisschen Schlaf findet?«

Der Alte deutete auf ein zweigeschossiges Haus ein paar Schritte weiter, warf sich den Sack über die Schulter, als trüge er schwer daran, und schlurfte weiter. Schanherib zog Merit auf die Füße. »Die Sache ist mir nicht geheuer. Wenn Tani im Palast ist, mag ich mir nicht vorstellen, was sie alles erzählt haben könnte. Besser, wir gehen in der Nacht hinüber. Was wir *danach* machen, beantwortet das allerdings immer noch nicht.«

»Ich muss in den Palast«, sagte Merit.

Er warf die Hände hoch. »Das kann doch nicht wahr sein, dass jeder, kaum dreht man sich um, in diesen Palast laufen will. Kein Wunder, dass Ägypten so leicht zu besiegen war. Merit, dort hausen eure Feinde. Eure *Feinde*, verstehst du?«

»Ja, und mein Vater und mein Bruder sind unter den Feinden, und jetzt auch Tani! Ich bin die Einzige, die noch frei herumläuft.«

»Und dein Vater will, dass das so bleibt – ich ebenso!«, sagte er streng. »Ich verstehe ja, dass du dich nach deiner Familie sehnst, aber so geht es nicht.« Er fasste ihre Hand und strebte dem Wirtshaus entgegen. Merit tapste unwillig neben ihm her. In der Schenke betraten sie einen kleinen Raum, kleiner als der Nanachts. Ein paar Männer hockten über den Bierbechern und spielten mit Knöcheln.

»Wir brauchen eine Ecke zum Schlafen«, erklärte Schanherib dem herbeieilenden Wirt, der sie beide zweifelnd musterte.

»Ihr seht nicht aus, als könntet ihr mir auch nur einen Kupferring dafür geben.«

»Bevor die Assyrer kamen, sah ich besser aus, das kannst du mir glauben.« Er tippte auf seine Brust. »Das da und die Blutergüsse hab ich mir im Kampf gegen sie geholt und nur knapp überlebt. Da wirst du mir doch jetzt nicht die Tür weisen? Denk an die Maat!«

Der Wirt rang die Hände. »Die Maat, natürlich. Verzeih. Geht nur die Treppe hinauf, oben in der Kammer ist noch Platz.« Er drückte ihnen sogar noch zwei Becher mit Bier in die Hände. Merit folgte Schanherib hinauf. Es gab tatsächlich nur eine Kammer, in der auf den zerschlissenen Matten drei Männer lagen. Schummrig war es hier, denn vor dem einzigen Fenster knisterte eine Bastmatte in der Brise. Sie stiegen über ausgestreckte Beine hinweg und ließen sich in einer Ecke nieder.

»Du bist dreist«, flüsterte Merit.

Er trank. »Mhm. Hab ja nicht gelogen.«

»Aber …« Sie rollte die Augen. »Aber die Maat in den Mund zu nehmen – du! Die Göttin wird sich darüber sicher nicht gefreut haben.«

»Wieso nicht?«, fragte er unschuldig und nickte in Richtung der schnarchenden Männer. »Ob sich bei dem Krach ein Auge zutun lässt?«

Merit streckte sich auf der Matte aus. In ihrem Rücken piksten lose Bastschnüre, es roch nach Bier und Fürzen und ihr Magen schien das trockene Brot nicht weiter bemerkt zu haben. Tiefer konnte eine Enkelin des Pharao nicht fallen, dachte sie mit säuerlicher Belustigung. Schanherib begann, ausgiebig einen dicken Mückenstich unterhalb der Achsel zu kratzen. Merit leckte die Fingerspitzen ab und verstrich den Speichel darauf.

»Da auch«, er deutete auf eine Stelle seitlich an seinem Hals. Gehorsam verrieb sie ihre Spucke auf seiner Haut. »Und hier.« Sein Finger drückte gegen seinen muskelharten Bauch. »Und dort.« Er fasste ihre Hand und führte sie unter seinen Schurz.

»Da soll eine Mücke hingekommen sein?« Sie kicherte und öffnete die Finger.

»Ja. Da … genau da, spürst du es?«

»Nein.«

»Dann nimm deine Zunge zu Hilfe, so wirst du die Stelle schon finden.«

Hitze schoss in ihren Kopf. Das meinte er ernst? Ständig sagte oder tat er irgendetwas, das ihr die Worte ausgehen ließ. Unter seinen halbgeschlossenen Lidern machte er einen versonnenen Eindruck. Er spreizte die Knie. Unter dem Schurz kam die gerötete Eichel zum Vorschein. Merit warf einen Blick über die Schulter; die anderen Gäste schliefen nach wie vor. Sollte sie wirklich …? Beherzt schob sie sich auf den Ellbogen näher. Schanheribs Atem kam in Erwartung dessen, was sie tun würde, heftiger. Die glänzende Haut lockte, davon zu kosten. Merit öffnete die Lippen. Und schüttelte den Kopf. »So, wie es dir die Syrerin machen musste? Ich hab's gesehen!«

»Die Syrerin? Ach ja, ich erinnere mich. Ja, so meinte ich es.« Mit nicht mehr ganz sicheren Griffen zerrte er an den Bändern seines Schurzes und zog ihn beiseite. Stolz und unbedeckt reckte sich sein Phallus in die Höhe.

»Du hast sie gequält, und ich soll jetzt …«

»Was habe ich? Du hast nicht richtig hingesehen, meine Liebe. Sie hat voller Wonne an mir gelutscht wie an einer kandierten Frucht. Komm schon, versuch es auch.«

Er griff in ihren Nacken und führte ihren Kopf. Schon berührten ihre Lippen die Spitze seines Glieds. Merit wollte zurückzucken, doch die samtige Zartheit der Kuppe überraschte sie. Wahrhaftig, ein unbändiges Verlangen stieg in ihr hoch, die Zunge vorzustrecken. Vorsichtig tippte sie daran, was ihm ein Seufzen entlockte. Sie erspürte die Rille und fuhr spielerisch daran entlang. Den hervorquellenden Tropfen leckte sie ab. O ja, ganz deutlich erinnerte sie sich an das, was die syrische Sklavin getan hatte. Den Mund weit öffnen und langsam den Phallus so weit wie möglich in sich aufnehmen. Er war groß, so dass es ihr einige Mühe bereitete. Sie schob die Lippen über weiche Haut, pralle Adern, darunter seine ganze Härte. Dann hielt sie still, wusste nicht mehr weiter. Das Atmen fiel ihr schwer. Nun fasste Schanherib ihren Kopf mit zwei Händen und begann sich langsam vor und zurück zu bewegen. Seine Fingerspitzen rieben durch ihren Schopf. Nein, so benutzt werden wollte sie nicht. Aber wieder tat ihr Körper anderes: Sie hob eine Hand dem Ende seines Schaftes entgegen, das sie nicht in sich aufnehmen konnte, streichelte und rieb ihn und befingerte seine harten Hodensäcke. Es freute sie, wie er keuchte und genoss, wankte und leise ihren Namen hervorstieß, so voll von Sehnsucht. Ihr eigener Leib hatte längst zu zappeln begonnen, weil sie so sehr nach seiner Berührung gierte.

Als sie kräftig zu saugen begann, zog er sich aus ihr zurück. »Nein, kleine Göttin, so wollen wir es nicht beenden.« Er streckte sich neben ihr aus und streichelte ihre Wange. »Wir waren immer noch nicht zusammen. Ich meine, richtig.«

»Ich möchte es jetzt. Richtig.«

»So ist der Tajti-Tochter die Schnarcherei als Begleitmusik gut genug?«

Prustend drückte sie das Gesicht in seine Halsbeuge, um nicht laut loszulachen. »Eine Kammer nur für uns wäre mir lieber.«

»Hier ist eine«, er griff hinter sich und hob eine wollene Decke hoch, die zusammengeknüllt hinter ihm an der Wand gelegen hatte. Er schüttelte sie und warf einen prüfenden Blick darauf. Offenbar gab es kein Ungeziefer darin. Halb legte er sich auf Merit und zog die Decke hinter sich bis zum Hinterkopf hoch. »Jetzt sind wir allein.«

So einfach kann es manchmal sein, dachte sie, während sie beglückt sein Gesicht betrachtete. Ewig könnte sie in Gedanken die Linien seines schön geschwungenen Mundes nachfahren. In seinem Blick schwelgen, der mal spöttisch, mal kämpferisch und sehr oft innig war. Es störte nur seine aufgeschrammte Schläfe, als gemahnte sie an die Gefahr. Plötzlich hatte sie das drängende Bedürfnis, seine Pfeilwunde zu küssen, als ob dies nötig war, um sie endgültig heilen zu lassen. Um ihn für alle Zeit unverwundbar zu machen. Sie reckte den Kopf und drückte die Lippen darauf. Verwundert knurrte er. Seine Finger zogen sie an ihrem Haar zurück; gierig presste er den Mund auf ihren. Seine andere Hand zog den Stoffstreifen, der um ihre Brüste lag, ein Stück herunter, so dass sie sich nach oben reckten und ihn einluden, sie mit Zunge und Zähnen zu reizen. Hitze flog durch Merits Glieder. Als unverhofft sein Finger durch ihre Spalte fuhr, bog sie seufzend den Rücken durch.

»Du bist Ägypten«, flüsterte er. »Und dein Nil tritt über die Ufer. Ein von deinen Göttern gesegnetes Land, schön, furchtbar und schwach.«

»Was redest du da?« Sie musste lächeln. »Und du, Assyrien … hart und unnachgiebig und siegreich?«

»So ist es. Ich sagte dir schon, ich bin gekommen, um zu rauben. Du bist meine Kriegsbeute.«

»Pass auf, gleich lässt dich dein männlicher Stolz zu hartem Eisen erstarren.«

»Dann lass mich schnell durch dein Pförtchen, damit du auch etwas davon hast.«

»Oh, du … du …« Sie klatschte ihm auf die Schulter. »Assyrische Selbstgefälligkeit!« Plötzlich steckte sein genässter Finger in ihrem Mund. Sofort war alles Geplänkel bedeutungslos. Sie leckte ihren Saft auf, sah ihm dabei in die Augen und erkannte, wie sich die Lust in ihm aufbäumte. Ihr Fetzen um die Hüften war hochgeschoben, sein Penis drückte gegen ihre Scham. Weit öffnete sie die Schenkel, um ihm den Einlass zu erleichtern. Ihr Herz pochte vor Aufregung. Ihre Hände legten sich auf seine Hüften, als könne sie dadurch noch etwas verhindern. Oder es beschleunigen. Sie musste die Augen zusammenpressen, als er sie zu weiten begann. »Ah, gütige Isis …« Langsam, aber unaufhaltsam, drang seine gehärtete Männlichkeit in sie ein. Als es geschafft war, hielt er still, musterte sie prüfend. Beruhigend strich er ihre Haare aus der Stirn.

Sie wollte ihm sagen, dass alles gut war. Sie war sprachlos. Einen Vorgeschmack hatte sie mit den Spielsteinen bekommen, dies jedoch fühlte sich anders an. Als sei Schanherib in sie hineingeschlüpft und in jeden Winkel, bis in ihre Fingerspitzen, vorgedrungen. Er hatte sich ihres Leibes bemächtigt und machte ihr Inneres vollkommen. Könnte sie nur sagen, was sie empfand! Sie umschlang seine Schultern und hob ihm ihr Becken entgegen. Er verstand, langsam begann er sich mit ihr zu wiegen und kräftiger zuzustoßen. Sein Glied füllte sie ganz und gar aus, machte sie empfindlich und wollüstig. Seine Zunge in ihrem Mund, seine Finger auf ihren Brüsten – fast war all das zu viel. So musste es sein, wenn man in den Stromschnellen der Nilkatarakte dahintrieb: von einem wilden Element vollständig umhüllt, ihm ausgeliefert, ohne zu wissen, wohin es einen warf. Ein Bild blitzte durch ihre Empfindungen: sein raubtierhaftes Lächeln in jener Nacht auf der Barke, als er über das Deck geschritten war, in voller Rüstung, den Speer in den Händen, den luftgefüllten Ziegenbalg noch auf dem Rücken. Eine Erinnerung, die jeden Schrecken verloren hatte, mehr noch – die ihre Lust auf ihn zu einem unerträglichen Brennen ansteigen ließ. Wild schlug sie ihr Becken in die Höhe, empfing ihn wieder und wieder, trieb sich dem Moment entgegen, an dem sich alles auflöste. Als es geschah, biss sie in seine Schulter, um nicht laut zu schreien. Durch das Rauschen ihres Blutes in den Ohren hörte sie auch ihn aufstöhnen. Sein ganzer Leib erbebte, und dann spürte sie, wie sein Lebenssaft sie füllte.

Schweiß stand in seinem Gesicht. Mit einem zittrigen Daumen wischte er Tränenspuren von ihren Schläfen. Sein Lächeln geriet schief vor Erschöpfung. Er schien etwas sagen zu wollen, schwieg aber. Jedes Wort war jetzt zu viel.

Ein wenig entlastete er sie, indem er sich auf einen Ellbogen stützte. Aber sie hielt ihn fest, wollte mit seinem Gewicht auf sich einschlafen. Er legte den Kopf auf ihre Schulter. Sein Atem entspannte sich. Sie spielte mit seinen schweißfeuchten Haaren, bis auch ihr die Augen zufielen.

»Wie genau ist das passiert?« Der Wirt trug zwei Bierbecher heran. »War es in der letzten Schlacht, ja? Schlimmes hat man da ja gehört, wie ein Sandsturm sollen die Assyrer über unser geschwächtes Heer gefallen sein. Ein Assyrer ist schlimm, aber drei sind eine Armee. Was soll man da ausrichten?«

Schanherib nahm sichtlich erfreut das Bier entgegen und nippte. »Es geschah hier, im Palast.«

»Im Palast! Alle guten Götter!«

»Ich leistete Widerstand und bekam einen Pfeil ab«, er machte eine abwiegelnde Handbewegung. Hastig hob Merit ihren Becher an die Lippen, um ihr Gesicht dahinter zu verstecken. Sie wusste nicht, ob sie angesichts seiner Frechheit lachen oder mit den Augen rollen sollte.

Der Wirt beachtete sie jedoch nicht, er starrte Schanherib beinahe ehrfurchtsvoll an. »Alle sind sie herumgelaufen wie die flatternden Enten vor den stampfenden Nilpferden. Da ist es eine Wohltat, mal einen zu treffen, der sich ihnen gestellt hat, so aussichtslos das ja bestimmt gewesen ist. Willst du noch Bier?« Er beeilte sich, den Krug von einem Wandbord neben der Feuerstelle zu holen, um nachzuschenken. In der anderen Hand hatte er zwei Schälchen. »Und mit leerem Magen sollt ihr natürlich auch nicht gehen müssen.«

Jetzt lachte Merit doch.

»Ich habe gar keinen Hunger«, wehrte Schanherib ab. Doch der Wirt schien diesen Einwand nicht zu hören; eilends brachte er noch zwei Löffel herbei, dann widmete er sich einem anderen lautstark rufenden Gast.

»Du hast es so gewollt«, sagte Merit fröhlich und tauchte ihren Hornlöffel in die Linsen.

»Es wird ja wohl auch Ägypter geben, die das Zeug verschmähen«, knurrte er leise, schaufelte aber rasch einige Löffel in sich hinein. »Furchtbar. Ich hoffe, Nanacht hat etwas Ordentlicheres auf dem Feuer. Zumindest sollten meine Männer dafür gesorgt haben. Es ist längst dunkel. Wir warten noch ein bisschen und gehen dann hinüber.«

Der Wirt kehrte zurück. »Schmeckt es nicht?«

»Doch«, versicherte Schanherib und schob Merit seine Schale hin. »Aber sie hat es nötiger als ich. Sei bedankt für deine Großzügigkeit.«

»Das ist Maat.« Selbstzufrieden lächelte der Wirt. »An deiner Stelle würde ich morgen zur Abendzeit in den Tempel des Ptah gehen. Dort opfert der Tajti und verteilt Almosen. Jeder darf zu ihm gehen.«

»Der Tajti?«, entfuhr es Merit. Beinahe glitt ihr die Schale aus der Hand.

»Haben heute mehrere Gäste erzählt, daher stimmt's wohl. Einem Kriegshelden gibt er sicher gern.«

»Und besonders gern unter den Augen assyrischer Bewacher?«, knurrte Schanherib. »Weshalb sollte der König das zulassen?«

»Das haben sie nicht gesagt.« Der Wirt nickte ihnen zu und eilte an den nächsten Tisch. Merit und Schanherib verließen das Bierhaus und betraten die nachtdunkle Gasse. Es brauchte einen Augenblick, sich an die Düsternis zu gewöhnen. Kein Licht drang durch die Ritzen von Nanachts Tür.

»Er tut das meinetwegen«, wisperte Merit. »Er weiß, dass ich davon höre und dann zu ihm gehe.«

»Das weiß Asarhaddon allerdings auch. Ich fürchte, genau deshalb hat er das erlaubt. Ist das deinem Vater nicht klar? Mir erschien er alles andere als leichtsinnig oder dumm.«

»Das ist er keinesfalls.«

Einige Zeit schwieg er, und sie konnte seine Anspannung spüren. »Nun, vermutlich baut er darauf, dass ich dich nicht blind ins Verderben rennen lasse …«

»Ich gehe zu ihm; nicht einmal du wirst mich davon abhalten können!« Sie schrie es fast, und plötzlich hatte sie seine Hand auf dem Mund.

»Nicht so laut. Ginge es nach mir, würde ich dich festbinden, aber ich überlege ja schon, wie du ihn einigermaßen gefahrlos treffen kannst. Lass uns jetzt hinübergehen, Nanacht scheint keine Gäste mehr zu haben.« Er eilte mit ihr die Gasse hinunter. Wie erwartet, war die Tür verriegelt. Sie schoben sich in den Spalt zum Nachbarhaus hin. Unter einem der hochgelegenen Fenster wies Schanherib sie an, sich auf seine verschränkten Finger zu stellen. Er hatte keine Mühe, sie auf die Schulter zu heben. Merit zog sich an der Fensterlaibung hoch, drückte die raschelnde Bastmatte zur Seite und hangelte sich hinab in den Lagerraum.

Auch der Schankraum lag im Dunkeln. Schanherib hatte sie angewiesen, ihm die Tür zu öffnen, doch sie musste sich entlangtasten und befürchtete, jederzeit über schlafende Assyrer zu stolpern. Irgendwo in der Ecke schnarchte einer. Schwaches Licht floss unter der Tür zu Nanachts Schlafkammer hervor. Das angestrengte Keuchen der Wirtin, überlagert vom lauteren eines Mannes, ließ nicht erkennen, ob sie zufrieden war oder vielmehr Hilfe benötigte. Bedächtig drückte Merit die Tür auf. Nackt, den Hintern dem Eingang zugewandt, kauerte Nanacht auf allen vieren, über sich einen muskelbepackten Kerl. Schweiß und andere Säfte flossen an ihren Schenkeln hinab. Sein Glied war … gewaltig. Es konnte in keine Frau passen, unmöglich. Doch Nanachts geschwollene und gerötete Vagina nahm es mühelos in sich auf. Jeder Stoß entlockte ihr ein tierisches Stöhnen und schüttelte ihren Unterleib.

Der Mann lag mit seinem Gewicht auf ihrem Rücken und ritt sie zu wie eine rossige Stute; ihre Schenkel klatschten aneinander, als schlüge eine Waschfrau am Nilufer ihre Tücher. Auch er war schweißüberströmt, seine Haare klebten ihm nass auf dem Rücken. Merits Nasenflügel weiteten sich – die beiden dünsteten einen Geruch aus, der sie wieder Schanheribs Berührung ersehnen ließ.

Er umschlang sie mit einem Arm von hinten. »War's nicht ausgemacht, dass du mir öffnest?«, fragte er sie, ohne die Stimme zu senken.

Der Mann richtete sich auf und warf einen Blick über die Schulter. »Du, Herr? Augenblick …«

»Lass dir Zeit, Mardak.«

»Die hier hat einen Hintern … der will gedroschen werden wie ein Schinken, damit er zart wird …« Mit beiden Händen packte er Nanachts vom Schweiß schlüpfrige Kehrseite und hämmerte sein Gemächt in sie, dass sie den Kopf in den Nacken warf und voller Schreck und Wonne zugleich aufschrie. Er glitt aus ihr, umfasste sein Glied und rieb es kräftig. In hohem Bogen schoss sein Samen neben Nanacht auf die Matte. Dann rutschte er auf den Knien herum und stützte sich ermattet auf beide Arme.

Er grinste. »Welch eine Überraschung, du bist ja das Mädchen mit den hübschen Euterchen. Soll ich dich auch …«

Schanherib unterbrach ihn mit einem gereizten Knurren. »Du sollst dich auf die Beine bemühen und herkommen, wir haben etwas zu bereden.« Er hockte sich an den langen Tisch im Schankraum und griff nach einem herumstehenden Becher. Während sich Merit setzte, hielt sie nach Kawit Ausschau, doch von der dicken Katze war nichts zu sehen. In das Schnarchen des zweiten Assyrers mischte sich das der Wirtin.

Nach einem offenbar enttäuschenden Schluck setzte Schanherib den Becher wieder ab. »Morgen Abend wird der Wesir den Ptah-Tempel aufsuchen. Sicherlich wird er den kürzesten Weg nehmen, es ist also kein Rätsel, welchen. Was wir brauchen, ist eine ordentliche Ablenkung während dieses Weges, damit Merit ihn unauffällig sprechen kann.«

Mardak rieb sich mit einem Hüfttuch den Nacken trocken, seine mächtige Brust hob und senkte sich wie nach einem langen Lauf. Er machte keine Anstalten, sich zu bedecken. »Panhesi und Nanacht kennen genug Leute; die beiden müssen nur ein bisschen angestupst werden, damit sie sich darum kümmern. Ein bisschen Gold könnte außerordentlich hilfreich sein. Leider durften wir bis auf unsere Pferde, die in der Nähe in einem Mietstall stehen, nichts aus deinem Anwesen mitnehmen.«

Wortlos sprang Merit auf und hastete aufs Dach. Tatsächlich fand sich in ihrem Versteck, einem der Topfstapel, ihre Halskette. Die legte sie im Schankraum vor den beiden Männern auf den Tisch.

»Ich weiß nicht, wie ihr das machen wollt«, sagte sie fest und wich weder Schanheribs noch Mardaks Blicken aus. »Es ist mir auch fast gleich. Ich gehe morgen zu meinem Vater.«

In Schanheribs Miene standen nicht nur Zweifel und Sorge, ob ihr Vorhaben gelingen konnte. Auch Belustigung; sein Mundwinkel hob sich, als er mit einem Finger über ihre Wange fuhr, an ihrem Hals entlang und hinab zu ihrer rechten, unbedeckten Brust. Sacht fuhr er die Wölbung entlang und rieb schließlich mit einem Daumen über ihre Brustwarze. Die Schminke verwischte und hinterließ einen roten Streifen auf der Haut. »So sieht's wirklichkeitsgetreuer aus, denn wer wollte da nicht zufassen?« Er seufzte. »Du bist ein hübsches Hürchen. Ein viel zu hübsches. Vielleicht ein bisschen viel Ockerpuder über deinen Augen. Pass auf dich auf. Und denk daran, dass ich immer in Sichtweite bin – wenn sich die Wachen an dir vergreifen, hole ich dich aus dem Tumult heraus.«

Merit nickte. Sie hoffte, dass es nicht so weit kommen würde, denn dann wäre er entdeckt und gefangen. Ihr Herz schlug wild gegen ihre Rippen, nervös zupfte sie an den Zöpfchen der räudigen Perücke. Seine Hände umfassten ihre Schläfen; seine Lippen berührten beruhigend ihre Stirn.

»Und los jetzt«, sagte er.

Fast wäre sie über ihre eigenen Füße gestolpert, als sie sich umwandte und den schmalen Häuserdurchgang verließ. Ihre Knie waren weich. Keine Furcht zeigen! Sie tauchte ein in das Gewimmel der Gasse, wo irgendwelche Leute, die von seinen Männern angeheuert worden waren, mit Karren, Eseln und einem vorgetäuschten Streit die Straße blockierten. Sie umstanden einen riesigen aufgeplatzten Sack, aus dem Mehl quoll, und beschuldigten sich gegenseitig des Missgeschicks. Sechs ägyptische Soldaten beobachteten unschlüssig das Geschehen. Hinter ihnen standen acht schwarzglänzende Nubier, eine verhangene Sänfte teilnahmslos auf den Schultern. Und hinter jener hockten vier assyrische Krieger hoch zu Pferd – ihren Blicken entging nichts. Als einer den Mund öffnete, zu dem zweifellos donnernden Befehl, endlich den Weg für den

Wesir freizumachen, strömten zwischen den gaffenden Leuten zehn, fünfzehn Huren hindurch. Sie lachten, winkten den Männern, schoben sich auf die Assyrer zu und wiegten die Hüften. Sofort waren die Männer abgelenkt. Nackte Brüste drängten sich ihren Unterschenkeln entgegen, Hände strichen an ihren Beinen hinauf und suchten ohne Federlesens unter ihre Röcke zu kriechen.

»So ein strammer assyrischer Riemen«, hörte Merit eine Frau schrill rufen. »So etwas haben hiesige Männer nicht zu bieten. Willst du mich damit beglücken, ja?« Sie fasste zu; der Mann hockte verdutzt auf seinem Pferd und schien nicht zu wissen, was er jetzt tun sollte. Auch die anderen starrten auf die grell geschminkten Frauen hernieder, auf ihre zur Schau gestellten Brüste, rot bemalt wie Granatäpfel. Zwei waren sogar bis auf handbreite Gürtel um die Hüften nackt.

Die Sänfte geriet ins Wanken, als auch die Nubier derart beglückt wurden. Plötzlich schwang sich eine der nackten Frauen vor einem der Reiter in den Sattel. Alle Blicke zog sie auf sich, wie sie sich langsam auf seinem steil aufgerichteten Phallus niederließ. Merit hastete zur Sänfte, schob sich unter dem Vorhang hindurch und sprang hinein.

»Nein, gute Götter, nein!« Mentuhotep, der ausgestreckt in seinen Kissen lag, wandte den Kopf ab und wedelte mit den Armen. »Was immer ihr dort draußen tut, lasst mich damit doch in Ruhe, ich flehe euch an.«

»Vater!« Merit warf sich auf ihn. »Ich bin's doch, schau her!«

»Wie? Merit ... Merit!« Seine feisten Arme umfingen sie. »O meine kleine Tochter, du bist wirklich hier.«

Sie genoss es, auf seinem weichen Bauch zu liegen, wie früher, als sie noch ein kleines Kind gewesen war. Seinen liebevollen Blick auf sich zu spüren. Seine Finger schlüpften unter ihre Perücke und kraulten ihren Nacken. Erleichtert stellte sie fest, dass sein Gesicht so lebensfroh und voll wie stets war. Nur auf seiner mit dem Federreif der Maat geschmückten Stirn hatten sich ein paar Sorgenfalten eingegraben.

Und auf seiner Schulter ... Sie berührte die geröteten Linien. Jemand hatte ihn gepeitscht. Ein anderer hatte den Befehl ausgeführt, der Schanherib gegolten hatte.

»Achte nicht darauf, das verheilt längst.« Ihr Vater zog ihre Hand zurück und bettete sie auf seinem Bauch. »Das ist kein Zufall, nicht wahr? Du hier und diese Huren dort draußen?«

»Das ist Schanheribs Werk. Er meinte, die Assyrer würden wahrscheinlich davon ausgehen, dass ich im Tempel auf dich warte und nicht schon unterwegs versuche, zu dir zu gelangen. Sie konnten ja auch nicht wissen, dass er bei mir ist, um mir zu helfen.« Sie lachte voller Stolz auf ihren Geliebten. »Vater, ich ...«

»Ich weiß«, unterbrach er sie sanft. »Du liebst ihn, ja?«

»Isis und Sobek stehen mir bei – ja. Ja, ja!«

»Er ist ein bemerkenswerter Mann, das durfte ich schon feststellen. Kind, ich bin wirklich froh, dass du in seiner Obhut bist. Aber du bist dem Sohn des Hohen Priesters versprochen, das hast du nicht vergessen, nein?«

»Doch, habe ich längst. Verzeih mir, Vater, aber der Krieg hat alles verändert.« Sie runzelte die Stirn, denn draußen hob das Geschrei an. Offenbar hatte der Anführer der vier Reiter als Einziger noch nicht die Fassung verloren und versuchte, seine Leute zur Vernunft zu bringen, was die Frauen veranlasste, lauthals zu johlen und zu klatschen. »Wir haben nicht viel Zeit. Wie geht es Nefertem? Ist Tani im Palast?«

»Ja, mitsamt Kawit. Deinem Bruder geht es schlecht. Man hat ihn zum Leibsklaven der Königin gemacht, und das erträgt er nicht. Wenn sich seine Lage nicht bald ändert, wird er daran zerbrechen. Merit …«, er lauschte kurz und fuhr dann rasch fort: »Das mit dem Opfer im Tempel war natürlich nur ein Vorwand, weil ich hoffte, Schanherib würde es möglich machen, dich ungesehen zu mir zu bringen. Ein Wagnis, das ich mir nie verziehen hätte, wäre es missglückt. Aber ich musste dich endlich sehen, sonst hätte ich es nicht länger ertragen. Und ich muss dir sagen, dass Asarhaddon und seine Gemahlin in zwei Tagen zurück nach Assyrien aufbrechen werden. Sie wollen Nefertem mit sich nehmen. Als Geisel, damit ich hier weiterhin dafür sorge, dass das Land ruhig bleibt und Tribute zahlt.«

Merit ruckte hoch. »Das darf nicht sein! Kannst du das nicht verhindern?«

»Glaub mir, ich habe all meine Überredungskünste aufgebraucht. Ich habe bei den Göttern von Memphis geschworen, dass ich alles tun werde, das Land gefügig zu halten. Aber weshalb sollten sie auf ein Pfand verzichten? Nefertem wird das nicht überstehen.«

Ihr Körper erbebte wie unter einem Hieb, als sie sich auszumalen versuchte, wie es dem Bruder in dem fremden Land ergehen mochte. Selbst wenn man ihn anständig behandelte, würde er es nicht ertragen, fern und der Familie entrissen zu sein. Gefangener in einem barbarischen Land! Sie weinte heiße Tränen in das Gewand des Vaters.

»Und du«, er strich über ihre zitternden Schultern. »Du musst nach Theben. Sag Schanherib, es ist mein Wunsch, dass er dich dorthin bringt.«

»Ich sage ihm, dass er Nefertem befreien soll.«

»Rede keinen Unfug! Das ist unmöglich.«

»Für ihn ist vieles möglich.«

Mentuhotep schnaufte. »Gelänge ihm dies, würde ich dich ihm zur Belohnung geben. Du musst hinaus jetzt, schnell, die Sänfte hebt sich.«

Rasch drückte sie ihm einen Kuss auf die Wange und empfing einen goldenen Armreif, den er von seinem Handgelenk gestreift hatte. Dann ließ sie sich aus der Sänfte gleiten. Vier, fünf Frauen schirmten sie von den Blicken der immer noch beschäftigten Männer ab. Die nackte Hure war vom Pferd geglitten und tanzte mit erhobenen Händen; die streitenden Ägypter zerrten Karren und Esel beiseite und gebärdeten sich, als hinge ihre Existenz vom Verlust des Mehlsacks ab. Aus der Sänfte flog goldener Schmuck, der alle noch einmal ablenkte. Merit hastete zurück zwischen die Häuser und warf sich in Schanheribs Arme. Sichtlich erleichtert zog er sie mit sich weiter in die Tiefe der Schatten, riss ihre Perücke herunter und ließ seine Lippen über ihr tränenfeuchtes Gesicht wandern.

»Schanherib, was hat mein Vater gemeint, als er sagte, Nefertem sei der Königin Leibsklave?«

Er verzog die Lippen. »Sie treibt's mit ihm, und Asarhaddon sieht zu, in der Hoffnung, dass es seinem Schwanz auf die Sprünge hilft. Zugegeben, Letzteres ist nur eine Vermutung meinerseits.«

»Wie schrecklich! Wie können sie nur …«

»Jetzt denk nicht darüber nach. Ich hab's kaum ertragen, dich dort zu sehen, in Griffweite der Soldaten«, keuchte er zwischen zwei Küssen. Es ging ja gut aus, wollte sie beschwichtigen, aber er ließ ihr kaum Zeit, zu Atem zu kommen. Hungrig bestürmte er sie. Und sie wollte ihn nicht weniger ungestüm. *Du liebst ihn, ja?* O ihr Götter, dachte sie. Keine Frau konnte zu innigerer Liebe imstande sein. Sie drängte sich ihm entgegen, von plötzlicher Lust überrollt, als er an ihrem fadenscheinigen Kleid zerrte, Nanachts viel zu großer Leihgabe, ihre Hüften entblößte und mit einem wilden Stoß in sie eindrang. Sie schlang die Arme um seine Schultern, hob die Schenkel. Ihre Sohlen drückten gegen die gegenüberliegende Hauswand. Fast verzweifelt wirkte er, als er seine assyrische Wildheit in sie pumpte und sich mit einem nur mühsam unterdrückten Aufschrei in ihr ergoss. Taumelnd wankte er mit ihr zu Boden, wo er sie hielt und fortfuhr, ihr Gesicht zu liebkosen.

»Warum ist alles so schwierig?«, rief er in ihr Haar. Er schien die Götter, das Schicksal zu befragen, nicht sie. Beruhigend wollte sie ihm das Haar aus dem Gesicht streichen, aber ihre Finger zitterten. Gewöhnlich war er der Starke, an dem sie sich aufrichtete – wie hart musste es ihn angekommen sein, stillzuhalten und zuzusehen, wie sie durch die Gefahr lief? In diesem Augenblick war ihr, als sei sie erwachsen geworden. Die behütete Wesirtochter gab es nicht mehr; hier kniete eine Frau, deren letzte Tage an Aufregung, an Furcht und Leidenschaft ein ganzes Leben aufwogen. Sie fühlte sich ihm ebenbürtig.

»Das ist es nicht«, flüsterte sie, und ihr schien, als könnten die Geräusche der Gasse nicht zu ihr dringen und die Worte von ihren Lippen rauben. »Wir lieben uns. Was könnte daran schwierig sein?«

14. Kapitel

Säcke mit Getreide, Mehl, Linsen und Zwiebeln stapelten sich vor der Wand neben der Herdstelle. Auf dem Tisch stand ein bis zum Rand gefüllter Honigtopf. Ein Häuflein von Kupferringen, die auf Schnüre aufgereiht waren. All dies hatten Schanheribs Männer gegen den Goldreif Mentuhoteps eingetauscht. »Das gehört nicht dir«, erklärte Schanherib der Wirtin, die die Kostbarkeiten befingerte. »Es dient dazu, unseren Proviant und andere Dinge zu besorgen, die wir benötigen. Aber dein Anteil wird großzügig ausfallen, denn wir verdanken dir viel. Lass das Haus heute geschlossen, damit wir in Ruhe planen können.«

»Wie du willst!«, fauchte sie und warf die ungebändigte Mähne zurück.

»Versuch dich doch ein wenig zu freuen, dass wir bald fort sind«, versuchte er einen Scherz, und ihre Stirn glättete sich. Sogar ein Lächeln erschien auf ihrem breiten Mund.

»Das wird mich auch freuen. Die Götter seien mit euch.« Laut klapperte sie mit den schmutzigen Krügen und Töpfen und konnte sich dann doch nicht zum Arbeiten überwinden. Sie sank auf eine der hinteren Bänke und setzte einen Fuß auf die geziegelte Fläche. Panhesi schreckte aus seinem Schlummer hoch. Schief lächelte er sie an, und als sie nickte, begann er unbeholfen, unter ihr halb hochgeschobenes Kleid zu tasten. Er sackte vor ihr auf den Boden und saugte wie ein dürstendes Kind an ihrer dargebotenen Brust.

Schanherib schüttelte den Kopf und kehrte ihnen den Rücken zu. Unschlüssig kritzelte er mit dem Gipsstück auf dem Tisch herum, wo er eine grobe Zeichnung des Flussverlaufes hinterlassen hatte. Vom Hof her kam Mardak und hockte sich zu ihm, einen Bierbecher in der Hand. Während er trank, stierte er versonnen auf das, was in Schanheribs Rücken geschah. Als Nanachts Stöhnen in einem spitzen Schrei gipfelte, grinste er.

»Ganz schön schamlos, dieses Weib. Wenn ich ja nicht wüsste, dass sie den Haushalt eines Mannes in Ereschkigals Unterwelt verwandeln würde, nähme ich sie mit. Hab's schon bedauert, die syrische Sklavin zurücklassen zu müssen, die war prächtig zu beschlafen *und* ein nettes Mädchen.«

Schanherib zeichnete weiße Kreise um einen Punkt am Flusslauf, von dem er annahm, dass dort Asarhaddons Schiffe eine Rast einlegten. Es war eine Sandbank mitten in der Papyruswildnis, wo sich die Schiffe gut festmachen ließen. Auch auf der Herfahrt hatten sie dort die Nacht verbracht, die letzte Nacht vor der alles entscheidenden dritten Schlacht. »Willst du denn danach nach Memphis zurückkehren, um dir ein Weib zu holen? Ich überlasse es euch, was ihr macht, sobald der Sohn des Wesirs befreit ist.«

»Darüber hab ich noch nicht nachgedacht.« Mardak rieb sich den Bart. »Du aber, du willst allen Ernstes allein mit diesem Jüngelchen und einem Weib in den Süden flüchten? Herr, das ist Irrsinn. Ich bin mir nicht so sicher, ob ich dich diesen Irrsinn allein tun lassen will.«

»Merit und Nefertem sind dann nur Flüchtige, die

der Krieg aus Memphis gejagt hat, wie viele andere auch. Unbedeutende Leute in schäbiger Kleidung. Ja, ich ebenso. Aber willst du dir auch den Bart abnehmen und den Ägypter spielen? Glaubst du, dass dir das gelingt?«

»Assur steh mir bei.« Mardaks Augen weiteten sich. »Das kauft mir kein Mensch ab.«

»Ebendeshalb werden sich unsere Wege trennen.«

»Und ich dachte einst, wir ziehen wie die Helden in Ninive ein, behängt mit Gold und jeder an jedem Finger eine Kette mit einer hübschen Sklavin am andern Ende!«

»So ist der Krieg«, lächelte Schanherib. »Unberechenbar.« Mit dem Gips tippte er auf den Punkt. »Morgen Nachmittag brechen wir dorthin auf und verbergen uns im Papyruswald. Sind die Götter uns gewogen, wird Asarhaddon dort rasten. In der Nacht schleiche ich mich aufs Schiff und hole Nefertem heraus. Ihr steht bereit, mich zu unterstützen, falls das nötig sein sollte. Missglückt's, wird gekämpft. Missglückt auch das, sterben wir. So weit alles klar? Irgendwelche Einwände?«

Mardaks Antwort war ein heftiger Schluck aus seinem Bierbecher. »Nein, es hört sich gut an.« Er rülpste. »Verwirrender sollten Anweisungen an einen Krieger ohnehin nicht sein.«

»Gut. Morgen besorgen wir noch ein paar Dinge, die wir benötigen. Waffen, Proviant.«

»Ich kümmere mich darum.« Mardaks verdrossener Miene nach würde er es vorziehen, den vielleicht letzten Tag seines Daseins mit einer willigen Frau zu verbringen. Nun, das konnte er in dieser Nacht noch tun. Aufmunternd klopfte Schanherib ihm auf die Schulter und erhob sich.

Oben auf dem Dach wartete eine weitere Nacht auf ihn, die ihn glauben ließ, der Sommer endete nie. Er dachte an die üppigen Gärten und Wälder in Assyrien. An die weitläufigen fruchtbaren Wiesen, auf denen Pferde dahinstoben. An die Ausläufer des Zagrosgebirges, das kühle Schatten spendete, und an das klare Wasser, das überall aus den Felsen sprudelte. Nichts davon würde er je wiedersehen – er blieb und starb in einem Land, dessen Schönheit sich nur dem erschloss, der hier geboren war. *So ist der Krieg. Unberechenbar.*

Er trat zu Merit, die in einem Kreis von dürren Topfpalmen auf ihrer Matte schlief. Weiter unten im Süden Ägyptens, hieß es, war das Land beidseits des Nils noch trockener, noch heißer, noch karger. Er kauerte sich an ihrer Seite nieder und berührte ihre Wange. Was immer auf ihn wartete, dieses Mädchen wog alles auf. Ihr Leib würde ihm das Land ersetzen. Ihr Liebreiz wie ein erfrischender Bach sein. Ihre Gedanken, ihre Seele – ihr *Ka* – wie der kühlende Lufthauch auf seinem Gemüt. In der Dunkelheit ließ sich erahnen, dass sie ein neues Kleid trug. Keines von Nanachts viel zu großen abgelegten Lumpen, sondern eines mit breiten bestickten Trägern, die eng auf ihren Brüsten lagen. Auch um die Hüften schmiegte es sich an, und sie hatte gejammert, dieses sei nun zu eng.

Ihm gefiel es. Über dem Ausschnitt des Kleides spitzte eine Brustwarze hervor, noch gerötet von der Schminke. Er strich darüber. Ohne zu erwachen, drehte Merit den Kopf und gab einen gurrenden Laut von sich. Er konnte nicht anders, er musste sie weiter berühren, den Stoff an ihren Schenkeln hochstreifen und nach ihrer Scham tasten. Feuchtigkeit empfing ihn. Was sie wohl träumte? Vollends entblößte er ihren Unterleib und neigte sich darüber. Seine Zunge tauchte in die Nässe, umspielte das in seinem fleischigen Nest hockende Knötchen.

»Ah, was … Schanherib? Oh, Schanherib …«, ihre Finger fuhren in sein Haar. Er ließ nicht ab, ihre verborgene Stelle zu liebkosen. Wilde Gedanken schossen durch seinen Kopf: dass er sich auf sie warf und sie hart nahm. Aber er hielt still, gab ihr nur, ohne etwas zu fordern. Ihr Becken bewegte sich wie auf Wellen. »O ja, bitte, bitte … lass nicht nach.« Ihre Stimme überschlug sich, ihre Säfte umflossen seine Zunge wie ein Sturzbach. Dann sah er zu, wie sie im Höhepunkt die Schenkel anzog und die Zehen einrollte.

Mit einem langanhaltenden Seufzen entspannte sie sich wieder. Er streckte sich an ihrer Seite aus und nahm sie in den Arm.

»Ich liebe dich«, wisperte sie. »Würdest du morgen sterben, ginge ich in den Tempel der Isis und brächte ihr ein Dankopfer dar, weil sie uns einige Tage geschenkt hat.«

Abrupt setzte er sich auf und legte die Arme auf die Knie. Merit kam hoch und berührte seine Schulter.

»Was hast du?«

»Morgen sterbe ich nicht, aber vielleicht den Tag danach. Merit«, er tastete, ohne sich umzuwenden, nach ihrer Wange. »Ich werde versuchen, deinen Bruder da herauszuholen.«

»Ist das dein Ernst?«

»Dein Vater gibt dich mir dann. Sollte es also nicht mein Ernst sein?«

»Aber das hat er nur so dahergesagt!«

»Und wenn schon. Er wird sich gefallen lassen müssen, dass ich ihn beim Wort nehme. Und ich sollte mich schwer in ihm täuschen, wenn er nicht zu seinem Wort stünde.«

»Ja, du hast recht. Bei allen Göttern, Schanherib ... Mir schwindelt der Kopf. Was änderte es, wäre ich deine Frau? Du wärst nach wie vor ein Flüchtiger, der weder im einen noch im andern Volk einen Platz fände. Dennoch, allein der Gedanke fühlt sich großartig an. *Deine Frau*. Wie wunderbar das klingt ... Wer wollte anzweifeln, dass wir zusammengehören? Aber welche Gefahr du dafür auf dich nimmst! Und für Nefertem! Dabei magst du ihn gar nicht.«

»Ach was!«, versuchte er zu scherzen. »Hab ich je so etwas gesagt?«

»Es ist so schrecklich, Nefertem bei ihnen zu wissen. Er ist so stolz, er kann kein Sklave sein. Wie willst du es denn anstellen? Aufs Schiff des assyrischen Königs gelangen? Unter den Augen so vieler Krieger? Das ist doch unmöglich.«

»Das war es heute auch, oder nicht?«

»Willst du die Fischer dort anheuern, wie gestern die Huren, damit sie Dutzende Soldaten ablenken?«

Er ruckte herum, zog sie an sich und strich eine Haarsträhne hinter ihr Ohr. »Gewiss nicht. Je mehr Männer dort sind, desto unauffälliger muss man sich bewegen.«

»Ich komme mit, auch wenn mir das alles Angst macht!«, rief sie so inbrünstig, als wolle sie einen Einwand sofort abschmettern. Aber er hatte ja nicht vor, sie zurückzulassen.

»Denk an deinen Mut, den du hattest, als du meine Männer im Haus deiner Familie aufgesucht hast. Aber du wirst bei den Pferden versteckt warten. Wenn alles vorbei ist, geht es so schnell wie möglich Richtung Süden. Du wirst dir den Hintern wundreiten.«

»Und was wird Asarhaddon tun?«

»Möglich, dass er seinen Aufbruch für ein paar Tage unterbricht. Aber ich glaube nicht, dass er sich derart entblößen will, schließlich ist Nefertem nur eine Geisel, deretwegen der Herrscher der Weltgegenden nicht seine Pläne ändert. Natürlich wird er eine Barke schicken, und sie wird schneller als wir sein. Wir können uns nur retten, wenn die Flucht so spät wie möglich bemerkt wird und wir so schnell als möglich Verbündete von Taharqa antreffen, die uns weiterhelfen. Oder sogar seine Soldaten. Keine Ahnung, auf welcher Höhe die sein mögen.« Er wollte sie nicht mit der trübseligen Wahrheit quälen, aber beschönigen wollte er auch nichts. Freudlos lachte er auf. »Wer hätte gedacht, dass ich mir einmal wünsche, Taharqa käme zurück?«

»Wer weiß ...«, er hörte an ihrer Stimme, dass sie lächelte, und sah das Weiß ihrer Zähne. »Vielleicht schicken die Götter wieder einen Verfolger wie dich. Einen, der unaufmerksam ist, wenn du und ich ins Wasser springen. Und der dann nichts weiter tut. Weil sie es so wollen. Daran glaube ich.«

Er küsste sie. »Ich mag Assur nicht um Beistand bitten, wenn ich mich gegen den König stelle. Aber dass du die Gunst deines Sobek erflehen kannst, ja, das glaube ich auch.«

Was es hieß, Stunde um Stunde zu reiten, entlang eines der östlichen Seitenarme des Nils, bekam Merit am folgenden Tag zu spüren. Ihr Gesäß brannte, ihre Schenkelmuskeln schmerzten, aber sie klagte nicht.

Dass sie je auf einem jener furchterregenden Pferde sitzen würde, hätte sie sich nicht träumen lassen. Sie saß hinter Schanherib und hielt sich an ihm fest; um sie verbreiteten seine drei Männer ein Gefühl der Sicherheit. Wenn alles gutging, würde in der Nacht Nefertem hinter einem der anderen Männer hocken – dieses Mal nicht gezwungen und gefesselt.

Sie mochte die sumpfige, von Kanälen durchzogene Landschaft, in der die Insekten in der Luft standen, Ibisse ihre länglichen Schnäbel in den Schlick steckten, Fische sprangen und die runden Kronen der Papyrusgräser und Dumpalmen sich im Wind neigten. Hin und wieder erblickte sie auch die wachsamen Augen eines Krokodils dicht über dem Wasser. Dann lächelte sie ihm zu, in der Hoffnung, der Gott bemerke es. Die *Biester*, wie die Assyrer hinter ihr respektlos die heiligen Tiere nannten, blieben friedlich.

Wieder und wieder hörte sie hinter sich, wie Mardak sich auf den Leib klatschte. »Bei Assurs Gemächt, sind diese Mücken eine Plage«, fluchte er. »Dich, Herr, scheinen sie ja nicht zu mögen, wie kommt das?«

»Sie ziehen Feindesblut vor, hat Merit mir erklärt«, erwiderte Schanherib, ohne sich umzuwenden. »Du bist deutlicher als ich als Assyrer erkennbar.«

Merit kicherte, und Mardak knurrte. »Die Ägypter hätten die letzte Schlacht in die Sümpfe verlegen sollen, dann hätten sie gesiegt. Dort, das breite Sandufer – dort haben wir auf der Herfahrt gerastet, wenn mich nicht alles täuscht.«

»Das ist die Stelle«, sagte Ursu-Gila. Auch Hardu bestätigte es.

Schanherib nickte. »Weit und breit gibt es keine bessere für die nächtliche Rast. Ich denke, es ist wahrscheinlich, dass Asarhaddons Schiffe auch diesmal wieder hier anlegen.«

Nah am Ufer ragten Akazien aus dem Wasser; ihre zurechtgestutzten Kronen verrieten, dass hier öfter Barken ihre Seile festmachten. Die Männer lenkten die Pferde zu der wie eine breite, flache Zunge ins Wasser ragenden Sandbank, die ein nur wenige Schritte breiter Kanal durchschnitt. In diesen bogen sie ein, um keine Spuren zu hinterlassen. Merit hob den Kopf. Papyrusbüschel neigten sich einander zu und bildeten ein Dach, durch das die Sonnenstrahlen wie Speere stachen. Nach nur wenigen Schritten war vom größeren Flussarm nichts mehr zu sehen.

Sie brachten die Pferde an eine Stelle, wo die Papyrusgräser nicht gar so dicht standen. Die Männer sprangen ab und banden die Zügel um die dicken Stängel. Schanherib hob Merit von seinem großen Gilzaner. »Geht schon vor und versteckt euch gut«, befahl er, nachdem sie die Pferde versorgt und gestriegelt hatten. Seine Männer schlugen den Weg zurück zur Sandbank ein.

»Schanherib, sieh nur!« Merits Füße spritzten das Wasser auf, als sie zu dem kleinen Steinwürfel lief, der dicht am Ufer aus dem Kanal ragte. »Ein Schrein des Sobek. Ich wusste gar nicht, dass es einen hier gibt, wie auch? Es ist ein gutes Zeichen, ihn gefunden zu haben.« Sie strich über die verwitterten Kanten. Im Innern stand der steinerne Gott mit dem Krokodilskopf und dünstete den Geruch nach Schlick und Algen aus. Wie lange diese Figur schon der Opfer entbehrte? Eilig kramte sie im Proviant und förderte das Honigtöpfchen zutage. Sie stellte es in den Schrein zu Füßen des Gottes, kniete nieder und sprach in Gedanken ein Gebet.

»Jetzt fühle ich mich besser«, sagte sie, als sie vor Schanherib stand.

»Dann ist es gut.« Die Anspannung in seinem Gesicht verriet, dass es ihm anders erging, und er achtete nicht mehr auf den Schrein. Er holte seine Rüstung aus einem Beutel. »Nein, ist nur hinderlich«, brummte er und verstaute sie wieder. »Ob ich mich als Assyrer oder Ägypter aufs Schiff schleiche, ist wirklich gleichgültig.«

Er trug einen nicht gerade neuen, aber sauberen Schurz ohne rissige Säume. Dazu nach wie vor ihr Amulett, das sie sich woanders als auf seiner Brust nicht mehr vorstellen konnte. Er langte nach einem Gürtel, an dem eine neue Dolchscheide hing, und schnallte ihn sich um die Mitte. Dann betastete er seinen Armreif und drehte ihn, dass der Sonnenachat wieder zum Vorschein kam. Die Haare trug er ungebändigt. Nein, ägyptisch sah er so nicht aus. Eher wie ein Wanderer zwischen zwei Welten.

»Auf das Schwert kann ich verzichten.« Er streckte sich. »Wenn es zum Kampf kommt, was alle Götter verhüten mögen, hilft mir das auch nicht mehr.«

»Es wird keinen Kampf geben, nein?« Ihre Worte kamen bittend, zittrig.

»Ich hoffe nicht.«

Sie suchte in seinen Augen die Zuversicht. Plötzlich war er bei ihr und packte sie an den Schultern. Sein Kuss war so begierig wie nie zuvor. »Ich brauche etwas von dir, wenn ich jetzt weggehe«, keuchte er drängend. »Deshalb habe ich die Männer so schnell weggeschickt.«

»Ich weiß.«

»Gib mir …« Seine Stimme erstarb. Der Schrein

drückte schmerzhaft gegen ihren Rücken. Ja, sie wollte ihm geben, was sie hatte – sich selbst. Es mochte ein letztes Mal sein, dass sie sich liebten.

»Zeig dich mir«, verlangte er.

Merit raffte ihr bis zu den Knien genässtes Kleid und schob es über die Hüften. Er half, es über den Kopf zu ziehen. Sein Blick war beinahe ehrfürchtig, als sähe er sie zum ersten Mal nackt. Seine Hände legten sich auf ihre Brüste, strichen hauchzart über ihre Spitzen, die sich härteten und ihm entgegenreckten. Merit bog den Rücken durch. Legte die Hände auf seine, um mehr von ihm zu spüren. Reckte sich seinem geöffneten Mund entgegen und nahm seine suchende Zunge in sich auf.

Er hob sie, dass sie auf dem Schrein zu sitzen kam. Doch er entblößte sich nicht, stattdessen drückte er ihren Rücken auf den Stein. So betrachtete er sie. Seine Hände schienen zu glühen, als er sie auf ihre Schenkel legte. Langsam ließ er sie hinaufwandern; sie umschlossen ihre Brüste, berührten ihre Wangen und glitten wieder hinab. Schauer um Schauer durchfloss Merits Leib. Ihr Ka schien sich zwischen ihren Beinen zu ballen; heftig klopfte das Leben in ihr. Es wartete auf ihn.

Er neigte sich über sie, liebkoste mit den Lippen ihre Brustwarzen. Nun war es sein Mund, der ihren zittrigen Körper erforschte. »Ja«, entschlüpfte es ihr erregt, als er sich ihrer pochenden Scham näherte. »Küss mich dort.«

Es waren sachte Küsse, die ihre Lust auf ihn anfachten. Schanherib fasste unter ihre Kniekehlen und hob ihre Beine an. Nichts sonst tat er, als versinke er in dem wollüstigen Anblick, wie sich ihm ihre triefende Grotte entgegenstreckte. »Halt die Beine fest«, bat er. Sie zog die Schenkel dicht an sich heran. Ton kratzte über Ton – was tat er da? Etwas Kühles tränkte ihre Scham. Es war der Honig.

»Schanherib, was machst du da?«

»Still, kleine Göttin. Sobek hat sicher nichts dagegen, die Opfergabe mit dir zu teilen.«

Ihr Herz klopfte. Wie sehr sie ihn allein für solche Worte liebte ... Seine Finger glitten in sie, umhüllten ihre prickelnden Schamlippen mit dem Honig. Dann senkte sich sein Mund auf sie hinab, und er begann die Süßigkeit herauszulecken. Es fühlte sich anders an, gut, so gut ... Als er sich wieder aufrichtete, waren Mund und Kinn verklebt. Der Anblick ließ sie auflachen. Sanft brachte er sie dazu, die Beine wieder sinken zu lassen. Er beugte sich herab, leckte über ihre Brüste und hinterließ auch dort klebrigen Honig. Rasch griff er in den Schrein, und als seine Hand über ihr schwebte, troffen dicke goldene Fäden von seinen Fingern. Sie streckte die Zunge danach aus.

Erneut begann er sie zu streicheln, im Gesicht, auf den Brüsten; überall hinterließ er eine dicke Honigspur. Von ihren aufragenden Knospen saugte er den Honig. Was er tat, erschien ihr so seltsam und betörend wie das Spiel mit den Schmucksteinen. Was mochte diesem Mann noch einfallen?

»Liebe mich«, bat sie ihn.

Mit einem Mal schwand der zärtliche Ausdruck aus seinen Augen. Unsanft klatschte seine klebrige Hand an ihre Wange. Er packte ihren Nacken und zerrte sie in eine aufrechte Haltung.

»Schanherib, was hast du?«

»Wir sind in allergrößter Gefahr. Du wirst mir nicht nachlaufen? Gleich, was geschieht?«

»Ich warte hier, wie du es gesagt hast. Aber wenn ich merke …«

»Kein *Aber*! Soll ich dich festbinden? So?« Er riss sich den Dolchgürtel herunter, drückte ihre Hände hinter ihrem Rücken zusammen und wand das Leder um ihre Gelenke. »Willst du das?« Hinter ihr zischte es, als er den Dolch zog. Eisen blitzte vor ihren Augen. Vor Schreck erstarrte sie. Als er sie küsste, tat es ihr weh.

»Merit«, stöhnte er. »Mich plagt nichts als die Angst um dich. Begreifst du, was hier geschieht?«

Sie nickte, obwohl sie sich nicht sicher war. An seinem Kinn klebte ein goldener Tropfen. Sie ruckte vor, wollte ihn ablecken, doch Schanherib hielt sie an den Schultern zurück.

»Knie dich hin.«

Benommen zog sie die Unterschenkel auf den Stein. Der mit Lederstreifen umwickelte Dolchgriff drückte gegen ihre klaffende Scham. Merit wollte sich auf den Knien aufrichten, ihn abwehren, doch schon steckte er in ihrer nassen Höhlung. Schanherib schob den Dolch so weit in sie, dass ihr nichts anderes übrigblieb, als sich zu recken, denn der Knauf drückte gegen ihr Inneres. »Was tust du?«, hauchte sie, verblüfft über sein Tun und ihre Erregung. Schanherib verhakte die Klingenspitze im rauen Stein.

»Wenn du zappelst, verletzt er dich.«

Die Lust zu kämpfen stand in seinen Augen. Jetzt war er nicht nur Geliebter, sondern auch Krieger, der bald dem Tod ins Angesicht blickte. »Ich will nur, dass dir nichts geschieht«, sagte er schroff, während er begann, den Dolch auf und ab zu bewegen. »Du darfst diesen Ort nicht verlassen, gleich, was geschieht. Ich werde Mardak hier für dich zurücklassen.«

Seine Grobheit verwirrte sie. Fest drückte er seine Lippen auf ihre, während er sie mit der Waffe stieß. Sie saugte an seiner Zunge, seine Hand im Nacken hielt sie fest. Fast ohne es zu merken, hatte sie begonnen, auf dem Dolch zu reiten. Sein Blick wanderte an ihr hinab, sichtlich gefiel ihm dieser Anblick. Er trieb sie mit dem Dolch zu leisen Schreien, zugleich hob er den Saum des Schurzes über sein steil aufragendes Glied. Sie schüttelte sich, da sie danach gierte, diesen lebensprallen Schaft in sich zu spüren, nicht länger einen toten Gegenstand. Endlich erbarmte sich Schanherib und entfernte den Dolch. Er ließ ihn fallen, leckte sich flüchtig zwischen Daumen und Zeigefinger, wo er sich offenbar verletzt hatte, und zwang sie mit geschickten Griffen, sich umzudrehen. Merit verlor das Gleichgewicht und sackte auf die Schultern nieder. Sie war gewappnet, seine volle Härte zu empfangen. Sämtliche Muskeln ihres Unterleibes schienen sich in Wasser zu verwandeln, um ihm keinen Widerstand entgegenzusetzen.

Doch er tat nichts.

»Schanherib?«, flüsterte sie kleinlaut.

»Schhh. Ich bin bei dir.«

Warum nahm er sie nicht? Gab ihr, was sie sich so heftig ersehnte? Ihr Becken zuckte, als er eine Hand auf die Wölbung ihres Gesäßes legte. Sie reckte den Hintern, schob die Beine weiter auseinander. Ihr war, als werde der Stein nass von ihren herausfließenden Säften. Zwei Fingerspitzen näherten sich ihren Schamlippen, fuhren sacht an der Innenseite entlang, brachten sie zum Wimmern. Viel fehlte nicht, und der Orgasmus würde über sie hinwegrollen. Da hielt er wieder inne. Berührte sie, kaum dass sie sich etwas beruhigt hatte, erneut. Zog die Hand wieder zurück, nur um dann wieder äußerst zurückhaltend die Falten ihres Geschlechtes zu erforschen.

Erschöpft bettete sie die Wange auf dem Stein. Wie lange wollte er dieses quälende Spiel fortführen? Schanherib, ich will dich, ich will, dass du mich ausfüllst, dachte sie verzweifelt. Und er wusste ja, dass es so war. Dass er sie mit allem, was er tat, verrückt nach ihm machte. Sich auf ewig in ihren Gedanken, ihrer Erinnerung festhakte, gleich, was mit ihm geschah.

»Bitte, erlöse mich«, wisperte sie.

Und da kam er in sie mit der ersehnten Wucht. Er zwängte seinen Schwanz in ihre Lusthöhle und hämmerte das Kampfesfieber in ihren Leib. Sie spürte das Blut durch ihre Adern schäumen. Seine Hand auf ihrem Mund verhinderte, dass ihr aus Gier und Schmerz geborener Schrei durch den Papyruswald drang. Er lag mit seinem Gewicht auf ihr, drückte sie gegen den Stein. Ihre empfindlichen Brustwarzen scheuerten über die Oberfläche. Es war ihr gleich, brachte sie nur mehr dazu, sich im Rausch zu verlieren. Sie hob ihm das Gesäß entgegen. Stoß um Stoß empfing sie seine männliche Wucht, sein Phallus bohrte sich in Gänze in ihre lustvolle Öffnung; seine Hoden, seine Schenkel klatschten gegen ihr Fleisch. Erschrocken bemerkte sie, wie sich sein Daumen in ihren After bohrte. Mit allem, was er hatte, bearbeitete er sie. Brachte sie dazu, sich in ein Wesen zu verwandeln, das nur noch aus Ekstase bestand. Ihr ganzes Sinnen schien auf einen Punkt in ihrem Unterleib zuzustreben. Wärme durchfloss sie, wurde zu glühender Hitze. Ein nie gekannter Orgasmus schüttelte sie. Ihre Muskeln umschlossen seinen Finger, seine Männlichkeit, molken seinen Saft, der heiß in sie rann. Schanherib brüllte in ihr Ohr, während er sich in ihr verströmte. Irgendwann, nach einer lustvollen Ewigkeit, versandete seine Kraft. Er löste den Gürtel, drehte sie auf den Rücken. Merit umfing ihn. Kräftig schlug sein Herz gegen ihres.

Sie griff zwischen seine Beine und streichelte das erschlaffende Glied. Nein, sie wollte es nicht wieder wecken, sie wollte nur die vertraute Weichheit spüren. Noch einmal in die Fülle langen, noch einmal dieses Fleisch in ihrer Hand betten. Vielleicht zum letzten Mal. Gütige Isis, dachte sie, lass mich sein Kind empfangen haben.

»Geh jetzt«, sie schob ihn von sich. »Geh und hole Nefertem. Bleib siegreich. Ich warte.«

In seinen Augen spiegelte sich ihr eigenes Funkeln wider. Er nickte. Hob den Dolch auf und gürtete sich wieder. Kein Wort kam über seine Lippen, sein Blick war Abschiedswort genug. Dann fuhr er herum, und ohne sich umzuwenden, schritt er den Pfad am Kanalufer entlang.

Merit setzte sich auf dem Schrein auf. Ihre Scham war wund, die Haut auf den Brüsten aufgescheuert. Ihre Finger tauchten in die Nässe, rieben wie auf der Suche nach ihm über den noch geschwollenen Kitzler. Sie leckte ihren Saft, vermischt mit Honig und seinem Samen. Es war wohltuend, diesen Balsam auf den geschundenen Brüsten zu verreiben. Gern hätte sie hier so ausgeharrt und sich weiter liebkosend in der Erinnerung verloren, aber bald wäre Mardak da. Müde kroch sie von dem Stein, küsste ihn und stieg dann ins Wasser, um die Spuren des wilden Aktes abzuwischen. Was immer geschah, niemals wieder würde sie Honig schmecken oder riechen können, ohne an Schanherib zu denken. An diese glühende Lust. Ihre Tränen tropften ins Wasser, als kleines Opfer an ihren Gott.

Seine Miene war noch verschlossener als sonst. Er lag langausgestreckt auf den Decken und Kissen, die man auf Deck ausgebreitet hatte. Ein Zeltaufbau rund um den Mast schützte ihn vor den verächtlichen Blicken der Mannschaft und der Wachsoldaten. Aufrecht stehen konnte man hier nicht, also kroch Zakutu zu ihm und leuchtete mit dem Öllämpchen in sein Gesicht. Er schien erst so tun zu wollen, als schliefe er schon, denn die Nacht war hereingebrochen. Doch dann hob er den Kopf und blickte sie widerwillig an. Es lag ein seltsamer Ausdruck in seinen Augen. Als habe er sich endgültig in sein Schicksal ergeben und hasste sich dafür.

»Du musst dich nicht fürchten.« Sie legte eine Hand auf Nefertems Wange und strich mit dem Daumen über seine Lippen. »Du wirst ein Sklave sein, aber keiner, der arbeiten und um sein Leben bangen muss. Ich lasse dich nicht im Gesicht zeichnen – vorerst«, fügte sie eilig an; vielleicht war eine solche Drohung ja irgendwann nötig. »Du wirst es dort so wohnlich haben wie in Memphis, deine Kleidung wird aus feinem Leinen sein, du wirst das Gleiche essen, was dein König isst …«

»Er ist nicht mein König«, warf er matt ein.

Sehr gut, dachte sie. Es war noch Widerstand in ihm. Sie mochte es, ihn mit seinem Stolz kämpfen zu sehen. Dann war genug Feuer in ihm, und sein mürrisches Gemüt schlug noch nicht auf seine Manneskraft. Wahrscheinlich würde es nicht mehr lange lodern. Aber darüber konnte sie sich in Ninive Gedanken machen, jetzt wollte sie ihn genießen. Sie hakte die Lampe in eine

Halterung am Mast, raffte das assyrische Gewand und kroch über ihn. Auffordernd bewegte sie das Becken über seinem Kopf, dann senkte sie es auf seine Lippen. Ja, da war wieder sein Stolz, der ihm den Mund verschloss. Zakutu lächelte. Sie musste nur mit zwei Fingern in sich fassen und mit ihrem bereits heftig fließenden Lustsaft seine Lippen befeuchten, ihren Duft in seine Nase zwingen – schon spürte sie seine tastende Zunge, zögernd noch.

»Ja, leck mich, du kannst das so wunderbar«, hauchte sie.

Sie trug wieder klirrende Goldkettchen um die Hüften. An ihrem Zöpfchen hing eine der Lotosblumen, mit denen sie Nefertems Schwanz geschmückt hatte. Die Spitzen der goldenen Blüten bohrten sich in seine Wange, als sie sich fest auf ihn drückte. Mit einem ergebenen Knurren packte er ihre Schenkel und zog sie noch tiefer hinab. Seine Zunge bahnte sich ihren Weg in den Quell, drückte sich durch den muskelharten Ring und erkundete ihr Inneres. Er vergaß auch ihren Lustknoten nicht, der nach Berührung verlangte. Seine Zähne knabberten daran, ließen ihn zu einer prallen Kugel anschwellen. Zakutu warf den Kopf zurück. Süße, schmerzende Stiche jagten durch ihren Körper. Fast war sie schon bereit, sich auf den Gipfel jagen zu lassen …

»Langsam, mein ägyptisches Hündchen«, flüsterte sie und entzog sich ihm. Sie rutschte an seinem Leib hinab, küsste den eigenen herbsüßen Geschmack von seinen Lippen. Schwer atmend kämpfte sie sich auf die Füße und eilte geduckt aus dem Zelt. Draußen empfing sie das nächtliche Rascheln, Knistern und Surren des nahen Papyruswaldes. Am Bugsteven waren Fackeln entzündet, davor wachten mehrere Soldaten. Sie winkte einen herbei.

»Herrin?« Seine Hand ruhte auf dem Schwertgriff, sein Blick schweifte über die Bordwand hinweg durch die Düsternis.

»Mir droht keine Gefahr«, erwiderte sie ungeduldig. »Komm!«

Er folgte ihr ins Zelt, wo sie ihr Kleid abstreifte. Sie wusste wohl, dass ihr Ruf unter den königlichen Wachen der einer Hure war, aber dieser wirkte überrascht. Sie hockte sich auf Nefertems Gesicht, so dass sie seinen schönen Körper vor sich hatte. »Besorg es mir, während er mich leckt«, befahl sie dem Mann.

Allein der Gedanke ließ sie erzittern, sie war nur noch Gier, die befriedigt werden musste. Leder knirschte, als der Soldat sich hinter ihr niederließ und etwas zögerlich ihre Hüften packte. Zakutu griff zwischen den Beinen hindurch nach Nefertems Kinn und rüttelte daran, dass er fortfuhr, ihre Klitoris zu bearbeiten, während sich ein gewaltiger Riemen in ihre Lusthöhle schob. Oh, da hatte sie offenbar eine gute Wahl getroffen! Das Ding weitete sie bis zur Schmerzgrenze, gab ihr alles, was sie sich ersehnte. Ihre Muskeln schienen sich unter dem überraschenden Ansturm in Wasser zu verwandeln; sie sackte nach vorn, reckte den Hintern in die Höhe und empfing die ruppigen Stöße. Nefertems Zunge entglitt ihr, aber er half mit den Fingern nach, ihre Klitoris zu reizen. Zakutu fühlte sich in eine andere Welt hinübergleiten, in der es als einzige Empfindung nur ihre Sinnenlust gab. Halb blind tastete sie nach Nefertems Glied, erspürte unter den Fingernägeln seinen in die Höhe gereckten Schaft. Ihre Lippen umschlossen die Eichel, schoben sich tiefer; der Phallus glitt in ihre Kehle. Ihre Hände umfassten den weichen Sack mit den harten Kugeln darin und kneteten ihn so fest, dass sie Nefertem aufstöhnen hörte. Gierig leckte sie seinen Schwanz und saugte an der geröteten Öffnung.

Der Soldat verschaffte ihr einen Augenblick der Ruhe, als er sich nicht mehr in ihr bewegte. Sie hob den Kopf, um Atem zu schöpfen. Die Konturen des Zeltinneren hörten auf zu flirren, der Rausch ebbte ab, doch nur wie ein Tier, eine Schlange, die sich lauernd zusammenringelte, bereit zum neuerlichen Zubeißen.

Aus den Schatten schälte sich Asarhaddons Gestalt. Da er hier nicht stehen konnte, kniete er neben Nefertems ausgestreckten Beinen. »Was habe ich nur für eine unersättliche Palastfrau«, murmelte er heiter. »Dein Stöhnen kann man wohl bis zum Großen Meer hören.«

»Beklagst du dich etwa? Hast du es nicht mir zu verdanken, dass du wieder in vollem Saft stehst?« Sie nestelte an seinem baumwollenen Mantel, denn der Beweis beulte unübersehbar den Stoff aus. Er half ihr, den goldenen Gürtel zu lösen. Ihre Hand schlüpfte unter den Stoff.

Sein Schweigen war Zustimmung genug. Sie hatte seine Manneskraft gestärkt und somit seine ganze Gestalt, die hell über die vier Weltgegenden erstrahlte. Allein dafür war sie seine Palastfrau. »Die Götter haben mich geschaffen, dir Lust zu schenken«, keuchte sie, sein Glied mit den Nägeln reizend. »Wie Enkidu, den Wildmenschen, für Gilgamesch.«

»Wilder als du kann er nicht gewesen sein.« Er packte ihr Haar und brachte ihren Kopf dazu, sich ihm zu nähern. Ihr herzhafter Griff an seinen weichwarmen

Sack ließ ihn aufstöhnen. »Ah, nicht so fest, du Wildkatze. Du hast es dir verdient, im Triumph in Ninive einzuziehen, behängt mit ägyptischem Gold. Wenn dein Plan gelingt und Schanherib sich herwagt, um die Geisel zu befreien, lasse ich ihn am Streitwagen festketten, der dich durch die Stadt bringt.«

Dann endlich würde Schanherib sich ihr fügen! Sie stellte sich vor, er sei es, der sie von hinten nahm, und die Kettchen, die zwischen ihren Schenkeln klirrten, wären die seinen, die um seinen Hals lagen. Asarhaddon schob den störenden Mantelstoff beiseite und hockte sich rittlings auf Nefertems Schenkel. Ungestüm leckte sie das Glied ihres Gemahls, spürte im Schlund, wie es sich noch weiter härtete und erhitzte. Ja, vielleicht hatte sie bald Schanherib in ihren Händen, falls die Kriegsherrin Ischtar ihr gewogen war und es ihm eingab, Nefertem für seine ägyptische Geliebte befreien zu wollen. Was sich mit dieser wohl anstellen ließ? Zakutu warf einen Blick in die Zeltecke. Die Dienerin, die dort kauerte, war noch nicht zum Liebesspiel zu gebrauchen. Ja, auch deren Zunge hatte sie schon in sich gehabt, doch Tani war zu ängstlich gewesen, um ihr wahre Genüsse zu verschaffen. Auch jetzt starrte sie verschreckt herüber, ihre Katze an den Bauch gedrückt.

Asarhaddon verspritzte sich in Zakutus Mund. Hastig leckte sie jeden Tropfen von den Lippen. Er wartete noch, bis sie den Samen des Gefangenen geschluckt hatte und auch sie am ganzen Leibe zitternd Erfüllung fand; dann zog er sich aus dem Zelt zurück. Erschöpft kroch Zakutu von Nefertem herunter.

»Tani, schau, ob du die Zeltplane etwas anheben kannst.« Nefertem hatte das Gefühl, keine Luft mehr zu bekommen. Alles stank nach Zakutu. Oder war es seine Verzweiflung, die er in der Nase hatte? Tani kroch zur Plane und hob sie ein Stück an. Der erdige Geruch des Flusses wehte herein, verschaffte ihm Erleichterung.

Das Mädchen sah ihn mitleidig an. »Kann ich sonst noch etwas für dich tun?«

»Bring mir Wasser.«

Sie kroch in eine Zeltecke, wo ein Krug auf einem Tablett stand, füllte einen Becher und brachte ihn. Er trank in langsamen Schlucken, um Zakutus Geschmack loszuwerden. Es fiel ihm schwer, der Dienerin in die Augen zu blicken. Sie war Zeuge seiner Demütigung, die erst dadurch vervollkommnet wurde, dass er *Lust* empfand. Matt ließ er sich in die Kissen sinken. Noch empfand er so. Doch was Zakutu sich einfallen ließ, wurde stets schlimmer. Beim nächsten Mal würde sie vielleicht auf ihn oder Tani deuten, damit der herbeigerufene Leibwächter sich an jemandem schadlos halten konnte, weil er noch nicht zur Erfüllung gekommen war. Dieses Mal hatte Zakutu es dem Mann mit rascher Hand noch selbst besorgt, bevor sie ebenfalls aus dem Zelt gewankt war. Dieses Mal …

Nefertem rollte sich in den Kissen zusammen. Er wusste, dass er eine solche Schändung nicht ertragen würde. Dann wäre er ein lebloses Stück Fleisch, das man nur noch fortwerfen konnte. Ob Zakutu Gefallen daran fand, ihn endgültig zu brechen? Würde sie ihn danach in die Sklavenunterkünfte des Königspalastes schicken, wo man ihm Keilschriftzeichen ins Gesicht tätowierte und die Ohren zusammenband, als Zeichen für die vier Weltgegenden, wie man mit den einst geachteten Söhnen eines besiegten Landes verfuhr? Vermutlich auch kein schlimmeres Los, als weiterhin ihr Kettenhündchen spielen zu müssen, dachte er verbittert.

Er wollte die Augen schließen, im Schlaf Vergessen finden. Da hörte er Tani nach Atem ringen.

Ein Mann hatte sich unter der Zeltplane hindurchgeschoben. Wachsam kauerte er auf den Fersen. Wasser rann ihm aus dem langen Haar. Im schwachen Licht der Lampe sah Nefertem eine Klinge aufblitzen, dann hatte der Eindringling mit zwei Fingern die Flamme gelöscht.

»Zakutu hat dich geschickt, ja?«, fragte Nefertem, unwillkürlich zitternd vor Furcht.

»Zakutu?« Er konnte erkennen, wie der Mann einen Finger hob und an die Lippen legte. »Nein. Merit.«

Tani japste, doch bevor sie etwas sagen konnte, zischte der Assyrer: »Wenn ihr nicht leise seid, kann ich euch nicht helfen.«

»Wie hast du es aufs Schiff geschafft?«, flüsterte Nefertem.

»Das war leichter als gedacht«, erwiderte Schanherib kaum hörbar, dennoch erkannte Nefertem die Belustigung in seinen Worten. »Es waren ja sämtliche Männer von dem abgelenkt, was sich hier im Zelt abgespielt hat. Und jetzt schweigt.«

Besäße er noch die Kraft, so hätte er diesem dreisten Assyrer wohl ins Gesicht gespuckt. Allmählich gewöhnten sich seine Augen an die Dunkelheit, und er sah ein aufmunterndes Lächeln über das Gesicht des Mannes huschen. Seltsamerweise glaubte er einen Hauch von Honigduft zu erahnen, der von Schanherib ausging. Spielten seine überanstrengten Sinne verrückt? Eine kalte Hand griff nach seinem Herzen, als ihm bewusst wurde, dass die plötzlich aufflackernde Hoffnung sinnlos war. Der Mann wollte ihn befreien, vermutlich weil Merit es so wollte. Doch das war unmöglich. Nefertem setzte sich auf und deutete auf die Eisenkette um sein Fußgelenk.

Schanherib knurrte unterdrückt.

Nefertem schüttelte den Kopf. Die Kette war am Mast festgeschmiedet.

Leise aufstöhnend fuhr sich der Assyrer durchs zerzauste Haar. Er war erstarrt; offenbar hatte er nicht damit gerechnet. Nefertem wies auf Tani und ihren Fuß. Bei ihr hatte man weniger Sorgfalt walten lassen und sie nur mit einer Lederschnur an den Mast gebunden. Wenigstens sie sollte etwas davon haben, dass der Mann dieses Wagnis eingegangen war.

Schanherib runzelte widerwillig die Stirn. Nachdenklich rieb er sich das rasierte Kinn. Dann legte er den Dolch neben sich und zog die Kissen beiseite, suchte das Ende der Kette. Dieser Sturschädel wollte natürlich nicht so leicht aufgeben. Bei allen Göttern, begreif es, ich bin verloren!, dachte Nefertem aufgebracht. Sein Blick fiel auf die Klinge. Wie von selbst umschloss seine Faust den Griff.

15. Kapitel

War er schon gescheitert? Die Kettenglieder waren dick. Mit einer Eisenstange ließen sie sich möglicherweise aufbiegen, aber so etwas hatte er nicht. Schanherib ertastete den Ring, in dem die Kette endete; dieser war in den Mast eingelassen. Wenn es gelänge, ihn zu lockern … Er drehte sich auf den Fersen, um nach seinem Dolch zu greifen.

Seine Hand fuhr ins Leere. Ein würgender Schrei entrang sich dem Mädchen. Gekrümmt kauerte Nefertem auf seinem Lager. Die Klingenspitze drückte gegen seinen Brustkorb.

Schanherib warf sich auf ihn. Er zwang die Faust mit dem Dolch rücklings auf den Boden. Mit der freien Hand schlug er Nefertem ins Gesicht, damit dieser zur Besinnung kam.

»Verschwinde doch«, presste Nefertem hervor. »Du kannst nur Merit retten, aber nicht mich. So ist es für alle am besten.«

Schanheribs Finger bohrten sich so fest in Nefertems Handgelenk, dass dieser die Faust öffnen musste. Der Dolch entglitt ihm.

»Warum … hinderst du mich … wenigstens etwas Achtung zurückzugewinnen?«, stammelte er. Tränen rannen über die Schläfen des jungen Mannes. »Mein Leben ist ohnehin wertlos geworden.«

»Weil mich Merit nicht geschickt hat, damit ich

tatenlos zusehe, wie du etwas so Törichtes tust. Im Kampf stirbt sich's wesentlich achtungsvoller – was du möglicherweise gleich herausfindest, denn du wolltest ja nicht gerade lautlos in den Tod gehen!« Mit den letzten Worten sprang Schanherib auf die Füße und wehrte eine niedersausende Schwertklinge ab, indem er den Arm des Angreifers packte. Der assyrische Krieger war noch verwirrt; so gelang es ihm, kräftig auf dessen Schulter zu schlagen. Der Arm erschlaffte. Schanherib entwand ihm das Schwert.

Weitere stürmten das Zelt, doch unter der niedrigen Decke ließ es sich schlecht kämpfen, so dass er sich nicht allen zugleich erwehren musste. Schanheribs Klinge bohrte sich in die Achsel eines Mannes; der nächste fiel nach einem Hieb gegen dessen Hals. Erleichtert bemerkte er, dass Nefertem sich wieder gefasst hatte: Er riss einen dritten von den Füßen und traktierte ihn mit Fausthieben – ganz so wehrlos war der Junge durchaus nicht, und hätte das Schicksal es anders gewollt, hätte irgendwann ein guter Kämpfer aus ihm werden können. Schanherib stieß ihm mit dem Fuß den Dolch entgegen. Ob Nefertem damit etwas ausrichtete, entzog sich jedoch seiner Wahrnehmung, die sich ganz dem eigenen Kampf widmete. Er brüllte seinen Schlachtruf in die Nacht hinaus.

Mit dem Schwert teilte er die Zeltplane und rannte aufs Deck hinaus, um sich einen Fluchtweg durch die Angreifer hindurchzukämpfen. Ursu-Gila, der im Schatten des Zeltes gewartet hatte, sprang an seine Seite. Nur flüchtig dachte Schanherib daran, dass er sich im Grunde gegen die eigenen Kameraden stellte; womöglich hatte er mit dem, der jetzt die Klinge im Bauch empfing, auf dem Hermarsch am Kochfeuer ein

Bier getrunken. Und mit jenem, der eine Hand auf einen in Blut getränkten, schlaffen Arm presste, dieselbe Trosshure geteilt. Das war jetzt bedeutungslos. Überall an den Bordwänden brannten jetzt Fackeln und verwandelten die Nacht in einen Tag. Er überlegte, das Schiff in Brand zu setzen. Aber das hätte vielleicht nicht Tanis, so doch Nefertems Tod bedeutet.

Ein Mann am Bug legte einen Pfeil an seinen Bogen, hob und spannte ihn in einer einzigen geschmeidigen Bewegung. Einen Herzschlag später riss Ursu-Gila die Hände an die Brust, wo der Pfeil herausragte, und sackte auf die Planken. Doch bevor Schanherib ebenfalls mit dem Leben abschließen konnte, hörte er Zakutus schrille Stimme über dem Kampfeslärm: »Erschießt den andern nicht, ich will ihn lebend!«

Lebend kannst du mich aber nicht bekommen, dachte er giftig.

Mittlerweile blutete er aus zwei unbedeutenden Schnittwunden am Schwertarm. Wenn er sich ergab, dann nur mit einer Klinge in der Brust, das sollte sie wissen! Er duckte sich unter einem dank Zakutus Befehl nur zögerlich ausgeführten Schwerthieb hinweg, rammte dem Mann die Schulter in den Bauch und sprang über den Fallenden hinweg, hin zu dem Bogenschützen. Dem entrang er die Waffe, wirbelte auf der Ferse herum und suchte für seinen Pfeil ein lohnendes Ziel. Allein der Gedanke, die Herrscherin Assyriens zu töten, war ungeheuerlich. Aber was sollte ihn abhalten? War er noch ein Assyrer?

Der vertraute Ruf ging Merit durch Mark und Bein: *Assur ist Herrscher der Welt.*

Er war entdeckt worden. Sämtliche Mahnungen

vergessend, stieß sie sich vom Schrein ab, vor dem sie gebetet hatte, und rannte den Uferpfad entlang, so schnell, wie es in der Dunkelheit möglich war. Hinter ihr schimpfte Mardak und packte sie an der Schulter, als sie den Saum des Papyruswaldes erreichte. »Bleib hier!«, zischte er und stieß sie ins Dickicht zurück, dann stürzte er sich mit erhobenem Schwert auf die Sandbank, wo einige Assyrer mit Fackeln in den Händen umherliefen. Sie stoben herum.

Merit beeilte sich, in die Krone eines Maulbeerbaums zu steigen. Hinter dicken Ästen verborgen, sah sie den Aufruhr, der an Deck des fremden Schiffes ausgebrochen war. Zwischen Fackeln und Männern kämpfte sich Schanherib einen Weg. Jeder seiner Hiebe traf ein Ziel; um ihn herum herrschte Schreien und Stöhnen. Männer lagen leblos ausgestreckt. Da gab es keinen, der ihm standhielt. Unsinniger Stolz brandete in ihr auf, verdrängte für einen Augenblick das Entsetzen.

Hochaufgerichtet, als könne nichts sie gefährden, stand eine Frau vor einem Zeltaufbau, der sich um den Mast wand. Sie trug ein enges, fremdartig geschnittenes Kleid und Unmengen an Gold an Hals und Armen. Ungebändigt umfloss üppiges Haar ihre Schultern. So stellte sich Merit die assyrische Kriegsgöttin vor. Es musste die Königin sein. Von Asarhaddon sah Merit nichts, vielleicht sah er aus dem Kajütenaufbau am Heck zu. Solch ein großes Schiff hatte sie noch nie gesehen. Es schien gar nicht recht in den schmalen Seitenarm des Nils zu passen. Von zwei anderen Schiffen sprangen Männer in Binsenboote und ruderten auf das königliche Schiff zu: eine von allen Seiten heranstrebende Übermacht, gegen die auch Schanherib nichts würde ausrichten können. Dennoch sprang er über den zuletzt Besiegten hinweg und riss einem Bogenschützen die Waffe aus den Händen. Er fuhr herum, legte den Pfeil an und spannte den Bogen.

Unter all dem Getümmel hörte sie seinen Schmerzensschrei. Der Bogen sprang aus seiner Hand. Er krümmte sich, presste die Faust auf die Brust. Merit krallte die Nägel in die Baumrinde. Besiegte ihn jetzt seine alte Pfeilwunde, von der niemand mehr geglaubt hatte, sie mache ihm zu schaffen? Zwei Männer hoben ihre Speere, ließen die Schäfte auf seine Kniekehlen niederknallen. Er sackte zu Boden. In seinen Augen stand die verzweifelte Wut. Er ruckte hoch, wollte aufspringen, doch eine Schwertspitze in seinem Nacken verhinderte dies.

»Tötet ihn nicht!«, schrie Merit. Plötzlich war sie vom Baum herunter, ohne dass sie sich hätte erinnern können, wie sie hinabgeklettert war. Mit hochgereckten Armen rannte sie zum Fluss.

Alles ging so schnell, dass sie sich kaum besinnen konnte. Sie sah Mardak im Sand knien, zwei Männer drückten Speere auf seine Brust, doch ohne zuzustechen. Ein Boot tauchte vor ihr auf. Sie wurde hineingezerrt. Ihr Herz schlug noch heftiger, als sie dem großen Schiff entgegengerudert wurde; sie musste den Blick von den riesigen gemalten Augen am Bug abwenden. Eine Strickleiter tauchte vor ihr auf; man packte sie am Hintern und hob sie hoch, so dass ihr nichts anderes übrigblieb, als nach den Stricken zu greifen und hinaufzuklettern, vorbei an den waagerecht aufgestellten Rudern. Oben wurde sie von einem kräftigen Mann gepackt und unsanft über die Bordwand gezerrt. Dann lag sie auf dem Mittelgang, das Gesicht Schanherib zugewandt, der ebenfalls auf den Ellbogen kauerte. Zwischen seinen wirren Strähnen hindurch sah sie seinen überraschten Blick. *Alles umsonst*, schien er zu sagen. Sie sprang auf. Sie wollte auf ihn zulaufen und ihn ein letztes Mal umarmen, bevor man sie endgültig auseinanderzerrte. Eine Wand von Kriegern baute sich vor ihr auf. Sie schlug um sich, zerkratzte sich die Nägel an den bronzebesetzten Rüstungen. Zakutus Lächeln ließ sie erstarren. Assyrische Worte sprangen hin und her. Dann Rufe, sie klangen verwirrt und ärgerlich wie Flüche. Unruhe entstand dort, wo Schanherib gelegen hatte. Merit reckte den Kopf. Sie sah ihn nicht mehr.

Das Gesicht der Königin war gerötet vor Zorn; sie ballte eine hocherhobene Faust und brüllte Worte, die wie Befehle klangen. War es Schanherib tatsächlich gelungen, die von Merit verursachte Ablenkung zu nutzen und über Bord zu springen?

Merit blieb keine Zeit, eine Antwort darauf zu finden. Sie wurde ins Zelt geschoben. Hier empfing sie Dunkelheit. Nur langsam schälten sich Konturen aus der Schwärze: der Mast. Zwei Menschen.

»Merit!«

»Nefertem?«

Unsanft stieß man sie vorwärts. Sie stolperte über etwas, das sich als Leichnam eines Assyrers herausstellte, wollte entsetzt schreien und wurde an den Haaren weitergezerrt. Ein Soldat packte ihr Fußgelenk, wand eine Lederschnur darum und knotete das andere Ende an den eisernen Ring, der im Mast steckte. Sie begriff, dass die Kette dort zu Nefertems Fuß führte. Auch Tani war daran festgebunden. Strampelnd wehrte Merit die Hände des Mannes ab, der die Gelegenheit nicht lassen wollte, nach ihren Rundungen zu greifen. Beim Hinausgehen schleifte er den Toten hinter sich her.

Sie fühlte sich von Nefertem umarmt und mit Küssen auf Wangen und Augen bedeckt. »Schwesterchen, das hätte nie geschehen dürfen«, klagte er. »Nicht du auch noch, nicht du!«

»O Nefertem ...«, sie schlang die Arme um ihn. Erleichterung durchströmte sie, ihn wiederzuhaben. Doch es schwand schnell, als sie in der Düsternis sein verhärmtes Gesicht erahnte. Er musste Schlimmes durchgemacht haben, seit Schanherib ihn von ihr getrennt hatte. Sie strich durch sein kurzes Haar.

»Was geht draußen vor sich?«

»Ich – ich weiß nicht«, stammelte sie. »Es scheint, als sei Schanherib plötzlich verschwunden. Einer seiner Männer ist tot.«

»Es ist alles meine Schuld«, hörte sie Tani hinter sich mit zittriger Stimme jammern, aus der blanke Angst sprach. »Wäre ich nur nicht in den Palast gelaufen. Ich hab ihnen gesagt, dass Schanherib bei dir ist. Die Königin ist ganz versessen darauf, ihn in ihre Hände zu kriegen. Sie hatte es darauf abgesehen, dass er herkommt, um uns zu befreien.«

»Was ihr euch da ausgedacht habt, war von Anfang an zum Scheitern verurteilt«, warf Nefertem düster ein.

Merit löste sich von ihrem Bruder und zog Tani an sich. »Genauso gut ist es meine Schuld, weil ich von Schanherib weggelaufen bin und nicht daran gedacht habe, welche Sorgen du dir machst.«

»Schau, Kawit ist auch hier.« Tani drückte ihr ein Fellbündel in die Hände. Die Katze schaute ängstlich. Beruhigend hob Merit sie an die Brust und streichelte das Köpfchen mit der Wange. »Sie ist auch eingeschüchtert und versucht nie, wegzulaufen«, erzählte

Tani. »Aber ich hab Angst um sie, weil die Männer schon geschimpft haben, dass sie an Deck ihre Hinterlassenschaften verteilt. Und sie haben auch nichts zum Fressen für sie übrig, ich muss ihr mein Fleisch geben.«

Ein wenig dünner schien Kawit in der Tat geworden zu sein. Unwillkürlich begann Merit sich schlimme Bilder auszumalen: ein Tierkadaver auf einer Speerspitze, getragen von einem Krieger, der die Straßen von Ninive durchschritt. Tani, Nefertem und sie dahinter, in Lumpen und gezeichnet von einer entbehrungsreichen Reise. Fremdartige Leute am Straßenrand, die sie mit Dreck bewarfen. Und dann, vor einer Zikkurat, die sich mächtig und düster in den Himmel reckte, riss man sie auseinander …

Tränen troffen in Kawits Fell. »Das ist so, ja? Dass man uns nach Assyrien bringt?«

»Ja, Merit.« Nefertem griff nach ihrer Hand.

»Aber die Maat«, schluchzte sie auf und kam sich dumm vor. Wen kümmerte die Maat? Die Göttin der Gerechtigkeit schien gestorben zu sein. Sie gab Tani die Katze zurück und rutschte an den Mast heran, damit sie die Lederschnur aufnehmen und zwischen die Zähne stecken konnte. Wie eine Besessene begann sie daran zu nagen und zu zerren, und sie ließ erst davon ab, als Nefertem ihr das Leder aus den Fingern wand.

»Hör auf damit, es ist sinnlos. Selbst wenn du die Schnur durchbekommst, hilft dir das nicht weiter.«

»Aber ich kann doch nicht einfach zusehen, wie man uns fortbringt?« Ihre Finger gruben sich in ihr Haar, rissen daran. Diese kehlige, von Entsetzen getränkte Stimme war nicht ihre. »Ich will das nicht, ich will das nicht! Ihr Götter, helft uns!«

Sie schrie noch andere schrille Worte, die sie nicht wahrnahm. Sie kroch von dem Mast fort, bis die Schnur sich spannte. Ihre Haut brannte, als das Leder sie aufscheuerte. Bäuchlings lag sie da, versuchte wegzukriechen und konnte sich doch nur herumrollen.

»Merit, bitte beruhige dich.« Nefertem beugte sich über sie.

»Ich will nicht fort! *Ich will nicht fort!*«

Ein Mann trat geduckt ins Zelt. »Sie soll aufhören, sich wie verrückt zu gebärden«, schrie er auf sie nieder. Sie hörte Nefertem begütigend auf sie einreden. Sah den Fuß des Kriegers herankommen. Mit Wucht traf er ihre Schläfe.

Von draußen vernahm sie Schritte, gemurmelte Worte. Der Kampf war vorbei. In der Kajüte schlug sie die Augen auf. Sie lag auf einem breiten Bett. Nackt. Ihre Füße waren an die unteren Pfosten gefesselt, ihre Beine weit geöffnet. Es war dunkel, und ein Mann betrachtete sie – es war ihr Traum. Dieses Mal wirklich und wahrhaftig ihr Traum. Mit dem Unterschied, dass diesmal auch ihre Hände vor dem Bauch gefesselt waren und sie nur alles verzehrende Furcht und keine Sinnlichkeit empfand. Sie betastete ihre Schläfe. Kein Blut, aber eine schmerzhafte Schwellung. Sie hatte geglaubt, der Mann trete ihr den Schädel weg. Was danach geschehen war, entzog sich ihrer Erinnerung.

In ihrem Traum war es der Sohn des Hohen Priesters gewesen, der sich ihr näherte, in einen schimmernden dünnen Mantel gehüllt, der vorne offen stand. Diesmal war es Asarhaddon. Und ganz wie im Traum hielt er den Stoff vor dem Geschlecht gebauscht. Gleich würde er ihn beiseiteschieben und ein aufgerichtetes Glied offenbaren. Merit wandte den Kopf zur Seite. Da war statt einer hölzernen Wand ein langer dunkler Vorhang, durch den Fackellicht schimmerte. Es schien, als habe man das Deck und die ganze Gegend mit Fackeln erleuchtet, um den Flüchtigen besser finden zu können. Schmückende Bänder, an denen Quasten hingen, schaukelten in der Brise. Ein Tischchen stand neben dem Bett, darauf befanden sich einige Dinge – eine Karaffe aus blauem Glas, ein Schälchen mit Olivenöl, daneben der Rest eines Fladenbrotes. Eine Statuette des Assur, der aus kalten Lapislazuliaugen zu ihr herüberstarrte. Daneben ein Beutestück, ein hübsches Kästchen aus Zedernholz, mit goldenen Ankh-Zeichen beschlagen.

Sie konnte nicht verhindern, einen wimmernden Laut auszustoßen, als Asarhaddon mit einem Finger durch ihre Spalte fuhr.

»Trocken wie ein Wadi in der Wüste«, bemerkte er. »Schauen wir, ob sich das ändern lässt.«

»Das passiert nicht, also nimm das Öl zu Hilfe!«, fauchte sie ihn an.

Überrascht zog er die Hand zurück. »Sollte die Tochter des Tajti tatsächlich eine wilde Katze sein? So ganz anders als ihr Bruder?«

Das wäre sie gerne. Doch die Erwähnung Nefertems zwang die Tränen aus ihren Augen. Wie konnte sie stark sein, wenn er es nicht war? Nefertem, der so sehr gelitten hatte. Nun teilte sie sein Schicksal.

»Sei friedlich.« Allein seine Finger auf ihrem Schenkel waren unerträglich. Sie wand sich, wollte sie abschütteln. »Ja, räkele dich«, sagte er rau. »Es macht dich noch begehrenswerter.«

Sie würgte, als er sich mit dem Knie auf der Bettkante abstützte und dabei ihre klaffende Vagina berührte. Er reckte sich nach ihren Brüsten und rieb eine der Knospen.

»*Schanherib*, hilf mir!«

»Das wird er nicht können. Entweder ist er geflohen oder ertrunken; man sucht bereits seine Leiche.«

»Nein, nein«, wild warf sie den heftig pochenden Kopf herum. Das durfte nicht sein! Wie konnten die Götter so grausam sein, selbst die assyrischen? Es war doch eben erst geschehen, dass Schanherib sie so zart und dann mit solcher Inbrunst geliebt hatte, dass sie glaubte, vor Glück zu vergehen. »Er kommt zurück. Zurück!«

»Dann stirbt er, was ändert das also? Besser, du musst nicht noch dabei zusehen, wie es ihn erwischt.«

»Gütige Isis ...« Sie wollte Asarhaddon anflehen, dass er von ihr abließ und sie zurück zu ihrem Bruder brachte. Rechtzeitig biss sie sich auf die Unterlippe. Kein Flehen. Sie würde diesen Mann überstehen. Sie musste nur daran denken, dass Schanherib der erste gewesen war, der sie besessen hatte. Er war noch in ihr, er erfüllte sie noch ganz und gar, ihren Leib, ihren Ka, ihr ganzes Sinnen. Asarhaddon konnte ihr nur noch Schmerzen zufügen. Was bedeuteten Schmerzen?

Er richtete sich wieder auf und warf den Mantel ab. Stramm stand sein Penis vor seinem Bauch.

»Du kannst mir nichts antun«, sprach sie ihre Gedanken aus. »Magst du dich König der vier Weltgegenden nennen, du bist nichts gegen *ihn*. Ich werde dich überhaupt nicht spüren. Er hat mir erzählt, warum du zusehen musstest, wie deine Frau sich an Nefertem vergeht: weil deine Männlichkeit sonst keine mehr ist.« Sie ballte die gebundenen Fäuste vor der Brust. »Geh schon, hol deine Frau, damit du nicht wieder scheiterst!«

»Das sollte ich wirklich tun. Sie versteht es, selbst in einem toten Fisch noch die Lust zu wecken. Auch bei dir! Willst du, dass du dich unter ihr windest und ich dabei zusehe, wie du sie anflehst, ihre Zunge in dir spielen zu lassen? Aber vielleicht fallen ihr ja auch Dinge ein, die dir nicht so gefallen werden? Glaub mir, sie kann brutaler sein als ich. Du wirst noch darum flehen, dass nur ich dich nehme.«

»Ganz gewiss, denn von dir bekäme ich ja nichts zu spüren, nicht wahr? Du drohst mir mit etwas, das bereits am Verdorren ist.«

War wirklich sie es, die es wagte, derart einen Mann zu verhöhnen, vor dem sie schutzlos dalag? Erstaunt sah sie zu, wie er seinen Mantel wieder aufhob und rasch überwarf, damit sein Glied wieder bedeckt war. Er ging zu dem Tischchen, griff nach der Karaffe und schüttete roten Wein in einen Becher. Hastig trank er und wischte sich die rötlichen Weinperlen aus dem gelockten Bart. An seinem Hals spielten die Adern, sein Gesicht war erhitzt vor mühsam unterdrücktem Zorn.

»Du wirst dich wundern, du kleine Giftschlange«, knurrte er. »Ich werde dich rammen, bis du einsiehst, wie stark mein Schwanz ist, und du danach den Verstand verlierst. Ich werde …«

»Kannst du das auch mit Taten und nicht mit Worten?«, höhnte sie.

Er schleuderte den Becher auf sie. »Halt den lästerlichen Mund!«

»Bei jedem deiner schwächlichen Stöße werde ich *Schanherib* in dein Ohr schreien, damit du weißt, wem du niemals ebenbürtig sein wirst!«

»Schweig, oder ich lasse dich auspeitschen und …«

Die Rufe der Soldaten unterbrachen ihn. Merits Brustkorb schien unter den Schlägen ihres Herzens zu zerspringen, als sie darunter Schanheribs Stimme vernahm. Doch sogleich rann ihr kalter Angstschweiß über die Schläfen. War er freiwillig zurückgekehrt, um einen letzten sinnlosen Befreiungsversuch zu wagen? Oder hatten sie ihn gefangen?

Asarhaddon eilte durch einen Spalt des Vorhangs. Draußen fluchte er lauthals. Merit rutschte mit dem Gesäß zur unteren Bettkante und streckte sich nach einer der Lederfesseln. Ihre Nägel splitterten, als sie am Knoten riss. Gab es hier nichts, mit dem sich das Leder durchschneiden ließ? Suchend ruckte ihr Kopf herum. Da war das Kästchen. Sie warf sich zurück, rollte auf die Seite, so weit es möglich war, und zog es zu sich heran. Aber auch darin war kein Messer, kein Dolch.

Sie wollte nach der Karaffe greifen, um sie an der Tischkante zu zerschlagen – da brachen Licht und Lärm über sie herein. Verwirrt blinzelte sie. Schanherib stand nur wenige Schritte entfernt, in der Faust den Vorhang, den er mit einem Ruck heruntergerissen hatte. Seine Augen glühten wie die eines bis aufs Blut gereizten Raubtieres. In der anderen Hand hielt er einen Dolch erhoben, die Spitze wies auf seinen König. Auf seiner finster gekrausten Stirn stand die Frage, ob Asarhaddon bei ihr zu weit gegangen war. Merit schüttelte den Kopf.

Er warf den Vorhang auf ihren Schoß. Dankbar hob sie den Stoff vor ihre Blöße.

Asarhaddon redete auf ihn ein. Merit verstand nichts, aber es konnte sich nur um den Befehl handeln, sich zu ergeben.

Schanherib wich zur Bordwand zurück, wo die Ruderbänke endeten, und ließ den Dolch abwehrend vor sich kreisen. Fünf, sechs Krieger waren in seiner Nähe, den Geräuschen an Deck nach zu urteilen, war das ganze Schiff voll von ihnen. »Was du mit mir machst, ist mir egal«, erwiderte er auf Ägyptisch – sie sollte verstehen, was vor sich ging. »Lass die Gefangenen frei, dann ergebe ich mich.«

Verächtlich schnalzte der König mit der Zunge. »Du bist nicht gerade in der Lage, Bedingungen zu stellen, hm? Ein Befehl nur, und du bist mit Pfeilen gespickt.«

Ein kaltes Lächeln umspielte Schanheribs Mund. »Und wo bleibt dieser Befehl? Ich kann's dir sagen, der steckt im Mund deines Weibes. Aber dort wird sie ihn auch behalten, weil sie mich lebend will. Sicherlich hat sie sich bereits tausend hübsche Strafen für mich ausgedacht. Wenn du ihr nicht wenigstens zwei oder drei davon zugestehst, bist du das nächste Opfer ihres Zorns.«

Zakutu, von der vorderen Kajütenwand Merits Blicken verborgen, bedachte ihn mit einem Schwall assyrischer Hassworte. Asarhaddon trat rückwärtsgehend in die Kajüte zurück. »Du irrst dich, Schanherib, wenn du denkst, ich scherte mich immer um ihre Wünsche.« Befehlend hob er eine Hand. Was er den Männern in seiner Sprache zurief, begriff Merit auch so: *Tötet ihn.*

Sie glaubte ohnmächtig zu werden. Fest den Blick auf den Liebsten geheftet, hielt sie sich an einem der Bettpfosten fest, um nicht niederzusinken. Sie würde sich nicht abwenden, wenn er im Tod ihren Blick suchte; das schuldete sie ihm. Doch Schanherib beachtete sie nicht. So schnell, dass keiner begriff, was geschah, sprang er zur Seite, reckte sich nach jemandem, und als er wieder an der Bordwand stand, hatte er Zakutu in der Gewalt. Er wirbelte sie herum, so dass er ihren Rücken vor sich hatte, packte mit der linken Hand ihren Arm und hielt ihr mit der Rechten den Dolch an die Kehle.

»Ich habe mit dem Töten auch keine Probleme«, warf er Asarhaddon heiser hin. »Also lass die Gefangenen frei!«

Zakutu schien noch nicht begriffen zu haben, was ihr geschehen war. Unruhig bewegte sie sich und schüttelte die Schultern. Erst als die Klinge ihren Hals berührte, rannen Schweißperlen an ihren Schläfen hinunter, und ihre Haut wurde blass. Sie stand still.

Asarhaddons ausgestreckter Finger deutete auf Merit. Er sprach einen Befehl. Einer der Krieger zog sein Schwert aus der Scheide und eilte auf sie zu. Furchtsam zog sie den Vorhang bis ans Kinn hoch. Er riss ihn ihr aus den Händen. Zweimal sauste das Schwert nieder, dann waren ihre Füße frei. Am Oberarm zog der Mann sie vom Bett herunter. Es gelang ihr gerade noch, das Kästchen an sich zu nehmen; sie wollte den Eroberern das Beutestück nicht lassen. Niemand hinderte sie daran. Während sie zur Bordwand gestoßen wurde, drehte sie den Kopf nach Schanherib, aus dessen Miene Bitterkeit sprach.

Man zwang sie, über die Bordwand zu steigen, was ihr mit den gefesselten Händen nicht leichtfiel. Einen Herzschlag später fand sie sich im Fluss wieder. Noch viel zu benommen, schaffte sie es kaum, den Kopf über Wasser zu halten.

»Ich hab dich, Mädchen, nicht strampeln!«, rief Mardak dicht bei ihr. Er trug sie ans Ufer, hielt sie einen Augenblick länger als nötig in den Armen und rieb wohlig brummend den triefenden Bart an ihrer Wange, bevor er sie absetzte.

»Und da ist schon die nächste.« Er schwamm zurück zum Schiff, um Tani in Empfang zu nehmen. Tani schrie ängstlich und wollte sich nicht von ihm helfen lassen, aber dann hatte er sie auf die Sandbank getragen und neben Merit zu Boden gelegt. Tani weinte und schlotterte. Aus einem Stoffbündel reckte Kawit ihren Kopf, zwang sich aus der Umarmung und schüttelte den triefnassen Leib. Erleichtert erkannte Merit ihr Kleid. Mit gefesselten Händen ließ es sich nicht anziehen, aber sie drückte es schützend an sich. Sie stand auf, reckte den Kopf nach Schanherib.

Sollte sie ihn wirklich gleich nicht mehr wiedersehen? Das hatte sie vorhin auch geglaubt, und doch war er gekommen. Sie wollte die Hoffnung nicht aufgeben, dass er einfach nicht von ihr getrennt werden konnte.

Ihr Anblick, so entblößt und auf entwürdigende Art gefesselt, hatte ihm fast den Atem genommen. Nicht viel hätte gefehlt, und er wäre blindwütig mit dem Dolch unter die Männer gefahren. Aber dann sagte er sich, dass ihr noch nichts Schlimmeres geschehen war; andernfalls hätte er es von ihrem Gesicht abgelesen. Zwei Männer zogen auf Asarhaddons Befehl hin den Ankerstein herauf. Die Ruderer hockten sich an die Riemen und machten sich bereit, sie auszuhaken.

»Das ist noch nicht genug«, sagte Schanherib. »Lass auch den Sohn des Tajti frei. Als Köder für mich hat er ja nun ausgedient.«

In angemessener Entfernung schritt Asarhaddon mit wehendem Mantel auf und ab. Immer wieder blickte er in die Runde, als könne einer seiner Krieger ihm erklären, wie sich diese Situation bereinigen ließe. »Was kümmert dich der?«

»Was kümmert er *dich*?«

»Aus allen vier Weltgegenden habe ich Geiseln an meinem Hof. Da er dich so dauert«, seine Stimme schlug höhnische Wellen, »versichere ich dir, dass er gut behandelt wird, wie alle anderen auch.«

»Sollte Taharqa wahnsinnig genug sein, die Rückkehr zu wagen, wird ihn auch das Wissen um eine Geisel nicht abhalten. Aber dir geht es nicht um Taharqa. Auch nicht um den Wesir, der nicht die Art Mann ist, einen Aufstand anzuzetteln. Es ist allein der Wunsch deines Weibes, ihren Bettgefährten nicht zu verlieren.«

»Genug davon!«

Ich habe auch genug, dachte Schanherib. All die Anstrengungen begannen sich bemerkbar zu machen. Er hatte Mühe, seine Blicke wachsam wandern zu lassen, damit es keiner wagte, eine Waffe auf ihn zu richten. Jeder einzelne dieser Männer war geschickt genug im Umgang mit dem Bogen, um ihm einen Pfeil in den Kopf zu jagen, ohne Zakutu zu gefährden. Aber ihnen war auch klar, dass er im Sterben noch Kraft haben würde, die Frau zu töten. Er durfte keine Schwäche zeigen. Er drückte die Klinge fester an ihren Hals, so dass sie den Kopf recken musste, und bog zugleich den Arm in ihrem Rücken weiter hinauf. Zakutu japste und atmete schwer.

»Wenn er frei ist, ergebe ich mich«, fügte er hinzu. Selbst noch entkommen zu wollen, war ohnehin sinnlos. Dies war ihm gelungen, als sich einige der Männer von Merits Toben hatten ablenken lassen. Aber jetzt nahte die Helligkeit des Tages. Jetzt konnte er sich nicht erneut im Schilf verstecken, mit nichts als dem

Gesicht aus dem Wasser, während die Fackeln der dicht vorbeilaufenden Männer mehr blendeten, als dass sie die Gegend erhellten. Er würde es nicht einmal ans Ufer schaffen – unten warteten zwei bemannte Binsennachen. Einer hatte ihn hergebracht. Es war gewagt gewesen, sich am Ufer zu ergeben: Dass man ihn erschoss, war so wahrscheinlich, wie es nicht zu tun.

»Lass ihn frei«, wiederholte er. »Es ging dir ohnehin nur um mich.«

Zakutus Handgelenk war schlüpfrig von kaltem Schweiß. Ihre Knie bogen sich, und er musste noch fester zupacken. Sie schlug mit dem Hinterkopf gegen seine Brust und stieß einen schrillen Laut aus.

»Du reißt ihr den Arm aus dem Gelenk!«, schrie Asarhaddon.

»Wenn ich nicht Schlimmeres tue!«, gab Schanherib zurück. »Hatte sie nicht gesagt, ich hätte ihr Gewalt angetan? War es nicht so? Und du hast das geglaubt – damit fing doch das Elend an! *Lass ihn frei!*«

»Nicht Nefertem«, heulte Zakutu, doch Asarhaddon beachtete sie nicht.

»Assur möge dir sämtliche Dämonen der Unterwelt auf den Hals hetzen, Schanherib.« Er rief in Richtung des Zeltes: »Holt den Jungen heraus und lasst ihn gehen!«

Das geschah schnell, Schanherib hörte das Metall brechen. Nefertem trat heraus. Und so benommen wie zuvor die Frauen ließ er sich zur Bordwand schieben. Er schwang ein Bein hinüber, und dann war er verschwunden.

»Jetzt hast du deinen Willen. Ergib dich. Ergib dich, bevor du sie umbringst.«

»Ja, das tue ich. Eines noch …« Schanherib blinzelte

den Schweiß aus den Augen, sah auf Zakutu hernieder, die am ganzen Leib zu zittern begonnen hatte. Lange würde sie das nicht mehr durchstehen und er sie nicht mehr halten können. »Sag ihm, dass ich dir nichts antat. Dass es eine Lüge war.«

Sie warf den Kopf herum. Ihre Lippen formten Worte, versprühten aber nur Schweiß. Als er sicher war, dass nichts sie dazu bewegen konnte, knickten ihre Knie ein. Er ließ sie los, um sie nicht tatsächlich zu verletzen. Was hätte es ihm noch gebracht? Er machte sich bereit, den Dolch auf die Planken zu werfen.

»Es – es war eine Lüge«, hörte er die gekrümmte Gestalt zu seinen Füßen hervorstoßen. Der Rest ihres Gestammels verlor sich in Weinen. Es schien eine Rechtfertigung zu sein, aber er machte sich nicht die Mühe, hinzuhören. Er wandte sich der Bordwand zu, um sich abzustützen. Ihn schwindelte.

Asarhaddon trat näher. Schanherib hob den Kopf. Aus schmalen Augen musterte der König ihn, heftete den Blick auf das Amulett des Gottes Sobek. »Dann soll es so sein: Geh du auch.«

»Nein!« Zakutus Hand flog zu seinem Bein, doch er trat einen Schritt seitwärts; sie glitt ab.

»Ich schicke einen Boten nach Memphis, der den Befehl, dich zu fangen, aufhebt. Aber in meinen Diensten will ich dich nicht mehr haben, zu viel ist geschehen. Du hast ohnehin begonnen, dich in einen Mann dieses Landes zu verwandeln, will mir scheinen. Mehr gestehe ich dir nicht zu.«

»Das genügt auch«, murmelte Schanherib, den es nicht kümmerte, ob Asarhaddon ihn noch hörte. Er sah nicht mehr hin. Er stieg über die Bordwand und ließ sich fallen.

Epilog

Nut, die Erde, hatte Re, den Sonnengott, den Schanherib Schamasch nannte, neu geboren. Nur einige im Wasser treibende und im Sand brennende Fackeln erinnerten an die drei Schiffe, die jenseits der nächsten Flussbiegung außer Sichtweite geraten waren. Schanherib war von Bord gesprungen und ans Ufer geschwommen. Merit hatte ihn empfangen, ihr Glück kaum fassend. Nun hockte er mit angezogenen Knien im Sand. Sie und Mardak saßen bei ihm und beobachteten den Fluss, aber sie glaubte nicht, dass jemand zurückkehren würde. Hardu stand hinter Tani und sah interessiert zu, wie sie vor einem riesigen Papyrusstängel auf den Fersen wippte, hinaufwinkte und plapperte. Kawit hing oben am Stängel, peitschte mit dem Schwanz und drehte den Kopf hin und her, ohne die aufgeregt auf sie einredende Tani eines Blickes zu würdigen.

Ein wenig abseits kauerte Nefertem im Sand und befingerte sein Fußeisen. Verwundert, diese Drangsal überstanden zu haben, schaute er erschöpft drein. Merit ließ sich an seiner Seite nieder, berührte seine Schulter und ließ die Hand an seinem Arm hinabwandern, bis sie auf seiner lag. Er hörte auf, das Eisen zu drehen, und betrachtete sie warm.

»Du siehst nicht mehr aus wie das Mädchen, das mir Kawit an den Hals geworfen hat.«

»Hab ich das?« Sie lächelte. »Ach ja. Wie lange ist

das her? Zwölf Tage oder mehr? Es kommt mir auch vor wie in einem anderen Leben.«

»Er und du – ihr seid jetzt wirklich zusammen?«

Sie blickte zu Schanherib hinüber, der einige müde Worte mit Mardak wechselte, sich dann auf die Füße stemmte, eine der Fackeln nahm und den Weg zum Kanal einschlug.

»Ja.«

»Unser Vater wird das nie erlauben.«

»Hat er schon.«

Auflachend schüttelte Nefertem den Kopf. »Na schön. Was wollt ihr tun? In Memphis bleiben?«

Es gab keinen Grund mehr, in den für Schanherib gefährlichen Süden zu gehen, überlegte sie. »Mag sein, dass sich das in diesen wirren Zeiten bald wieder ändert, aber *jetzt* ist es der beste Ort für Schanherib und der beste für mich. Und du, was wirst du tun?«

Er grub die Finger in den Sand und ließ ihn rieseln. »Ich nehme an, wir bekommen unser Anwesen, das jetzt ja im Grunde niemandem gehört, wieder zurück. Ob die alte Sitankh noch da ist? Warum habe ich unsere syrische Sklavin nie gefragt, wie sie heißt? Ich möchte sie wiederfinden. Sie im Arm halten und über alles nachdenken. Mir ist, als sei alles zuvor in seiner Unbeschwertheit bedeutungslos gewesen. Unsere Übungen mit dem Bogen, mit dem Jagdwurfholz, das war doch lächerlich? Spielzeuge für reiche Kinder … Ich bin kein Krieger, werde nie einer sein. Eher hast du ein kriegerisches Herz in dir.«

Seiner letzten Bemerkung wollte sie widersprechen, aber eigentlich gefiel ihr, was er sagte. Einträchtig schwiegen sie. Erst als sie das Wasser im Kanal aufspritzen hörte, schaute sie sich um. Schanherib hatte die Pferde herangeführt und sprang von seinem Gilzaner.

»Willst du gleich zurück?«, fragte sie ihn.

»Nein«, er streckte die Hand nach ihr aus, und sie erhob sich und griff zu. »Lass uns erst ausruhen.«

Sie liefen in den Papyruswald, wo noch Dunkelheit herrschte. An einen Baum gelehnt, zog Schanherib sie an sich. Ja, sie wusste, was er wollte, und sie wollte es auch. Sie zog das Kleid über den Kopf, und noch während sie darum kämpfte, es abzustreifen, spürte sie seine Hände auf den Brüsten. Gemeinsam sanken sie zu Boden. Merit griff nach seinem Schurz und knüpfte ihn auf. Er streckte sich aus und lud sie ein, sich in seine Arme zu betten. Sie betrachtete die Schnittwunden auf seinem Schwertarm, aber sie bluteten nicht mehr und ihre Ränder waren nur leicht gerötet. Er schüttelte den Kopf, als wolle er sagen, dass damit alles in Ordnung sei.

Keine Worte, nur tastende Lippen in ihrem Gesicht. Seine Hände, die sich an ihrem Leib hinabschoben, um Einlass in ihr geheimes Inneres baten. Bäuchlings lag sie halb auf ihm und genoss sein Tasten. Sanft strichen seine Fingerspitzen über ihre Schamlippen. Damit begnügte er sich, und sie begriff, dass er wirklich nur ausruhen wollte, *musste*. Lächelnd spürte sie ihn erschlaffen. Sein Atem kam schwer und regelmäßig. Sie legte den Kopf auf seine Brust und schloss ebenfalls die Augen.

Sie erwachte mit der Wange auf seinem Schenkel. Er hockte an den Stamm gelehnt, sein Kopf hing herab. Merit strich über seine Wange, aber er erwachte nicht. Mittlerweile war die Morgendämmerung auch in den Wald vorgedrungen, die Vögel lärmten, es war der eine

Moment des Tages, an dem man sich von der Hitze erholen konnte. Lautlos erhob sie sich und schlich zum Fluss zurück. Die anderen schliefen, wo sie in der Nacht gesessen hatten. Aus dem Boot holte Merit ein Seil und ein Messer, klemmte sich den Kasten, den sie vom Schiff mitgenommen hatte, unter den Arm und kehrte zu Schanherib zurück.

Er merkte nichts, als sie äußerst behutsam das Seil um sein rechtes Handgelenk knüpfte, es hinter dem Stamm entlangführte und seine andere Hand straff festband. Erst als sie neben ihm kniete und ihn küsste, hob er die schweren Lider. Sie strich das Haar um seine Schläfen glatt. Als sein Blick sich klärte, spannte sich sein Körper an.

»Wer … Hast du das getan?«

Sie nickte.

»Wozu?« Er klang verwirrt, ärgerlich.

»Weil *ich* dir diesmal Freude schenken will.«

»Denkst du, die habe ich nicht, wenn ich nicht festgebunden bin? Mach mich los, und ich zeige dir, wie viel Freude ich an dir habe.«

»Ich will es jetzt aber anders.«

Er stemmte die Füße in den Boden und ruckte an den Fesseln. Die Knoten hielten. »Ist dir nicht klar, wie gefährlich das ist? Jeden Augenblick könnten Asarhaddons Männer hier auftauchen!«

Es fiel ihr schwer, sich ein Schmunzeln zu verkneifen. »Jetzt bist *du* es, der nicht schwindeln kann. Denn würdest du das glauben, hättest du diesen Ort längst verlassen. Du magst es nicht, wenn man dir die Zügel aus der Hand nimmt, nicht wahr?«

Was immer ihm noch auf der Zunge lag, er schluckte es verblüfft herunter und schloss den Mund.

Endlich hielt er still. Er kauerte auf den Knien und blickte sie misstrauisch an. Ja, ganz gewiss rechnete er nicht damit, dass sich seine kleine Göttin in eine mächtige verwandelte. Mit zarten Fingern wischte sie das Finstere aus seinem Gesicht, näherte sich ihm und ließ ihn ihre Lippen spüren. Zögerlich erwiderte er den Kuss. Dann schien er sich zunehmend in das kleine Schicksal zu ergeben, das sie für ihn ersonnen hatte, und umspielte mit seiner Zunge die ihre. Aber unter ihren Händen spürte sie bockige Armmuskeln und einen sich unwillig hebenden Brustkorb. Nun, er würde sich schon fügen. Sie hockte sich auf seine Schenkel und neigte sich, leckte eine seiner Brustwarzen, während ihre Fingerspitzen über seine Haut wischten. Wie zufällig berührte sie dabei die Wurzel seines bereits erwachenden Phallus.

Ihre eigene Lust erwachte. Sie fuhr sich über die Brüste, hob sie ihm entgegen. Doch bevor er mit dem Mund zufassen konnte, wich sie um eine Winzigkeit zurück. Schob sich wieder vor, ließ ihn schnappen, wiegte sich wie ein Schilfrohr. Gereizt knurrend, presste er den Hinterkopf gegen den Stamm.

»Du bist zu ungeduldig«, wisperte sie und küsste rasch die harsche Erwiderung von seinen Lippen. »Kennst du auch ägyptische Geschichten?«

»Ja, die von uns beiden«, erwiderte er mürrisch. Diese Ungeduld! Innerlich lachte sie. Sie reckte sich nach dem Kästchen und öffnete es. Glatt und warm lag ein Spielstein in ihrer Hand. Lang und so dick wie drei ihrer Finger, bestand er aus mit Blattgold belegtem und lackiertem Holz.

»Dies ist der Penis des Osiris. Er verlor ihn, als sein Bruder Seth ihn tötete. Damals herrschte Osiris mit seiner Gemahlin Isis über das Land, und es war fruchtbar und reich. Seth hasste ihn, weil die Götter ihm selbst nur die Wüste zugewiesen hatten. Und in einem unbeobachteten Moment zerstückelte er ihn und warf ihn in den Nil. Der Tod kam durch diese Tat in die Welt, vorher hatte es noch kein Jenseits gegeben. Isis suchte und fand alle Teile, die der Fluss über das ganze Land verteilt hatte. Sie setzte den Körper zusammen – doch es fehlte das Glied. Aus Gold schuf sie ein neues. Wie dieses.«

Argwöhnisch musterte er den Gegenstand. Sie reizte mit dem goldenen Holz ihre Knospen, ließ die eichelähnliche Spitze in Schlangenlinien an ihrem Körper hinabkreisen.

»Sie setzte es ihm an, schlief mit ihm und erweckte ihn zu neuem Leben. Aber er musste als Totengott in der Unterwelt bleiben.«

Das kühle Holz glitt mühelos in ihre pochende Vagina. Sie schob es vor und zurück und hob die Augen. Schanherib mahlte mit dem Kiefer, schien sie barsch fragen zu wollen, ob sie nicht lieber mit ihm vorliebnehmen wollte. Er hatte die Hände zu Fäusten geballt. Aber sichtlich fand er es auch faszinierend, ihr dabei zuzusehen. Sein eigenes Glied begann zu pulsieren.

Sie ritt mit wohligem Seufzen auf dem Holz. Ströme warmen Lebens flossen durch ihre Glieder, sammelten sich in ihrem Quell. Mit der anderen Hand streichelte sie die Innenseiten seiner Schenkel, die er für sie geöffnet hatte, achtete jedoch darauf, seine Lust nur anzufachen. Dann zog sie den hölzernen Penis aus sich heraus.

»Ziel des Spiels ist es, dem Gott das Glied wiederzugeben. Hebe dich auf die Knie.« Sie versuchte, ihren

Worten einen Hauch jener Festigkeit zu verleihen, die in seinen Worten immer mitschwang. Ihre Stimme zitterte vor Aufregung, doch er gehorchte.

»Soll ich der Gott sein? Ich hab doch einen ...«, begann er, um dann in der Erkenntnis die Augen zu weiten. »Das tust du nicht.«

Er wollte sich wieder hocken, aber da hatte sie schon den Phallus zwischen seinen Beinen. Er reckte sich, wollte dem Zugriff entkommen.

»Nein, nicht«, krächzte er – war da Furcht in seiner Stimme? »Merit! Ist das deine Rache für mein Spiel?«

»Meine Dankbarkeit.« Behutsam begann sie das Glied in seinen Anus zu drücken. Erst glaubte sie, sein Widerstand sei nicht zu überwinden, doch plötzlich glitt das Holz in ihn. Der große Leib zuckte wie unter einem Peitschenhieb.

Seine Fäuste ballten sich, dass die Knöchel hell hervortraten. »Dafür lege ich dich später übers Knie, dass du noch tagelang daran denken wirst. Ah! Nein!«

Langsam hatte sie begonnen, den Stab auf und ab zu bewegen. Schanherib wand sich. Mund und Augen hielt er zusammengepresst. Seine Lider flatterten. Oh, er genoss, sie war sich sicher. Nur er war es nicht.

»Merit! Hör auf, bei Assur ... hör auf ...«

Nein, zu köstlich war das Gefühl, unerbittlich zu sein. Sie, *sie*, war imstande, diesen Mann zittern und ächzen zu lassen. Ihm eine Lust zu schenken, die ihm noch keine Frau geschenkt hatte. Sein Glied stand hochaufgerichtet vor seinem Bauch. Im Takt ihrer Stöße öffneten und schlossen sich seine Fäuste. Sein Atem war ein schweres Stöhnen.

Sie beugte sich hinab, berührte mit der Zunge die zarte Haut über dem harten Schaft. Schmeckte ihn, schmeckte seine prallrote Eichel. Es waren nur winzige heiße Tupfer, die sie ihm gönnte, denn sie wollte ihn in sich haben, wenn es ihn überkam.

Er schlug den Hinterkopf gegen den Stamm. Tränen flossen über seine Schläfen. Es war das Schönste, das sie je erblickt hatte. Sie ließ das Holz los, umschlang seinen Nacken, zwang ihn herunter und hockte sich auf seine Schenkel. Sie nahm ihn in sich auf, ließ sich aufs Vollkommenste füllen. Schnell trieb sie der Rausch zu ungeahnten Höhen. Sein Herz schlug an ihrem. Sie hörte Schanherib an ihrem Ohr aufschreien, vermischt mit ihrer eigenen jauchzenden Stimme. Und spürte ihn in sich verströmen.

Bebend wich sie zurück. Sein Kopf hing herab. Sie strich ihm schweißnasse Strähnen hinter das Ohr, bis sie sein erschöpftes Gesicht dahinter fand. Ihre Lippen versuchten es zu trocknen. Selbst halbblind vor Tränen, tastete sie nach dem Dolch, schaffte es, das Seil durchzuschneiden. Sofort war sie gefangen in seiner Umarmung. Sie sah Unglauben und einen sich zögerlich hebenden Mundwinkel.

»Was hast du da getan …«, flüsterte er matt, die Stirn an ihrer.

Sie erwiderte das Lächeln. »Ägypten hat Assyrien besiegt.«

Astrid Martini

Zuckermond

Roman

ISBN 978-3-548-26688-6
www.ullstein-buchverlage.de

Die Künstlerin Helena lernt auf einer Vernissage den umwerfenden Leonhard kennen. Sie erleben eine unvergessliche Nacht miteinander, aber Leonhard ist einer der teuersten Callboys der Stadt – Helena sollte ihn besser vergessen. Doch Helenas Eltern fordern immer drängender einen künftigen Ehemann und so stellt sie ihnen Leonhard vor. Sein Preis für das Spiel ist jedoch hoch: Sie muss ihm zwei Wochen lang als sein persönliches Callgirl zur Verfügung stehen …

»Astrid Martini hat Worte für Erotik.« *Rhein-Zeitung*